Monstruos, mujer y teatro en el Barroco

Currents in Comparative Romance Languages and Literatures

Tamara Alvarez-Detrell and Michael G. Paulson
General Editors

Vol. 141

PETER LANG
New York • Washington, D.C./Baltimore • Bern
Frankfurt am Main • Berlin • Brussels • Vienna • Oxford

M. Reina Ruiz

MONSTRUOS, MUJER Y TEATRO EN EL BARROCO

Feliciana Enríquez de Guzmán, primera dramaturga española

PETER LANG
New York • Washington, D.C./Baltimore • Bern
Frankfurt am Main • Berlin • Brussels • Vienna • Oxford

Library of Congress Cataloging-in-Publication Data

Ruiz, M. Reina.
Monstruos, mujer y teatro en el Barroco: Feliciana Enríquez de Guzmán,
primera dramaturga española / M. Reina Ruiz.
p. cm. — (Currents in comparative Romance languages and literatures; v. 141).
Includes bibliographical references.
1. Enríquez de Guzmán, Feliciana. Jardines y campos sabeos.
2. Monsters in literature. I. Title. II. Series.
PQ6388.E494R85   862'.3—dc22   2004048960
ISBN 0-8204-7443-6
ISSN 0893-5963

Bibliographic information published by **Die Deutsche Bibliothek**.
Die Deutsche Bibliothek lists this publication in the "Deutsche
Nationalbibliografie"; detailed bibliographical data is available
on the Internet at http://dnb.ddb.de/.

The paper in this book meets the guidelines for permanence and durability
of the Committee on Production Guidelines for Book Longevity
of the Council of Library Resources.

© 2005 Peter Lang Publishing, Inc., New York
275 Seventh Avenue, 28th Floor, New York, NY 10001
www.peterlangusa.com

All rights reserved.
Reprint or reproduction, even partially, in all forms such as microfilm,
xerography, microfiche, microcard, and offset strictly prohibited.

Printed in Germany

A Reed

Índice

Introducción 1

1 **Primera parte de *Los jardines y campos sabeos*** 23
    En torno al género y su relación con lo monstruoso 23
    De *locus amoenus* a *locus perversus* 39
    Reyes y dioses: dispensas legales y morales 62

2 **Segunda parte de *Los jardines y campos sabeos*** 69
    Arte y hacer literario en Feliciana Enríquez 78
    Otros monstruos y anomalías 87
    Escritura, linaje y rancio abolengo 106

3 **Entreactos** 117
    Entreactos de la primera parte de la *Tragicomedia* 120
    Entreactos de la segunda parte de la *Tragicomedia* 134

4 **Textos extradramáticos** 149

Conclusión 173

Bibliografía 179

Introducción

En el diario "El País" de Madrid (25/07/1997) aparecía un artículo titulado: "El festival de Almagro rescata para el teatro a las escritoras del barroco". Su autora, la especialista en crítica teatral Rosana Torres reseñaba el estreno de "Las Gracias Mohosas", título de la puesta en escena de los entreactos de la primera parte de la tragicomedia *Los jardines y campos sabeos* de Feliciana Enríquez de Guzmán. Torres destacaba el seminario dedicado a las que "fueron y son ignoradas hasta lo inexplicable", e introducía al público no especializado en la existencia de mujeres creadoras de piezas teatrales de gran interés durante el Barroco. En el mismo artículo Emilio Hernández, director del CAT (Centro Andaluz de Teatro), comentaba sobre la pieza de la autora sevillana: "lo monstruoso, lo disparatado, la fealdad, la grosería, son los grandes triunfadores de esta obra, que sorprende por su profunda transgresión, ebria de libertad, procedente de la mano de una mujer que escribe en un siglo considerado coto de hombres" (32).

El drama ha sido, y sigue siendo, un género literario dominado por autores masculinos. A lo largo de la historia de la literatura española se evidencia la escasa presencia de mujeres dramaturgas, y aun hoy en día sigue poniéndose en tela de juicio la habilidad artística de la mujer para escribir teatro. Patricia W. O'Connor sostiene que:

> existe la creencia ampliamente difundida de que la narración, menos estructurada, menos limitada y más espontánea que el drama y con una obvia relación con la tradición oral, es un género compatible con los talentos "femeninos". Por el contrario, el teatro, al requerir disciplina, síntesis, brillantez verbal, conocimientos sociales y acción, se ha considerado un género apropiado a los talentos y experiencias masculinos. (13)

El número de representantes en las letras femeninas del Siglo de Oro es corto, comparado con la amplia mayoría de varones, pero cabe destacar que, aunque en un mínimo porcentaje, hubo mujeres dedicadas al arte de la escritura tanto en el espacio conventual como en el ámbito secular y doméstico. Santa Teresa de Jesús y María de Zayas ilustran el paradigma de mujeres literatas altamente reconocidas en su tiempo y, si bien es sabido que las *Novelas amorososas y ejemplares* (1637) de la escritora madrileña se tradujeron de inmediato y gozaron de gran popularidad después de las de

Cervantes[1], el canon literario, a excepción del caso de la monja de Ávila, ha seguido olvidando a Zayas y a otras escritoras del Siglo de Oro quienes, además de atreverse a tomar la pluma, consiguieron ver publicadas sus obras.

La explosión de la crítica feminista en las últimas décadas, y la recuperación de algunos textos de dramaturgas del Siglo de Oro han impulsado el estudio de obras y de autoras casi desconocidas, situadas al margen del teatro clásico español. Angela de Azevedo, Ana Caro Mallén de Soto, Leonor de la Cueva, Feliciana Enríquez de Guzmán, María de Zayas, y Sor Juana Inés de la Cruz conforman el elenco de mujeres que escriben y publican obras dramáticas en el Barroco. Cronológicamente, según fuentes documentadas hasta el momento, Feliciana Enríquez encabeza este grupo al ser la primera mujer de quien se tiene noticia que haya escrito una obra dramática en lengua castellana. Fernando Doménech apunta que con la obra de Feliciana, *Tragicomedia de los jardines y campos sabeos*, fechada el nueve de octubre de 1619, asistimos al inicio de la dramaturgia femenina en España (395)[2]. El legado singular de la autora sevillana contribuye a la formación de una visión más amplia y diversa del teatro español de la época, apartado de la preceptiva lopesca y de los modelos teatrales populares. Amy Williamsen ha señalado que los textos marginales son los que añaden nuevas perspectivas para la comprensión del discurso literario de un período determinado, y considera que sólo se puede definir el canon teniendo en cuenta los textos que se han excluido del mismo. Así, centro y margen no forman parte de una dialéctica de oposiciones, sino que se perciben como

---

[1] Para información detallada sobre las ediciones y traducciones de las novelas de María de Zayas, ver la "Introducción" de Alicia Yllera en su edición de *Parte segunda del Sarao y entretenimiento honesto [Desengaños amorosos]* (Madrid: Cátedra, 1993) 64–93. Cabe destacar que la gran mayoría de traducciones se hicieron al francés y las versiones a otras lenguas —inglés, alemán, italiano— proceden, de hecho, de las traducciones francesas. Como indica Yllera, según el uso común en la época, se adaptaron novelas españolas sin indicar su procedencia, y autores como Scarron, Boisrobert y D'Ussieux publicaron diferentes versiones de las novelas de María de Zayas (83).

[2] Doménech menciona a Paula Vicente, hija del poeta Gil Vicente, como "hipotético precedente". Nicolás Antonio le atribuye una obra en portugués titulada *O Cerco de Dio*, y Menéndez Pelayo sostiene que ésta ayudaba a su padre a componer comedias. De ser ciertas estas conjeturas, Paula Vicente sería la primera escritora dramática de la península, aunque por atribuírsele una obra escrita en portugués quedaría al margen de la escritura en lengua castellana, mientras el resto, como sugiere Doménech, son meras hipótesis de difícil confirmación (394–95). Consultar el completo apartado de Doménech titulado "Autoras en el teatro español. Siglos XVI–XVIII" en la edición de Juan Antonio Hormigón *Autoras en la historia del teatro español (1500–1994)* Vol. 1 (Madrid: Asociación de directores de escena españoles, 1996) 392–604.

espacios oscilantes, susceptibles de cambio, y a la vez interdependientes (29). Esta fluctuación que marca la inestabilidad entre el centro y la marginalidad literaria permite la reconsideración de autores y obras y, conduce a la movilidad del canon literario y a la constante renovación de las aproximaciones literarias. El crítico y ensayista Paul Julian Smith en su obra sobre escritura y margen en el Siglo de Oro español, sitúa a España en una posición de marginalidad respecto al resto de Europa, y establece una analogía entre la situación española y el papel secundario que la mujer ejerce en la sociedad patriarcal en la época:

> Spain is the 'woman' of European culture. She is excluded from the main currents of political and cultural power, scorned for her supposed emotionalism and sensualism and pitied for her lack of that serene classicism or rationalism which once presented itself as the ideal. (204)

El planteamiento de Smith se limita a mencionar los textos canónicos y, como apunta Williamsen, éste cae en la reiteración de reducir al silencio a las voces *disidentes*, eludiendo mencionar a otros autores denominados menores, a las mujeres escritoras y otras figuras marginales (23).

Disidente es la obra de Feliciana, que, aún más allá del margen, se caracteriza por una serie de elementos extraños a la corriente dramática dominante y los modos convencionales del *arte nuevo*. En primer lugar la autora categoriza su única obra conocida como *tragicomedia* cuando la *comedia* está en pleno auge. En segundo lugar, imita las leyes dramáticas del *arte* clásico grecolatino manteniendo la estructura de cinco actos y las unidades de acción, tiempo y espacio. Y, finalmente utiliza la fusión del mundo mitológico con el espacio y los personajes caballerescos del mundo terrenal. Dichos factores enfatizan la singularidad de la obra que dista, no sólo de los parámetros dramáticos regulares, sino también de las pautas que siguen el resto de dramaturgas que escriben con posterioridad. Catherine Larson apunta que las escritoras barrocas guardan la estructura tradicional de tres actos y la utilización del verso, y mantienen la temática y caracterización de personajes tipo a imitación de las comedias escritas por varones (129). Sin embargo, cabe destacar que Feliciana es la única que no se atiene a esta normativa y, aunque utiliza el verso en su composición, se desmarca de las leyes del *arte nuevo* desviándose, incluso de los temas tradicionales de la comedia. Como indica en la nota dirigida "A los lectores", la poeta sevillana dirige su obra a un público cortesano y elitista, alejado de los gustos del vulgo: "se me puede permitir que diga que es de tan buen parecer mi tragicomedia que puede salir en público, a ver no los teatros y coliseos, en los cuales no he querido, ni quiero, que parezca; mas los palacios y salas de los príncipes y grandes señores" (Soufas 271a)³, con lo cual se anticipa a la creación de un teatro cortesano, que tendrá su máximo exponente en Calderón a partir de la segunda mitad del siglo XVII.

Estas irregularidades son las que dan pie al estudio literario e interrelación sociohistórica de las unidades del trinomio *monstruos/mujer/teatro* que encabezan el título de este libro, y las que dan cohesión a la investigación sobre la vida y obra de doña Feliciana. Los temas están enfocados desde el marco de lo singular y de lo que pueda considerarse como irregularidad o desviación de la norma. Se tratan los aspectos atípicos que atañen a la autora y a la publicación de su obra, y se estudian las fallas físicas y morales que caracterizan a algunos de los personajes, además de enfatizar los asuntos que quebrantan las leyes de la preceptiva poética y moral de la época. Finalmente, para arropar contextualmente estos factores incluyo el marco sociocultural del Barroco, entendiéndose éste como el movimiento estético y cultural ligado a los cambios ideológicos y políticos que se desarrollan en la segunda centuria del llamado *Siglo de Oro*⁴.

La definición de *monstruo* y sus derivados (*monstruoso, monstruosidad*), *resulta* clave para la comprensión del término en su contexto social. En el *Tesoro de la lengua castellana o española* (1611), Covarrubias define el término *monstro* como "cualquier parto contra la regla y orden natural, como nacer el hombre con dos cabeças, quatro braços y quatro piernas" (812b); acepción que el *Diccionario de Autoridades* amplía a "pecado de naturaleza, con que por defecto o sobra, no adquiere la perfección que el viviente habia de tener", y que por extensión se refiere a "cualquier cosa excesivamente grande, o extraordinaria en cualquier linea" (2: 598b)⁵. Por otra parte, Sherry Velasco

---

³ Debido al manejo de diversas ediciones, para todas las citas de la obra de Feliciana Enríquez especifico el nombre del editor o editora, número de página, número de versos y columna en los casos pertinentes. De la antología de Soufas, W*omen's Acts: Plays by Women Dramatists of Spain's Golden Age* (Lexington: UP of Kentucky, 1997) utilizo el texto de la segunda parte de la *Tragicomedia de los jardines y campos sabeos*, los dos entreactos correspondientes, la "Carta ejecutoria" y el breve discurso "A los lectores". Para los entreactos de la primera parte manejo la edición de Felicidad González Santamera y Fernando Doménech incluidos en *Teatro de mujeres del barroco* (Madrid: Asociación de directores de escena de España, 1994), y para el resto, cito de la obra de Louis C. Pérez, *The Dramatic Works of Feliciana Enríquez de Guzmán* (Valencia: Albatros, 1988).

⁴ Aurora Egido en "Temas y problemas del Barroco español" presenta una amplia exposición del asunto. Ver su artículo en *Historia y crítica de la literatura española (Siglos de Oro: Barroco. Primer Suplemento)* Ed. Francisco Rico (Barcelona: Crítica, 1992) 1–48.

⁵ Para facilitar la lectura de la edición facsímil de Gredos (Madrid, 1990), he modernizado la ortografía de algunas palabras.

indica que en la misma etimología del vocablo *monstruo* —del griego *teras*, que indica adoración y aberración, y del latín *monstrum*, mostrar— se señalan el carácter ambivalente y la naturaleza visual de lo monstruoso (25)[6]. Harry Vélez-Quiñones señala que:

> the monstrous stands, above all, as a sign—a being, an artefact, a construct or an event—that demands to be seen *and*, simultaneously, to be read. Whether it is an organic aberration, a sexual deviation, a philosophical, religious or political idiosyncracy, or a freak occurrence, the monster is both abominable and enticing. It strikes viewers as offensive, in so far it presents itself as outside what is held to be normal or acceptable, yet, it concurrently demands to be approached, to be voiced, to be understood. (ix x)

La existencia de criaturas fantásticas, seres abominables o naturalezas prodigiosas pueblan la historia de la Humanidad y forman parte del imaginario colectivo y de la fantasía popular desde las primeras civilizaciones hasta nuestros días. Los libros de historia natural, los cuentos de viajeros y los relatos de cosmógrafos y aventureros, repletos de descripciones de seres y tierras maravillosas, llenaron el espacio de la fantasía popular desde Plinio a Marco Polo y Cristóbal Colón. En el pasado, la aparición de criaturas deformes o de naturaleza imperfecta se manifestaba como un anuncio de malos augurios, y se explicaba como signo admonitorio de la cólera de Dios, quien castigaba a la humanidad generadora del pecado y de los desórdenes de la carne. La referencia de Mateo Alemán en el *Guzmán de Alfarache* al monstruo de Rávena, describe un cuerpo monstruoso en el que se mezclan formas y miembros de carácter animal y humano, además de subrayarse su condición de hermafrodita:

> El año de mil quinientos y doce, en Ravena, poco antes que fuese saqueada, hubo en Italia crueles guerras, y en esta ciudad nació un monstruo muy estraño, que puso grandísima admiración. Tenía de la cintura para arriba todo su cuerpo, cabeza y rostro de criatura humana, pero un cuerno en la frente. Faltábanle los brazos, y diole naturaleza por ellos en su lugar dos alas de murciélago. Tenía en el pecho figurado la *Y* pitagórica, y en el estómago, hacia el vientre, una cruz bien formada. Era hermafrodito

---

[6] Velasco dedica su obra *The Lieutenant Nun: Transgenderism, Lesbian Desire, and Catalina de Erauso* (Austin: U of Texas P, 2000) a Catalina de Erauso, conocida con el sobrenombre de *La monja alférez*. La vida de esta mujer que escapó del convento a los quince años para dedicarse a las armas y servir al rey en las guerras del Perú vestida de hombre, traspasó los límites de la historia y literatura. Ya en su tiempo *La monja alférez* se convirtió en un personaje famoso y Pérez de Montalbán la inmortalizó en 1626 en una comedia con el mismo título. La imagen de Catalina de Erauso está caracterizada por el concepto de lo híbrido en la oposición de categorías: mujer/varón, convento/campo de batalla (24).

y muy formados los dos naturales sexos. No tenía más de un muslo y en él una pierna con su pie de milano y las garras de la misma forma. En el ñudo de la rodilla tenía un ojo solo.

De aquestas monstruosidades tenían todos muy gran admiración; y considerando personas muy doctas que siempre semejantes monstruos suelen ser prodigiosos, pusiéronse a especular su significación. (Micó 1:141)

No es necesario acudir a la imagen fantasiosa del monstruo italiano para encontrar representaciones de prodigios más verosímiles. En la vida cotidiana se consideraban indicio de malos augurios los partos múltiples, el nacimiento de siameses, e incluso la existencia de hermafroditas. Este fue uno de los motivos que ejerció mayor fascinación en la imaginación popular, como puede constatarse por la gran cantidad de grabados y alusiones a la representación del cuerpo hermafrodita en la época. El ejemplo de uno de los emblemas morales de Sebastián de Covarrubias Horozco ilustra dichas ambigüedades:

Soy hic, & haec, & hoc. Yo me declaro.
Soy varón, soy muger, soy vn tercero
Que no es vno ni otro, ni está claro
Quál destas cosas sea. Soy terrero
De los que como a monstro horrendo y raro
Me tienen por siniestro y mal agüero.
Aduierta cada cual que me ha mirado
Que es otro yo, si viue afeminado. (Moir 544)[7]

Lo monstruoso y la atracción por lo anómalo es objeto de innumerables relatos, crónicas, avisos, noticias y relaciones varias de la época[8], y ocupa

---

[7] La descripción de la imagen del hemafrodita se identifica con el retrato de la barbuda de Peñaranda: mujer de la cintura para abajo, vestida con falda larga y delantal; hombre de la cintura para arriba, con jubón acuchillado, abultadas hombreras, bonete de mujer y barba en el rostro. Sostiene en los brazos a una criatura y al fondo aparece el pueblo (Moir 544).

[8] He aquí la relación de un "caso prodigioso, y raro" que acaeció en Madrid en 1688: "nació vna criatura monstruosa, con diferentes señales, como se representan en la figura presente, pues sacó dos naturalezas de niño y niña; la de niña, en la parte común; y la de niño, en mitad de la frente; cosa maravillosa y digna de considerar; y juntamente el no tener ojos, ni narizes, sino cubierto el rostro de carne; y también tener en la boca tres dientes grandes, y seis dedos en cada mano, y en vna oreja dos agujeros, por donde resollava. ..." (41). En otra relación publicada en 1628, se da noticia del nacimiento en Lisboa de un niño cubierto de escamas. El autor de la relación anota que "en Portugal este caso ha causado general temor y espanto" y declara no saber si el monstruo es símbolo y anticipación de desastres o de bienaventuranzas futuras: "quiça para pronostico de muchos castigos que se nos aguardan, en pena de tantos y tan graves pecados con que los hombres a su hazedor tienen offendido è irritado; o quiça para pronostico de algunos bienes, que ha de hazer a la Christiandad" (42). Cabe señalar que estas

capítulos enteros de obras literarias como el *Jardín de flores curiosas* (1570) de Antonio de Torquemada[9], además de convertirse en motivo recurrente en la pintura del Barroco, abundante en imágenes dignas de admiración. Gigantes, enanos, contrahechos, mujeres barbudas y otros prodigios de la naturaleza forman parte de la galería de criaturas monstruosas que infunden sentimientos encontrados, tanto de impulsiva atracción por su extraordinaria rareza, como de repulsión, ya que dichos seres no se ajustan a los cánones de belleza y armonía de la naturaleza.

Por otra parte, es conocida la afición de los reyes de la Casa de Austria a coleccionar maravillas o curiosidades dignas de asombro, entre las cuales se hallan algunos de estos prodigios que los monarcas añaden a su séquito para la admiración y entretenimiento de aristócratas y cortesanos. En 1680 Juan Carreño de Miranda inmortalizó a la niña Eugenia Martínez Vallejo, la giganta de Bárcena conocida como *La Monstrua*, a quien Carlos II mandó pintar, desnuda y vestida[10]. Enanos, bufones y otras *sabandijas palaciegas*[11], protagonizan la floresta de importantes retratos que quedan como testigos de la estima

---

relaciones iban acompañadas de grabados ilustrativos, y a menudo se mandaba a la corte el fenómeno mismo o un grabado, si el prodigio no había sobrevivido, como en este caso. Para más detalles y casos consultar la edición de Henry Ettinghausen con copia facsimilar de noticias tan maravillosas, *Noticias del siglo XVII: Relaciones españolas de sucesos naturales y sobrenaturales* (Barcelona: Puvill Libros, 1995).

[9] El "Tratado primero" se subtitula: "En el cual se contienen muchas cosas dignas de admiración que la naturaleza ha hecho y hace en los hombres, fuera de la orden común y natural con que suele obrar en ellos, con otras curiosidades gustosas y apacibles". Torquemada hace un repaso de las noticias conocidas de hechos admirables sin preocuparse por su explicación ciéntifica, y simplemente narra con la intención de despertar la admiración o el espanto en sus lectores. Consultar la "Introducción" en la edición de Giovanni Allegra (Madrid: Castalia, 1982) 9–80.

[10] La admiración que causó en la corte la llegada de la niña giganta se ve atestiguada por la relación impresa sobre el caso, en la que se da una descripción detallada de su cuerpo a los seis años: "La cabeza, rostro, cuello y demás facciones suyas, son del tamaño de dos cabezas de hombre . . . La estatura de su cuerpo, es como de mujer ordinaria, pero el grueso y buque como de dos mujeres. Su vientre es tan desmesurado que equivale al de la mayor mujer del mundo cuando se halla en días de parir. Los muslos son en tan gran manera gruesos y poblados de carne que le confunden y hacen imperceptible a la vista su naturaleza vergonzosa. Las piernas son poco más o menos que el muslo de un hombre, tan llenas de roscos ellas y los muslos, que caen unos sobre otros, con pasmosa monstruosidad. . . . se mueve y anda con trabajo, por lo desmesurado de la grandeza de su cuerpo. El qual pesa cinco arrobas y veinte y una libras, cosa inaudita en edad tan poca" (Bouza 49–50).

[11] Como indica Fernando Bouza, la acepción del *Diccionario de Autoridades* al término *sabandija*: "persona pequeña o despreciable por su forma, acciones o estado" es la que identifica a la *gente de placer* que reyes y cortesanos mantenían en sus estados (136).

en que estos seres singulares eran tenidos, y la fama y ascendiente que algunos de ellos tuvieron en la corte. Como Fernando Bouza documenta, el famoso enano de Felipe III, Bonamí, llegó a ejercer tal influencia en sus amos que se convirtió en una especie de *sobreseñor* o criado que hace las veces de amo[12]. Algunos de estos personajes incluso llegaron a atesorar grandes bienes y consiguieron cierto renombre[13].

La atracción por lo monstruoso no es un asunto del pasado. A lo largo de la historia de la humanidad se evidencia una evolución en la construcción y la representación de los monstruos, y se presentan variantes ante el efecto y función que ejerce lo monstruoso en las diferentes culturas. Reflexionemos sobre las relaciones entre nuestro tiempo y una época pasada y, como sugiere Claude-Claire Kappler en su libro sobre monstruos y maravillas en la Edad Media, recordemos cómo las monstruosidades de antaño son todavía contemporáneas, del mismo modo que estudiar el pasado conlleva a trabajar sobre el presente (xi). No podemos dejarnos seducir por los monstruos del pasado sin considerar los monstruos del presente, y de la misma manera que nos interrogamos sobre la fascinación que ejerce el cuerpo monstruoso en los siglos XVI y XVII, prestemos atención a cómo va cambiando la representación del monstruo, qué es lo que se considera monstruoso, y cuáles son sus efectos en cada cultura. Todas las civilizaciones tienden a considerar las posibles diferencias para con sus normas establecidas como una amenaza a su identidad cultural. La cultura, como Harry Vélez-Quiñones afirma, requiere y genera diferencias, en ocasiones monstruosas —desviaciones morales, corrupción, perversiones— que forman parte esencial del ámbito de lo cultural (95).

Por otra parte, el tema de la mujer se relaciona íntimamente con lo monstruoso, precisamente por su carácter de diferencia respecto al varón.

---

[12] Suárez de Figueroa se burla en *El pasajero* del enano Bonamí a quien llama "su micosía" por la conjunción de *mico* y *señoría* siguiendo el gusto de la época en poner motes y apodos (Bouza 148).

[13] La mayoría de enanos y bufones, además de percibir regalos en forma de trajes, joyas, muebles o donaciones testamentarias, cobraban una o más *raciones*, sueldo variable en concepto de alimentos que los criados del rey recibían por cada día de servicio. Las raciones eran acumulables y se podían dejar en herencia, e incluso en caso de no tener hijos se estipulaba que pasara a parientes cercanos (123). Famosos bufones como Francesillo de Zúñiga, Miguel de Antona o Manuel Rabelo Fonseca, no sólo adquirieron fortuna, sino además linaje: mayorazgos, escudos de armas, capellanías u oficios reales formaban parte de su patrimonio con el cual lograron el ascenso en la escala social pese a su bajo y, en ocasiones, no muy limpio origen (126–27). Para más información ver el capítulo tercero: "La diversión recompensada" de la obra de Fernando Bouza, *Locos, enanos y hombres de placer en la corte de los Austrias* (Madrid: Temas de Hoy, 1996) 99–129.

Marie-Hélène Huet en su obra dedicada a la interpretación de lo monstruoso en el mundo occidental, anota que ya en Aristóteles se establece una asociación entre la mujer y el monstruo, considerados ambos como desviaciones de la norma que se ubican en el mismo lado de la disimilitud (4). J. Rivilla Bonet y Pueyo en *Desvíos de la naturaleza. O tratado del origen de los monstruos* (1695) disiente de las ideas del filósofo griego, quien "incurrió en el error de tener por primera degeneración en monstruo la mujer, así por la falta que tiene de la perfección viril, como por haberla querido hacer una obra preterintencional de la naturaleza, cuyo directo fin es producir un animal perfecto" (Del Río 92). Sin embargo, la mujer en los siglos XVI y XVII sigue manteniendo la imagen de *otredad*, de ente anómalo frente al hombre y, por tanto, ser imperfecto portador de todos los males y provocador del pecado. Así, se presenta como blanco perfecto contra el que preceptistas de la moral y la educación y críticos adscritos a la corriente misógina medieval lanzan sus invectivas y rabiosas amonestaciones. En el Nuevo Testamento, San Pablo en la epístola a los Corintios (1 33–35) despoja a las mujeres del derecho de hablar en la Iglesia: "las mujeres cállense en las asambleas, porque no les toca a ellas hablar. Si quieren aprender algo, que en casa pregunten a sus maridos, porque no es decoroso para la mujer hablar en la iglesia" (1372). A la sumisión y el silencio al que los padres de la Iglesia relegan a la mujer, se une Fray Luis de León, quien en *La perfecta casada* (1587) acude a las leyes de la naturaleza para justificar las actitudes y conductas apropiadas a las mujeres: "Porque, así como la naturaleza, como dijimos y diremos, hizo a las mujeres para que encerradas guardasen la casa, así las obligó a que cerrasen la boca" (171). Fray Luis propugna en la misma obra la incapacidad intelectual de la mujer para ciertos menesteres y su subordinación frente al varón:

> así como a la mujer buena y honesta la naturaleza no la hizo para el estudio de las ciencias, ni para los negocios de dificultades, sino para un solo oficio simple y doméstico, así les limitó el entender, y, por consiguiente, les tasó las palabras y las razones; y así como es esto lo que su natural de la mujer y su oficio le pide, así, por la misma causa, es una de las cosas que más bien le está y que mejor le parece. (172)

Anteriormente, Juan Huarte de San Juan en el *Examen de ingenios para las ciencias* (1575)[14], mediante un *ingenioso método* basado en los humores corpo-

---

[14] *Los Editores* que firman la "Advertencia preliminar" de la edición de 1884 (Barcelona: Biblioteca Clásica Española) que manejo, defienden que el fisiólogo Juan Huarte se anticipó a las ideas de la frenología moderna, y por tanto fue uno de los primeros autores que observó la relación entre las características físicas humanas y las aptitudes intelectuales y morales. Los mismos anotan que la materia "es interesantísima, puesto que se trata de averiguar por las

rales, demuestra la inferioridad de la mujer por su calidad húmeda y fría, comparada con la calidad seca y caliente del varón que se relaciona con el lado racional[15]. A su vez, Huarte de San Juan ofrece una explicación médica para la existencia de homosexuales, mujeres hombrunas y varones afeminados, quienes sufren una transmutación genital antes del nacimiento debido a un cambio en la temperaturata de los humores durante su gestación[16]. Dichas anomalías se asignan también a la mujer inteligente, quien por carecer del frío y la humedad que caracteriza a la mujer, es más agresiva y desagradable (Velasco 28, 29).

El teatro, como género dramático y espectáculo de masas, se presenta como asunto candente en tratados, sermones y libros de instrucción moral. En 1600 el padre Jesús María escribe a propósito de la comedia:

> es como aquella serpiente Anfisbena . . . que tiene dos cabezas en las dos puntas del cuerpo y por entrambas echa ponzoña; porque la comedia, así en la farsa como en los entremeses está vomitando ponzoña á borbollones en los circunstantes, y a abrasándolos en sensualidad con sus acciones y deshonestas, que es veneno de mayor malicia que el de todas las serpientes. (380)[17]

El monstruo, como señala Jeffrey Jerome Cohen en su obra teórica sobre el monstruo, es una clase de cuerpo cultural variable en el que convergen

---

señales del temperamento y la complexión física de los individuos, su aptitud intelectual y la educación y ejercicio que más les convienen". Si bien los editores restan valor científico a la obra de Huarte, subrayan el mérito de sus ingeniosas hipótesis y observaciones en época tan temprana, además de validar el atractivo literario de la obra y la belleza de su estilo (VI–VII).

[15] El doctor Huarte de San Juan, utiliza la combinación de cuatro elementos o calidades: "calor, frialdad, humedad y sequedad" (229), para definir los diferentes temperamentos del ser humano: colérico, meláncolico, flemático y sanguíneo. Huarte se maravilla que de Grecia (según Galeno, la región más templada del mundo porque "el calor del aire no excede á la frialdad, ni la humedad á la sequedad") haya salido tan alto número de varones ilustres: Sócrates, Platón, Hipócrates, Homero, Demóstenes y otros sabios, pero se espanta de que "siendo el ingenio de las mujeres tan repugnante á las letras . . . hubo tantas griegas y tan señaladas en ciencias, que vinieron a competir con los hombres muy racionales" (289).

[16] Sherry Velasco aplica las teorías de Huarte al caso de Catalina de Erauso, según las cuales Catalina tendría un nivel bajo de humedad y frío relacionado a su comportamiento y aspecto hombruno, comparable a los rasgos masculinos definidos por el calor y la humedad. Para este tema ver el apartado "Manly Women as Prenatal Transmutations" en su obra *The Lieutenant nun: Transgenderism, Lesbian Desire and Catalina de Erauso* (Austin: U of Texas P, 2000) 28–31.

[17] Citado de la edición facsímil de José Luis Suárez García, de la obra de Emilio Cotarelo y Mori *Bibliografía de las controversias sobre la licitud del teatro en España* (Granada, 1997).

características simultáneas o dobles (ix)[18]. La serpiente venenosa asociada a Eva/mujer aparece como un ser activo y corruptor de los *circunstantes*, es decir, de un público mayoritariamente masculino, víctima de los poderes maléficos de semejante *monstruo* femenino. Por otra parte, la imagen de la serpiente bicéfala sugiere la idea del teatro como género híbrido: conservador y subversivo a la vez. Conservador, porque funciona de forma paralela a los mecanismos de poder: el escenario es mera ilusión, un mundo al revés temporal, donde al final nada o muy poco cambia en la estructura sociopolítica del momento. Subversivo, porque se manifiesta como artefacto crítico al poder central, capaz de transgredir la normativa social y moral vigente. Por tanto, el teatro aparece como un ente análogo a la naturaleza múltiple del monstruo, que coincide con la ambivalencia que sugiere la presencia de la mujer en el ámbito público teatral, ya como creadora literaria o como actriz, desviada del mundo doméstico y privado, propio de las funciones femeninas.

La labor de la mujer como escritora es objeto de crítica, justificación o glorificación en las mismas obras escritas por mujeres. La dramaturga sevillana Ana Caro pone en boca de los graciosos de su comedia, *Valor, Agravio y mujer*, oportunos vituperios en contra de las mujeres poetas. En la obra, al preguntarle Tomillo a su compañero Ribete sobre las novedades en Madrid, éste le da una única noticia:

Ya es todo muy viejo allá;
sólo en esto de poetas
hay notable novedad
por innumerables tanto
que aun quieren poetizar
las mujeres y se atreven
a hacer comedias ya. (1164–70, Soufas 176*b*)[19]

Tomillo se asombra de tanto atrevimiento: "¡Válgame Dios! Pues no ¿fuera / mejor coser e hilar? / ¿Mujeres poetas?" (1171–73, Soufas 176*b*), aunque Ribete alude a otras mujeres en Italia que las han precedido para justificar su osado quehacer:

---

[18] Ver el prefacio de Jeffrey Jerome Cohen: "In a Time of Monsters" en la obra *Monster Theory* (Minneapolis: U of Minnesota P, 1966) vii–xiii.

[19] La obra de Ana Caro se incluye en la antología de Teresa Soufas *Women's Acts* (Lexington: UP of Kentucky, 1997) 163–94. La introducción a la autora sevillana señala que de *Valor, agravio y mujer* sólo existe un original manuscrito sin fecha (Biblioteca Nacional ms. 16620). Soufas aclara que, por la época histórica que Caro recrea en la comedia, la obra no pudo ser escrita con anterioridad a 1621, fecha en la que se firmó la paz con los Países Bajos tras doce años de guerra (Soufas 133–36).

> mas no es nuevo, pues están
> Argentaria, Sofoareta,
> Blesilla y más de un millar
> de modernas que hoy a Italia
> lustre soberano dan,
> disculpando la osadía
> de su nueva vanidad. (1174–80, Soufas 176*b*)

En los comentarios de los criados se advierte el toque de humor e ironía de Ana Caro, quien acusándose a sí misma de su atrevimiento, no deja de burlarse de los mismos que censuran ciertas conductas femeninas contrarias a las propias del *coser* y el *hilar*. Por otra parte, el diálogo metadramático ofrece una forma de autopromoción de la misma poeta, que proclama la reivindicación de su *yo* creativo en contestación a los modelos tradicionales de mujer, y propugna su derecho a tener voz en un medio literario reservado a los varones.

Otras escritoras barrocas también utilizan la retórica de la humildad como parte de los formulismos de la *captatio benevolentiae*, para disculparse de sus faltas y solicitar la indulgencia del lector. Esta convención se transforma con frecuencia en sutil e irónica estrategia en la que, tras la sumisión femenil, se oculta una actitud desafiante a los dictados de las leyes patriarcales. Paradójicamente, desautorizando su arte, estas escritoras se proclaman audaces defensoras de su obra y de su condición femenina. María de Zayas en el prólogo "Al que leyere" de sus *Novelas amorosas y ejemplares* escribe: "Quién duda, digo otra vez, que habrá muchos que atribuyan a locura esta virtuosa osadía de sacar a luz mis borrones, siendo mujer, que en opinión de algunos necios, es lo mismo que una cosa incapaz" (159). Es evidente que la autora madrileña arremete contra los detractores de la capacidad intelectual de la mujer, a quienes no duda en acusar de *necios*, aunque humildemente se aviene a conceder a su empresa el título de *locura* y *osadía*, tachando a sus escritos de *borrones*. Y al final, termina disculpándose irónicamente de su condición femenina ante el lector a quien desea complacer ferviertemente: "Te ofrezco este libro muy segura de tu bizarría y en confianza de que si te desagradare, podrás disculparme con que nací mujer, no con obligaciones de hacer buenas Novelas, sino con muchos deseos de acertar a servirte" (161). También Ana Caro concluye su comedia con un comentario metadrámatico en el que se excusa de sus faltas:

> Aquí, senado discreto,
> *Valor, agravio y mujer*

> acaban; pídeos su dueño,
> por mujer y por humilde,
> que perdonéis sus defectos. (2753–77, Soufas 194*b*)

Si María de Zayas denomina *borrones* a sus letras, Sor Juana Inés de la Cruz, valiéndose también del *topos humilitatis* para justificar sus veleidades literarias, reduce sus escritos a la calidad de *papelillos*. En la dedicatoria a don Juan de Orve y Arbieto para la edición del "Segundo volumen" de sus obras (Sevilla 1692), la monja jerónima declara que sus escritos:

> llevan la disculpa de ser obra, no sólo de una mujer, en quien es dispensable cualquier defecto, sino de quien . . . nunca ha sabido cómo suena la viva voz de los maestros, ni ha debido a los oídos sino a los ojos las especies de la doctrina, en el mudo magisterio de los libros. . . y espero con el tiempo ofrecerle otras, si no más primorosas, no tan incultas. (Salceda 4: 411)

En la *Respuesta a Sor Filotea de la Cruz* (1691) aboga de nuevo con energía por el derecho de la mujer a la educación y a tener maestros, a la vez que se disculpa de su corto entendimiento, y reivindica la inocencia[20] de sus letras:

> Y, a la verdad, yo nunca he escrito sino violentada y forzada y sólo para dar gusto a otros; no sólo sin complacencia, sino con positiva repugnancia, porque nunca he juzgado de mí que tenga el caudal de letras e ingenio que pide la obligación de quien escribe; y así, es la ordinaria respuesta a los que me instan, y más si es asunto sagrado:

---

[20] Sor Juana dirige la famosa *Respuesta* a la *Carta de Sor Filotea de la Cruz* (nombre bajo el cual se suscribe el obispo de Puebla, don Manuel Fernández de Santacruz y Sahagún), en descargo de las acusaciones vertidas hacia su persona y labor literaria. El obispo, bajo la identidad de la monja Filotea, anota: "No apruebo la vulgaridad de los que reprueban en las mujeres el uso de las letras, pues tantas se aplicaron a este estudio, no sin alabanza de San Jerónimo. Es verdad que dice San Pablo que las mujeres no enseñen; pero no manda que las mujeres no estudien para saber; porque sólo quiso prevenir el riesgo de elación en nuestro sexo, propenso siempre a la vanidad. . . . Letras que engendran elación, no las quiere Dios en la mujer; pero no las reprueba el Apóstol cuando no sacan a la mujer del estado de obediente" (4: 695). *La Respuesta*, por otra parte, es un alegato de defensa de un texto de carácter teológico, la *Carta Atenagórica*, en el que Sor Juana critica el sermón del jesuita lusitano don Antonio de Vieyra. Cabe citar alguno de los contundentes argumentos que Sor Juana utiliza para defender su derecho a la palabra y la voz: "¿Llevar una opinión contraria a Vieyra fue en mí atrevimiento, y no lo fue en su Paternidad llevarla contra los tres Santos Padres de la Iglesia? Mi entendimiento tal cual ¿no es tan libre como el suyo, pues viene de un solar?" (4: 468). Ver apartado de la introducción "El asunto de las cartas" de Alberto G. Salceda , editor de las *Obras completas de Sor Juana Inés de la Cruz. Comedias, Sainetes y Prosa* (México: Fondo de Cultura Económica, 1995 vol. IV) XXXIX–XLV.

> ¿Qué entendimiento tengo yo, qué estudio, qué materiales, ni qué noticias para eso, sino cuatro bachillerías superficiales? (Salceda 4: 444)

Sin embargo, a contracorriente del consabido tópico de la falsa humildad, a lo largo de la obra de Feliciana Enríquez se evidencian la glorificación y autoalabanza de su obra y su persona. Como indica en el "Prólogo" de la primera parte de *Los jardines y campos sabeos*, la autora no pone reparos en declarar la autoridad de sus letras:

> Cree nuestra Poeta, que ella ha sido
> La primera de todos en España,
> Que imitando a los Cómicos antiguos
> Propiedad ha guardado, arte, y preceptos
> De la antigua Comedia; y que ella es sola,
> La que el Laurel a todos ha ganado (35–40, Pérez 43)

Al margen del teatro popular, la obra de Feliciana Enríquez se erige en una suerte de *monstruo hermafrodito*[21] —utilizando el término con el que Cascales se refiere al género híbrido de la tragicomedia— y, por su carácter anómalo se vincula simbólicamente al ámbito de lo admirable, y a la vez de lo execrable. No deja de ser *cuasi* prodigioso que Feliciana publique una *Tragicomedia* de la que ella misma se vanagloria ". . . porque hasta aora / Ni se ha *impresso*, ni ha visto los Teatros" (44–45, Pérez 43, el énfasis es mío), preciándose con deleite en no seguir las leyes del *arte nuevo*. La importancia que la autora otorga a la palabra impresa se sustenta en el término *impresso*, marcado antes que *visto*, y cargado de significación al inferirse la publicación y lectura del texto como probable única vía de difusión de una obra exclusiva para las altas esferas, y escrita en un género reservado mayoritariamente a los varones. Asimismo, de un modo distinto al impreso no tendrían cabida, como anota en la "Carta ejecutoria", las impertinencias de la que "siendo mujer y no pudiendo hablar entre poetas, había tenido atrevimiento de componer dicha tragicomedia" (Soufas 268*a*).

El mismo proceso de creación se presenta como un punto importante que merece la atención de la autora, ya que en la primera edición de 1624 Feli-

---

[21] En las *Tablas Poéticas* (1617), Francisco Cascales anota respecto a las tragicomedias: "Ni son Comedias, ni sombra de ellas. Son unos *hermafroditos*, unos *monstruos de la poesía* . . . en fin son Tragedias dobles, que es tanto como dezir malas Tragedias, y aun este nombre les doy de mala gana: porque tienen muy poco de sujeto Tragico, con que se a de mover a misericordia, y miedo" (Shepard 161, el énfasis es mío).

ciana anota detalladamente las fechas en las que escribe su *Tragicomedia*. Comienza ésta en 1599 y finaliza en 1619, según indica al final del texto de la primera parte:

> Comenzada desde veynte quatro de Marzo, hasta veynte y tres de Mayo de mil y quinientos y nouenta y nueue: Y continuada desde seys de Noviembre de mil y seyscientos y vno, hasta quatro de Enero de mil y seyscientos y dos. Y proseguida en la segunda parte desde diez y seys de Iulio hasta veynte y nueue de Setiembre, y quatro y seys de Otubre de mil y seyscientos y diez y nueue: y acabada en nueue del mismo mes, y año, por Doña Feliciana Enríquez de Guzmán. (Pérez 174)

Al hacer el cómputo del número de días que la poeta dedica a su obra, se reduce a un total de 204, apenas siete meses de escritura en veinte años con un intervalo de casi dieciocho años entre la primera y la segunda parte. Detalle que abre más interrogantes a la trayectoria artística y vital de doña Feliciana y que se presenta como asunto relevante, puesto que la misma autora se encarga de suprimir dicha información en la segunda edición de 1627 revisada por ella misma.

A pesar de que se carece de su Partida de Bautismo, según estos datos se deduce que Feliciana nació alrededor del 1580 en Sevilla, siendo sus padres, Diego García de Torre y María Enríquez de Guzmán, de la cual, tanto ella como sus hermanas Carlota y Magdalena tomaron los apellidos, práctica bastante habitual en la época, especialmente cuando los apellidos maternos se asociaban a unos orígenes de alto linaje y pureza de sangre. Montoto de Sedas anota que esto era:

> cosa frecuentísima en su época, quizás, y sin quizás, porque sonaba mejor al oído, por ser de probada nobleza en la capital andaluza; y doña Feliciana fué mujer que en vida se pagó mucho de semejantes convencionalismos, haciendo en diversos escritos alusión muy directa á los castillos, leones y barras que decoraban su escudo heráldico. (8)[22]

Como indica Louis C. Pérez, críticos anteriores a Montoto identificaron a Feliciana Enríquez de Guzmán con una tal Feliciana, "Que nueva Safo Salamanca llama", a la que Lope de Vega alude en el *Laurel de Apolo* (1630):

> Pues mintiendo su nombre
> Y transformada en hombre,

---

[22] Santiago Montoto de Sedas, *Doña Feliciana Enríquez de Guzmán* (Sevilla: Diputación Provincial, 1915). El estudio monográfico de Montoto es la única obra dedicada a la poeta sevillana en la que se ofrecen detalles documentados de su biografía.

Oyó filosofía,
Y por curiosidad astrología; (Pérez 32)

La Feliciana de traje varonil, enamorada de otro estudiante llamado Félix, abandonó Salamanca por motivo de celos, dejando unos versos que Lope llamó *felicianos*. La imposibilidad de probar que la referencia de Lope coincida con la figura de Feliciana Enríquez me lleva a considerar el asunto como mera conjetura no exenta de interés, y que contribuye a aumentar el áurea de misterio que rodea la vida de la poeta, teniendo en cuenta las lagunas de información que rodean su biografía.

Se sabe que Feliciana Enríquez contrajo matrimonio en 1616 con Cristóbal Ponce Solís y Farfán y en 1619 enviudó, cotrayendo segundas nupcias apenas cuatro meses después del fallecimiento de don Cristóbal. Las fuentes que Montoto maneja indican que su segundo marido, Francisco de León Garavito, falleció antes de 1630 y hacia 1640 doña Feliciana vivía de la caridad de los frailes del convento de San Agustín (10,14,17). No se tienen noticias explícitas de su muerte, aunque todo hace pensar que ocurriera hacia 1647 a causa de la plaga de peste que asoló Sevilla ese año (Pérez 3), ni se hallan datos de que dejara descendencia.

El estudio de una autora tan desconocida y, a menudo, excluida por la crítica en las nuevas investigaciones sobre textos dramáticos del Siglo de Oro escritos por mujeres[23], se sustenta en mi interés por rescatar a una de tantas mujeres, brillantes pero olvidadas, de la historia del arte y la literatura. Así, me ha interesado dar a conocer la figura y obra de Feliciana Enríquez desde el marco del Nuevo Historicismo, y las corrientes postestructuralistas, a partir de las cuales se contempla la interrelación de diversas disciplinas: historia, literatura, sociología, antropología y cultura, entre otras. Con el apogeo del postestructuralismo que ha apuntado hacia el ocaso del logocentrismo —centro, verdad, intención, significado, presencia— las nuevas tendencias historiográficas han subrayado la importancia de las otras *historias*, a menudo encontradas y contradictorias, que no aparecen en la historia unívoca y tradicional. La introducción de la mujer en la construcción de la historia, como apunta Bel Bravo, "ha contribuido de forma esencial a una auténtica *revolución historiográfica*, introduciendo nuevas fuentes —por exigencias sobradamente conocidas— como puente entre el pasado y, en consecuencia, nuevas formas de

---

[23] Cabe destacar que el número de artículos aparecidos en torno a Ana Caro, María de Zayas, Sor Juana Inés de la Cruz en el ámbito colonial, y en menor medida Leonor de la Cueva y Angela de Azevedo, supera con creces la escasez de ensayos críticos y referencias a la obra de Feliciana Enríquez, de la que apenas se publica y raramente se menciona.

recorrerlo, nuevos métodos" (14, énfasis de la autora). De este modo, el estudio del pasado a través de sus textos literarios se convierte en una forma de reinterpretación del mismo que permite el continuo replanteamiento de la historia y de las relaciones historia/literatura. En este sentido, la obra de Feliciana Enríquez contribuye a añadir una *historia* más a las ya existentes, a través de la cual se establecen conexiones culturales, políticas y sociales del momento en que vive la autora relacionadas con el contexto literario de la época.

La alienación de la mujer en la historia de la literatura clama por la apertura y reconsideración del canon literario, y así, desplazar el centro de interés hacia esos entes marginales y anómalos que, de una forma u otra, rompen con alguna ley natural, orden divino o regla poética. Sin embargo, no se trata de sustuir un centro por otro, destruir un ídolo para colocar uno nuevo en el mismo lugar, sino que, como González Marín sugiere:

> El interés por la marginalidad es una señal de la indecidibilidad acerca del espacio donde hallar la verdad, o el sentido, y no un deseo filológico de rastrear en lo desapercibido meramente. La conclusión no es, por tanto, la conversión de lo marginal en central; el centro y el margen se manifiestan en definitiva en un único territorio, el de la textualidad. (11)

El interés por los *cuerpos imperfectos*, a nivel literal y metafórico, en la obra de Feliciana Enríquez, marca un paralelo con la fluctuación de los conceptos margen/centro, y establece claras analogías con las teorías postestructuralistas que señalan la constante variabilidad del significado. El filósofo y ensayista francés Jacques Derrida aborda la necesidad de desmantelar el juego de oposiciones del estructuralismo —oralidad/escritura, bien/mal, presencia/ausencia, hombre/mujer— en el que el primer término de la oposición se presenta como superior. En la teoría deconstruccionista, Derrida aboga justamente por la ruptura e inversión de los términos, aunque rechaza la posición de *centro* para cualquiera de los polos de la oposición. Así, la idea de verdad absoluta y significado trascendental desaparecen para convertirse en un proceso de significación diferido y diferente. Derrida utiliza los dos sentidos del verbo latino *diferre*; según el primero el verbo *diferir* significa: "temporizar, es recurrir, consciente o inconscientemente a la mediación temporal y temporizadora de un rodeo que suspende el cumplimineto o la satisfacción del 'deseo' o de la 'voluntad', efectuándolo también en un modo que anula o templa el efecto", mientras el otro significado de *diferir* es el más usado: "no ser idéntico, ser otro, discernible", es decir, ser diferente (43–44)[24]. Ambos sentidos son los que Derrida acuña en la palabra *différance*, que González Marín explica como "suerte de memoria antropomórfica en el lenguaje, memoria del proceso de producción del sentido, en que todo es siempre, y por necesidad, un signo de otro signo, una vez aceptada la inexistencia de los significados ideales garantizados por la presencia del hablante" (12), entendiéndose así que los mecanismos mediadores del significado lo aplazan, y a la vez lo multiplican.

Para la estructura de este libro, he seguido un orden de acuerdo a la extensión de los textos. Así, una primera parte está dedicada al estudio y análisis de los dramas, *Tragicomedia de los jardines y campos sabeos* (primera y segunda parte), mientras la segunda sección se centra en los textos breves y los discursos periféricos, es decir, los entreactos y los textos extradramáticos: "A los lectores", "Carta ejecutoria" y dedicatorias. En el capítulo primero he destinado una sección preliminar de referencia al género dramático que utiliza Feliciana, la tragicomedia; género híbrido e impuro, considerado monstruoso por algunos tratadistas y del cual no se halla un consenso generalizado en cuanto a la descripción y definición de sus características. El estudio de la primera parte de la *Los jardines y campos sabeos* se centra en las anomalías y singularidades que incurren en la acción dramática y en la caracterización de los personajes. Desde un principio, ya la idea del espacio del jardín sabeo[25] asociado a un *locus amoenus* idealizado, rompe las expectativas de placidez y armonía, para convertirse en un *locus perversus* en el que se dan cita la corrupción y perversiones varias. En la conducta perturbadora de algunos de los personajes destaca la posible relación incestuosa entre padre e hija que se insinúa veladamente a través de una serie de indicios esparcidos a lo largo del diálogo. El tema del incesto, sin embargo, se articula abiertamente y sin ambages en la fábula mitológica, en la que se produce el cruce consanguíneo de los personajes mitológicos con los protagonistas de la ficción caballeresca; práctica que evoca ciertas resonancias con los casamientos endogámicos de la monarquía austriaca emparentada con toda la realeza europea. Por otra parte, la traición del aposentador real en la fábula sabea ofrece una crítica a las relaciones entre el monarca y sus privados, y alude indirectamente a la figura del valido de Felipe III, el ambicioso duque de Lerma. La fábula caballeresca se limita a presentar los amores entre la princesa de Arabia, Belidia-

---

[24] Ver apartado titulado "La différance" en *Márgenes de la filosofía*. Trad. Carmen González Marín (Madrid: Cátedra, 1998) 37–62.
[25] El término *sabeo* está relacionado con la antigua región de Saba, ubicada en la península de Arabia donde habitaba su mítica reina.

na, y el príncipe espartano Clarisel, y los de Clarinda, princesa de Chipre, y el rey macedonio Beloribo, para terminar con el convencional final feliz y las promesas de matrimonio de las parejas implicadas.

El segundo capítulo estudia la segunda parte de *Los jardines y campos sabeos*, que aunque puede leerse de forma independiente de la primera, continúa con los acontecimientos de la anterior, tras un intervalo de ocho años. En ésta intervienen la mayor parte de los personajes principales de la primera parte reunidos de nuevo en la Arabia feliz para celebrar las fiestas en honor de la diosa Cibeles. A través de los diálogos de los mismos personajes se llega a conocer la ruptura de los acuerdos matrimoniales, y Belidiana, ahora reina de Arabia, se lamenta de los designios de un padre autoritario que la llevaron a casarse contra su voluntad con el príncipe de Fenicia tras tres años de ausencia de Clarisel. Toda la segunda parte se desarrolla para dar a conocer los nuevos amores entre Clarisel y Maya, hija de Atlante y princesa de España, personaje que se identifica con la misma Feliciana. Las múltiples referencias a lo largo de la obra que la autora ofrece sobre la leyenda de las doncellas de Simancas, quienes se cortaron la mano derecha antes de ser entregadas como tributo a los moros, guarda relación con la hazaña que supone para una mujer el tomar la pluma. La autora además glorifica la sangre de sus valerosas antepasadas, y se precia de su linaje y sus apellidos.

En el capítulo tercero se tratan los entreactos de ambas partes, que están relacionados con la fábula de la *Tragicomedia*, tal como la autora indica: "está guardado el mismo estilo en ellos que en la acción principal" (Soufas 271*b*). En las piezas breves Feliciana hace gala de sus dotes imaginativas, su capacidad para la parodia, el dominio de lo grotesco y su manejo del lenguaje. Los personajes masculinos que intervienen en los entreactos de la primera parte forman parte de una galería de cuerpos deformes, cuyas habilidades retóricas pueden compararse a las figuras de los bufones de la corte y hombres de placer, dedicados al entretenimiento y solaz de nobles y reyes. Estos personajes —tullidos y harapientos— amén de sus taras e imperfecciones físicas que acentúan su aspecto monstruoso, no cejan en imitar las formas y modos caballerescos, ofreciendo así una parodia del mundo cortesano y burla de lo mitológico. Por otra parte, las protagonistas de la acción, las *gracias mohosas*, privadas de los atributos que adornan a las del cortejo de Venus, ofrecen otro quiebro paródico al empeñarse en convertirse en esposas de los seis pretendientes a la vez, y perpetuarse en sus relaciones poliándricas; transgresión flagrante de las leyes patriarcales y eclesiásticas. En los entreactos correspondientes a la segunda parte de *Los jardines y campos sabeos* los personajes mitológicos protagonizan una parodia de la decadencia y ociosidad cortesana, y de las perversiones que nobles y monarcas llevan a cabo con total impunidad, con pleno derecho de las prerrogativas que los disculpan de sus tachas morales. Al final del entreacto, los comentarios políticos del rey Midas lamentándose de su castigo a llevar orejas de asno, aluden críticamente a la figura de los validos, y los abusos de poder que éstos llevan a cabo por satisfacer sus ansias de poder, su codicia e intereses particulares, en lugar de aplicarse al buen gobierno.

El último capítulo se centra en los textos extradramáticos más relevantes de la obra, la "Carta ejecutoria" y la nota dirigida "A los lectores", ambos añadidos a la segunda edición revisada por la autora (Lisboa, 1627). La importancia de estos textos radica en su función de manifiesto poético, a través de los cuales la autora sevillana arremete contra las convenciones de la comedia nueva, y se defiende de su condición de mujer y poeta. En la "Carta ejecutoria" utiliza el artificio legal de la ejecutoria para validar la sentencia que un tribunal poético ficticio presidido por Apolo y las nueve musas oidoras dicta a su favor. En la querella interpuesta por los poetas cómicos, éstos pleitean contra la "que siendo mujer y no pudiendo hablar entre poetas, había tenido atrevimiento de componer la dicha tragicomedia" (Soufas 268*a*). A la originalidad del documento se añade el uso de la retórica forense que utiliza la autora, aprendida quizás de su segundo marido, el letrado sevillano León Garavito, con lo cual añade un comentario velado a la actitud litigante de la época y la inflación burocrática que ello supuso. La poeta sevillana no se conforma con ganar el pleito, sino que además se ocupa minuciosamente de que la sentencia quede sellada y registrada adecuadamente para otorgarle la legitimidad necesaria al proceso.

La obra de Feliciana Enríquez añade otra perspectiva, un significado más al conjunto del teatro en el contexto sociocultural en el que se ubica a la autora. A través de un espacio alejado en el tiempo y en el espacio, la autora se permite la licencia de introducir sutiles críticas y comentarios a la corona española y al comportamiento corrupto de las esferas de poder, aunque contradictoriamente, glorifica el mundo cortesano y elitista al que dirige su obra, al cual ella misma se honra de pertenecer. Las inconsistencias y ambigüedades de la figura de doña Feliciana, como mujer y literata, se evidencian a lo largo de la obra. Por una parte, se presenta como *insurrecta*, mujer independiente, heroína emuladora de las valientes doncellas de Simancas, que se atreve a escribir y a enfrentarse a los escritores de comedias, se proclama ganadora del pleito entablado con éstos, y pugna por transgredir las normas establecidas traspasando los límites de la periferia del espacio femenino. Por otro, no deja de autoalabarse y hacer alarde de su linaje y sus gloriosos antepasados, y por tanto, de proclamar a los cuatro vientos el orgullo de su clase; clase privilegiada a la que critica con sutiles ironías o de la que se ríe con descaro en los entreactos, pero con la que, a fin de cuentas, se identifica y se siente fascinada; paradojas que identifican discursivamente a la autora como monstruo hermafrodito, que escribe desde la marginalidad de su condición femenina y de su empeño en ir a contracorriente de las leyes del *arte nuevo*.

Capítulo 1

Primera parte de *Los jardines y campos sabeos*

En torno al género y su relación con lo monstruoso

La única obra conocida de doña Feliciana Enríquez de Guzmán, *Tragicomedia de los jardines y campos sabeos*, no deja de ser un legado único y singular por parte de la autora sevillana con el que contribuye a la formación de una visión más amplia del teatro español de la época, más allá de los límites de la preceptiva lopista y el predominio de la *comedia* como espectáculo popular de masas. La poeta marca su obra con una serie de elementos atípicos o en desuso —la denominación de *tragicomedia,* la utilización de las leyes del *arte* del teatro clásico grecolatino, y la unión del mundo mitológico con el caballeresco— que contrasta con la estética dramática dominante, fiel seguidora de los dictámenes del A*rte nuevo de hacer comedias*. Factores éstos fundamentales, puesto que enfatizan la singularidad de la obra y le conceden el carácter de extraordinario a su conjunto. Así, como en un cuerpo híbrido, en la tragicomedia confluyen la ambigüedad, lo inestable y extraño, configurando la formación de un texto/criatura prodigioso y raro a la vez, no exento de elementos *monstruosos* que se justifican con las muchas licencias, poéticas y morales, que la autora se autoconcede a lo largo de la obra.

En el panorama crítico de las convenciones dramáticas, la tragicomedia se ha caracterizado por su dificultad a la hora de definir y delinear sus características concretas. Se diría, por tanto, que es un género *confuso* y el género de la *(con)fusión* por excelencia, en el que se *funden* elementos característicos de la tragedia y la comedia y se *confunden* los parámetros que lo definen. El género, caballo de batalla de la poética desde la antigüedad, recobra fuerza polémica durante el Renacimiento con el resurgir del mundo grecolatino, la proliferación de teóricos y preceptivas de todo orden, y la reinterpretación de los textos clásicos al gusto de los tratadistas y las corrientes poéticas en boga del momento.

Las definiciones e incluso las denominaciones del género por parte de dramaturgos y teóricos son ambiguas, así como confusas son las ambivalencias con las que juega la tragicomedia en cuanto a los personajes, los temas, la acción, el lenguaje y el tono. Por lo tanto, existe una indeterminación en la demarcación de sus características que no posibilita una categorización uniforme y concreta del género, especialmente teniendo en cuenta que los llamados géneros dramáticos puros —comedia y tragedia— tampoco están claramente definidos, y la tensión entre la teoría y la práctica dramática contribuye a crear más confusión en el campo según sigan o reinterpreten las poéticas clásicas de uno u otro modo[1]. Por otra parte, en España la denominación genérica de *comedia,* asignada a cualquier forma dramática, incrementa esta situación de inconsistencia terminológica que poetas cómicos y preceptistas nunca llegan a resolver de forma consensuada[2]. La misma Feliciana titula su obra como *Tragicomedia los jardines y campos sabeos,* y sin embargo, en el prólogo de la primera parte alude a la misma alternativamente como *comedia* y *tragicomedia*:

> Cifra nuestra Poeta Sevillana
> En su *Tragicomedia* . . .
> . . . .
> Cree nuestra poeta, que ella ha sido
> La primera de todos en España,
> Que imitando a los Cómicos antiguos
> Propiedad ha guardado, arte, y preceptos
> De la antigua Comedia; y que ella es sola,
> La que el Laurel a todos ha ganado;
> Y ha satisfecho a doctos el desseo,
> Que tenían de ver una, que fuesse
> *Comedia* propriamente, bien guardadas
> Sus leyes con rigor; . . . (12–13, 35–44 Pérez 43, el énfasis es mío)[3]

---

[1] María José Vega Ramos en su obra, *La formación de la teoría de la comedia: Francesco Robortello* (Cáceres: U de Extremadura, 1997) apunta la incidencia de la obra de Robortello y su apéndice comentado a la *Poética* de Aristóteles en el contexto crítico-literario de la época, que "ha de entenderse dentro de un panorama complejo, en el que se produce la formación de la teoría moderna de la comedia por glosa, comentario, amplificación, síntesis y contaminación de autoridades" (10).

[2] Alfonso de Toro indica que el término *comedia* se utiliza como *drama,* incluyendo en éste las formas dramáticas del *auto,* la *farsa,* el *entremés* y otras, y también lo define como una forma mixta, por lo que podría considerarse un equivalente a *tragicomedia* (64). Información sobre los géneros dramáticos en "Aproximaciones semiótico-estructurales para una definición de los términos *tragoedia, comoedia* y *tragicomoedia*: el drama de honor y su sistema" *Gestos,* 1 (1986): 53–72.

[3] Las citas de la *Tragicomedia de los jardines y campos sabeos* (primera parte, prólogos, dedicatorias, coros y otros textos y poemas anejos) pertenecen a la edición de Louis C. Pérez (Valencia: Albatros, 1988). El profesor Pérez sigue al pie de la letra la edición de 1627 y la coteja con la primera edición de 1624, cuyas diferencias anota con minuciosidad Para facilitar la lectura he modificado ligeramente la ortografía y signos de puntuación de algunos versos.

El empeño de Feliciana en erigirse fiel seguidora de los rígidos preceptos clasicistas, contrasta con la situación de la comedia española en la que el triunfo de la corriente antiaristotélica es evidente. Los rebeldes aducen argumentos de intolerancia e inmovilismo del arte clásico para justificar los cambios estéticos del género escénico, especialmente entrando ya el siglo XVII. Cristóbal de Mesa en 1611 comenta sobre la situación general de desacato a las autoridades clásicas, y a los preceptos del sabio estagirita: "Agora ya la simple gente moza, / de Aristóteles hace poco caso, / y todo lo confunde y lo destroza"[4].

Fue Plauto el primero en acuñar el término *tragicomedia* para describir su *Anfitrión*, que caracteriza como obra seria con final feliz, y en la que, contraviniendo las leyes de la poética aristotélica, se entremezclan personajes de diferente estrato social. Críticos y poetas del Renacimiento y Barroco se adscribieron al modelo de Plauto en la práctica del género tragicómico, y hacia mediados del siglo XVII la fórmula del final feliz se convirtió en denominador común de la dramaturgia europea, en forma de aleación de elementos de la comedia y la tragedia clásica (Guthke 16)[5]. En España, sin embargo, el término de *comedia*, e incluso el de *tragicomedia*, se llegaría a utilizar también para dramas de sujeto trágico.

A finales del siglo XVI, tras la gran resonancia que obtuvieron las teorías de los preceptistas italianos durante el Renacimiento en toda Europa, aparece la *Philosophia Antigua Poética* (1596) de Alonso López Pinciano, obra considerada como el tratado más completo en torno a las teorías neoaristotélicas en España en la época. La primera edición crítica de la *Poética* de Aristóteles de Robortotello: *Explicatio eorum omnium quae ad Comoedia artificium pertinent* (1548), y la publicación del *Poetices Libri Septem* (1561) de Escalígero, supusieron los puntos de referencia de rigor para las teorías y tratados neoaristotélicos posteriores. Por otra parte, la disputa de los teóricos en torno a la tragicomedia se iniciaría también en Italia entre los seguidores de Guarini y su tragicomedia pastoril *Pastor Fido* (1590), y sus dectractores, partidarios de las teorías de Denores, quienes consideraban *monstruosa* la mezcla de

---

Para la segunda parte de la *Tragicomedia*, la "Carta ejecutoria" y "A los lectores", sigo la antología de Teresa Soufas, *Women's Acts: Plays by Women Dramatists of Spain's Golden Age* (Lexington: UP of Kentucky, 1997).
[4] Citado por Antonio García Berrio en *Introducción a la poética clasicista: Comentario a las Tablas Poéticas de Cascales* (Madrid: Taurus, 1988) 354.
[5] En su estudio sobre la tragicomedia, *Modern Tragicomedy: An Investigation into the Nature of the Genre*, Karl S.Guthke alude al drama de la Europa occidental (Francia, Alemania, Inglaterra), pero no incluye el teatro español de la época.

lo trágico y de lo cómico. Margarete Newels sugiere que el Pinciano estaba familiarizado con la disputa Guarini-Denores, y mantiene:

> —por lo menos en lo que a la poesía épica se refiere— la actitud que encontramos más tarde expresada en el capítulo 47 de la primera parte del Quijote: que de la fusión de lo cómico con lo épico, y también con lo satírico y naturalmente con lo trágico (que es lo más cercano a la epopeya) surge, no un monstruo sino una "criatura muy bella". (140)[6]

En cualquier caso, es evidente que el Pinciano no abomina del género mixto y del uso del término *tragicomedia*, si bien tampoco lo recomienda como género dramático a imitar (Newels 141).

En 1617, siguiendo la forma dialogada de la *Philosopia Antigua Poética*, pero de signo opuesto, aparecen las *Tablas Poéticas* de Francisco Cascales, obra de teoría poética que, posiblemente circulara ya a partir de 1604 de forma manuscrita[7]. La generación de Cascales marca la sustitución del predominio del mundo griego del primer Renacimiento por las prácticas de la Roma antigua, tal como se evidencia en la enorme difusión de las teorías de Horacio y su *Ars Poetica* (Shepard 152)[8]. En las *Tablas* Cascales se erige en detractor del género tragicómico a través de la voz de Castalio, quien comenta vehementemente acerca de las tragicomedias:

> Ni son Comedias, ni sombra de ellas. Son unos *hermafroditos*, unos *monstruos de la poesía* . . . en fin son Tragedias dobles, que es tanto como dezir malas Tragedias, y aun este nombre les doy de mala gana: porque tienen muy poco de sujeto Tragico, con que se a de mover a misericordia, y miedo. (Shepard 161, el énfasis es mío)[9]

---

[6] Para más información, ver capítulo IX de Margarete Newels, "Comedia española y tragicomedia" (125–52) en su obra *Los géneros dramáticos en las poéticas del Siglo de Oro*. Trad. Amadeo Solé-Leris (London: Tamesis, 1974).

[7] Publicado también en 1617, *El Pasagero* de Suárez de Figueroa, parece ser un calco de la teoría dramática de Cascales; hecho que refrendaría la hipótesis de la difusión de las *Tablas* en forma manuscrita en círculos literarios restringidos en fecha anterior a su publicación (Newels 144).

[8] Sanford Shepard comenta en su obra *El Pinciano y las teorías literarias del Siglo de Oro* (Madrid: Gredos, 1970) que Cascales poseía una mediocre erudición griega, y, de hecho, sólo conocía la obra de Aristóteles a través de las traducciones del latín (152).

[9] En el *Tesoro de la lengua* (1611), Covarrubias define el término *monstro* como "cualquier parto contra la regla y orden natural, como nacer el hombre con dos cabeças, quatro braços y quatro piernas" (812*b*); acepción que el *Diccionario de Autoridades* (1735) amplía a "pecado de la naturaleza, con que por defecto o sobra, no adquiere la perfección que el viviente había de tener" y que por extensión se refiere a "cualquier cosa excesivamente grande, o extraordinaria en cualquier linea" (2: 598*b*).

Monstruos de la poesía que irrumpen en el escenario de la comedia española y a quienes Lope de Vega alude a la hora de fijar las reglas del *Arte nuevo*: "Que el vulgo con sus leyes establezca / La vil Chimera deste *monstruo Cómico*" (149–50, el énfasis es mío)[10]; fórmula mágica que Lope utiliza con el aditamento de "Lo Trágico y lo Cómico mezclado" (174), a pesar de que en el *Arte Nuevo* nunca se refiere a este compuesto con la denominación de *tragicomedia*.

Feliciana Enríquez de Guzmán, a su vez, justifica en el discurso "A los lectores" el uso del término *tragicomedia*; posible réplica a las *Tablas* de Cascales y a los detractores del género mixto:

> El nombre de tragicomedia, aunque juzgado rigurosamente de alguno por impropio y no bien impuesto al Anfitrión de Plauto[11], en nuestra fábula o historia tiene toda propiedad; porque contiene dos partes y dobles los argumentos, trágicos y cómicos en su principal y fatal persona Clarisel y en las de las princesas Belidiana y Maya; como quiera que las comedias y tragedias mixtas no ignoradas de los antiguos se dijeron así, porque en parte eran turbulentas y en parte quietas. Y los agudísimos y prudentísimos jureconsultos, que tuvieron tan buen voto en toda filosofía, admitieron acciones mixtas, por participar de reales y personales; *como la arte y naturaleza también han admitido los mixtos y compuestos*. (Soufas 271b, el énfasis es mío)

Por otra parte, la idea renacentista del arte como imitación de la naturaleza es una referencia común que los críticos utilizan e interpretan, según les convenga apoyar o recriminar las teorías en torno a los géneros dramáticos. Cascales, en su crítica a los desconciertos que la *tragicomedia* genera como forma *impura* imperante en los teatros y corrales, afirma de modo contundente que estas obras "son hechas contra razón, contra naturaleza, y contra el arte" (García Berrio 388)[12]. Obviamente, Feliciana disiente de esta aprecia-

---

[10] Para las citas de *El arte nuevo de hacer comedias* sigo la edición de Juana de José Prades (Madrid: Clásicos Hispánicos, 1971), y anoto en paréntesis el número o números de verso.

[11] A menudo, se aprecia la disensión entre los críticos en cuanto a la terminología, cuando en definitiva están aplicando diferentes términos a conceptos similares. La división que hace Cascales para las formas mixtas y eludir el término de *tragicomedia* sigue así: "De otro modo es doble también la Fabula, quando en ella ay personas ilustres, y humildes, como el Amphitrion de Plauto. Y a esta llaman algunos Tragicomedia, pero falsamente: porque la Poesia Scenica no abraça, mas que la Tragedia y la Comedia: y si la Fabula tiene materia Tragica, acabado en felicidad, será Tragedia doble, y si tiene materia Comica con personas graves, y humildes, será Comedia doble; y desta manera es el Amphitrion de Plauto" (Newels 141).

[12] Cascales, reitera en la voz de Castalio el carácter *monstruoso* de la tragicomedia y muestra su aversión a admitir dicha denominación: "Si otra vez tomáis en la boca este nombre, me enojaré mucho. Digo que no hay en el mundo Tragicomedia y si el *Amphitrión* de Plauto se ha intitulado así, creed que es título impuesto inconsideradamente. ¿Vos no sabéis que son con-

ción teórica, y a pesar de sus diferencias con la preceptiva lopista, comparte con ésta sus ideas respecto a la mezcla de sujetos —cómico y trágico— a imitación de la naturaleza, tal como el *Arte nuevo* indica: "Que aquesta variedad deleyta mucho, / Buen exemplo nos da la naturaleza / Que por tal variedad tiene belleza" (178–80). De nuevo, se advierte la falta de consenso entre los críticos y autores a la hora de definir los géneros dramáticos. Para unos, como en la naturaleza, la belleza se halla en la mezcla y la variedad. Para otros, las formas impuras o mixtas son monstruosas, ya que se producen cuando hay una ruptura en el orden de la naturaleza.

La dialéctica del *arte nuevo* versus la preceptiva clasicista defensora de la unidad de las reglas dramáticas: acción, tiempo y espacio, es evidente en la obra de Feliciana que defiende en la nota "A los lectores" la elección y uso del *arte antiguo*:

> Entiendo haber imitado en esta tragicomedia con todo rigor el estilo y traza de las *comedias y tragedias antiguas*, así en la división y artificio de sus actos y escenas como en guardar siempre un mismo lugar público en el teatro y en toda la fábula un continuado contexto, de breve tiempo, en el cual naturalmente los que se hallasen presentes pudiesen sin larga intermisión haber asistido a todo el suceso; en todas las cuales cosas (o por no haberlas bien considerado, o por la dificultad de bien disponerlas, o por interés propio, o por mayor aplauso del vulgo) todos los *modernos*[13] han faltado. (Soufas 271*a*, el énfasis es mío)

La tensión entre *arte nuevo/arte antiguo* se presenta como una constante en perpetuo movimiento, que se desliza por un terreno movedizo de incierta estabilidad[14]. Así, la calificación de *modernos* por parte de la autora, en clara alusión a Lope y su escuela, expresa dicha dicotomía. Por una parte, los *modernos* ven amenazada su hegemonía cómica y, tal como se indica en la

---

trarios los fines de la Tragedia y de la Comedia? El Trágico mueve a terror y misericordia: el Cómico mueve a risa. El Trágico busca casos terríficos para conseguir su fin: el Cómico trata acontecimientos ridículos: ¿cómo queréis concertar estos Heráclitos y Demócritos? Desterrad, desterrad de vuestro pensamiento la *monstruosa Tragicomedia*: que es imposible en ley del arte averla" (García Berrio 387–88, el énfasis es mío).

[13] El vocablo *moderno* en los "Colegios y Universidades vale lo mismo que Nuevo" (*Aut.* 2: 584*a*).

[14] La fluctuación entre lo nuevo y lo viejo forma parte de la dialéctica del arte en general a la hora de delimitar los parámetros que lo definen. Lo moderno y lo antiguo forman una unidad simbiótica en la que elementos de ambos bandos cohabitan (no siempre pacíficamente, por cierto), se benefician mutuamente de la existencia del otro y, en cierto modo, se necesitan para su propia autonutrición, renovación y existencia.

"Carta ejecutoria", acusan a la poeta sevillana de ser "autora de novedades[15] y dislates", y tildan su tragicomedia de "novedad, quimera y disparate" (Soufas 268*a*). Por otra, Feliciana apoya una forma dramática que los *poetas cómicos*, contradictoriamente, tachan de novedad y arcaísmo, pero que ella justifica porque "restituir la antigüedad es de las mayores gentilezas de los bien entendidos, no arcaísmo sino fineza muy estimada" (Soufas 269*b*).

Cabe mencionar que ya hacia 1624, año de la primera edición de la obra de Feliciana, el *monstruo cómico* lopesco ha perdido su cualidad *monstruosa*, quebrantadora de las leyes del arte clásico, al quedar reducido a una práctica aplaudida a nivel mayoritario al gusto del vulgo asistente a los corrales. De este modo, al margen de la fórmula exitosa de la *comedia*, la *Tragicomedia los jardines y campos sabeos* se erige, utilizando la denominación de Cascales, en una suerte de *monstruo hermafrodito* que, por sus imperfecciones y anomalías, se convierte en foco de admiración y a la vez en objeto de execración. Metafóricamente, la obra de Feliciana juega con las ambivalencias del ser hermafrodito, y como en éste, se mezclan elementos de diversa naturaleza que convierten a la obra en monstruo y prodigio.

Por tanto, la *Tragicomedia* irrumpe en el medio literario de la época como un fenómeno en pugna con *el arte nuevo* y que, paradójicamente, se está anticipando al triunfo del teatro cortesano y el drama mitológico que tomará la delantera en la segunda mitad del siglo XVII. En cierto modo, la obra de Feliciana, evocadora de los malos presagios que anunciaban las criaturas monstruosas, se revela como un símbolo premonitorio que anticipa el ocaso de la *comedia* y el cambio en el gusto popular. Sebastian Neumeister comenta que en el proceso de decadencia de la comedia intervienen, primero, la escisión entre el público urbano mayoritario, y el público cortesano perteneciente a la élite aristocrática e intelectual; y, en segundo lugar, el incremento de sofisticados medios escenográficos visuales y musicales que amenazan la integridad del texto dramático y desplazan la relevancia oral y verbal hacia la preferencia por los efectos visuales de gran espectacularidad (170–71)[16]. La

---

[15] El *Diccionario de Autoridades* define el término *novedad* como "la mutación de las cosas, que por lo común tienen estado fixo, o se creia que le debian tener", y de forma figurada, "se toma por la extrañeza u admiracion que causan las cosas, hasta entonces no vistas ni oidas" (2: 683*b*).

[16] Sebastian Neumeister: "La fiesta de corte como anticomedia". *Espacios teatrales del barroco español: Calle-iglesia-palacio-universidad. XIII. Jornadas de teatro clásico Almagro, 7–9 de julio, 1990* (Kassel: Reichenberger, 1991) 167–81. En este ensayo, Neumeister presenta el éxito del drama mitológico y el teatro cortesano como una suerte de *anticomedia* que termina por imponerse como *género autónomo* que se coloca en la cúspide del teatro secular a partir de la segunda mitad del siglo XVII con la fusión y adaptación de los temas pagano-cristianos

corte española del setecientos, fascinada con los ingenios escenográficos importados de Italia, además de imitar el gusto por la construcción de escenarios de gran aparato y grandiosidad tramoyística, contrata también a los productores de estos escenarios suntuosos, llenos de imaginación y fantasía[17]. Cosme Lotti, Cesare Fontana y Baccio del Bianco, famosos escenógrafos italianos, terminan por imponer la corriente que hace alarde del artificio visual en menoscabo del efectismo poético[18]. Hacia la segunda mitad del siglo XVII el drama mitológico de gran aparato escénico es el género que hace furor en la corte de Felipe IV. Lejos quedarán la pobreza de medios escenográficos mecánicos y la escasez de apariencias que se utilizan en la comedia, constreñida a un espacio escénico reducido, y al uso de elementos de escaso efectismo visual[19]. Cervantes e incluso Lope se burlan de la pobreza escenográfica de los corrales, aunque, como anota Teresa Ferrer, dichas críticas no alcanzan al teatro de la corte, pletórico de medios y de sofisticados recursos técnicos; tramoyas, vestuario, atrezzo, la palabra misma, todo cobra espectacularidad (99). Indudablemente, el poderío económico es uno de los factores que marca la diferencia entre la pompa y boato que el teatro cortesano puede

---

que Calderón utiliza para su teatro de corte: "La lucha y el destino de los dioses y semidioses se convierten en alegorías de la existencia humana que encuentra su salvación en la teología cristiana del amor. Mientras Narciso, en *Eco y Narciso*, fracasa porque sólo se quiere a sí mismo, Aquiles triunfa en *El monstruo de los jardines*, porque se supera a sí mismo en un amor correspondido de origen cristiano. Los dos dramas, que se estrenaron en 1661 en el Salón Dorado del Coliseo, forman un conjunto estético y doctrinal" (180).

[17] En 1655 Barrionuevo documenta los fastos de la corte española en la época de Felipe IV: "La comedia de las tramoyas se hace para carnestolendas. Es cosa grande. Paga el gasto el marqués de Liche, y para acabar de perfeccionarle, le pide el que la hace 30.000 ducados. Es cosa cierta. si yo los tuviera, los empleara mejor. Llámase Bacho el tramoyista" (203). Citado en la edición de José María Díez Borque: *Jerónimo de Barrionuevo de Peralta: Avisos del Madrid de los Austrias y otras noticias* (Madrid: Castalia, 1996).

[18] En este sentido, Neumeister indica que Calderón, sucesor de Lope como dramaturgo de corte en 1635, se opuso en un principio a las exigencias de las novedades italianas. En la coordinación de su primera fiesta mitológica, *El mayor encanto amor*, el dramaturgo, empeñado en subrayar la primacía del texto poético, tuvo algunos enfrentamientos con Cosme Lotti, hecho que provocó cartas de protesta por parte del italiano. En cualquier caso, se había abierto la senda que conduciría con posterioridad al mismo Calderón al triundo de sus autos sacramentales y fiestas de corte (170)

[19] El *préstamo de la nube* es un jemplo de la precariedad de medios escénicos y económicos del teatro de los corrales. En *La práctica escénica cortesana*, Teresa Ferrer documenta que "en 1609 Nicolás de los Ríos le tiene que dejar su nube —la había fabricado para una comedia suya— a Pinedo para que pueda representar a su vez la suya" (99).

permitirse frente a la falta de recursos que autores y empresarios deben afrontar en la puesta en escena de sus comedias[20].

Según otros críticos, la supremacía del teatro cortesano que se impone con Calderón a mediados del siglo XVII, no es consecuencia del surgimiento repentino de un género auspiciado por la subvención económica de la nobleza y del mismo Felipe IV, e introducido en España con la llegada de los escenógrafos italianos Lotti y Fontana. La crítica actual (Asensio, Arróniz, Oleza, Ferrer), apoya una trayectoria del teatro cortesano que hunde sus raíces autóctonas en la tradición espectacular medieval, y se desarrolla y se nutre a lo largo del siglo XVI de la estética que introducen los artistas italianos. La tesitura de continuidad y evolución del drama cortesano en el siglo XVI se basa en la documentación de espectáculos teatrales producidos al abrigo de las subvenciones de la corona con motivo de celebraciones de excepción. Aunque escasas, noticias y relaciones de la época refrendan la tesis de la existencia de un drama cortesano de aparato escenográfico que se realiza ya en el XVI, y en el que convergen la citada tradición medieval y la corriente innovadora de influencia italiana[21].

Piezas como la *Fábula de Dafne*, drama mitológico anónimo muy temprano escrito posiblemente durante el reinado de Felipe II y, *Adonis y Venus*, obra primeriza del Lope anterior al *Arte nuevo*, propician la ubicación de éstas en la corriente de continuidad del teatro cortesano, y evidencian su vinculación a la estética posterior del drama barroco. Lope reivindica en su estilo nuevo de comedia una técnica teatral desnuda de aparato escénico y de escasa espectacularidad visual, aunque no deja de sustraerse a la fascinación, especialmente económica, que ejerce el mundo cortesano en comediógrafos

---

[20] Sebastian Neumeister apostilla que el teatro de corte es un teatro subvencionado. Precisamente, el público privilegiado asistente a los ostentosos espectáculos cortesanos es el que no paga entrada en dichos estrenos. La comedia, por el contrario, que domina la primera mitad del siglo, es un producto *de* y *para* el corral. Y por tanto, todos sus elementos: duración de la pieza, estructura, personajes, decorados, etc, están al servicio de las escasas posibilidades técnicas del recinto, y a la vez de los magros ingresos que suponen la entrada a los espectáculos (171, énfasis del autor).

[21] Teresa Ferrer Valls aporta numerosos datos a la evolución del teatro cortesano en el siglo XVI. Ferrer alude a las noticias sobre la primera representación a la italiana en España, *I suppositi* de Ariosto (Valladolid, 1548), con motivo de las bodas del archiduque Maximiliano, sobrino de Carlos V, y su hija, la infanta María. También existen noticias sobre la función *Amadís* (Burgos, 1570) en honor al recibimiento de María de Austria, además de diversos avisos informativos acerca de las comedias en las que ya participan escenógrafos italianos, organizadas ante la reina Isabel de Valois, esposa de Felipe II. Para un resumen sobre el tema ver "Introducción" en *La práctica escénica cortesana: de la época del Emperador a la de Felipe III* (London: Tamesis, 1991) 11–17, 79–84.

y poetas de todo rango en busca de la protección y mecenazgo de los grandes. A pesar del triunfo de la comedia y de las críticas que Lope lanza a la corte, éste no pierde ocasión en la que participar del esplendor y la ostentación que la aristocracia derrocha en fiestas y saraos particulares. *El premio de la hermosura*, representada en las fiestas organizadas por el duque de Lerma en 1614 marca la conexión de Lope con el fasto cortesano, continuando con *El Vellocino de Oro*, escrita para las fiestas de Aranjuez de 1622, en la que ya colabora con el escenógrafo Fontana, y la producción de 1629 con la participación de Cosme Lotti, *La selva sin amor*, considerada la primera ópera española. El hecho de que Lope decida publicar sus dramas de tema mitológico en su *Parte XVI* (1621), nos lleva a la consideración de un Lope movido por la coyuntura teatral del momento en la que se vislumbra ya el viraje del gusto teatral hacia el drama cortesano de tema mitológico. En cualquier caso, es evidente que a partir de la segunda década del 1600, se está fraguando el cambio definitivo en la estética y práctica dramáticas que culminará hacia la mitad del siglo.

La *Tragicomedia los jardines y campos sabeos* de Feliciana Enríquez se inscribe dentro de la tradición del teatro cortesano y, como ella misma esgrime en la nota "A los lectores", su obra no está trazada para los *teatros* y *coliseos*, sino para "los palacios y salas de los príncipes y grandes señores y sus regocijos públicos y de sus ciudades y reinos" (Soufas 271*ab*). Feliciana revela al lector los espacios idóneos para la puesta en escena de la obra, sea en el ámbito privado o en el de los fastos públicos y grandes celebraciones de la corona[22]. Por otra parte, en una escala social inferior, y en un plano más realista en términos de viabilidad de difusión de la *Tragicomedia*, la poeta señala la posibilidad de que su obra pueda "con menos ruido, visitar en sus casas a los aficionados a las buenas letras" (Soufas 271*b*). En este sentido, se infiere la noción de un teatro de entretenimiento para la aristocracia y alta burguesía presentado en fiestas y saraos de carácter privado tan a la moda en la época. Así, continuando con la práctica habitual de lectura poética que se

---

[22] La visita de Felipe IV a Sevilla en marzo de 1624 pudo haber sido el acontecimiento adecuado para la representación de la obra. Aunque en el "Prólogo" de la primera parte de la *Tragicomedia* Feliciana alude a la presencia del rey en su representación, este hecho no se halla documentado, ni existe relación alguna sobre la puesta en escena en honor al rey. El texto del "Prólogo" sigue así:

. . . y aora que del Magno
Felipe visitada (dulce Patria)
Te veo, aunque de passo, me contento
Con sólo verlo a nuestra acción atento. (122–25, Pérez 45)

realiza en los salones privados y academias literarias del momento[23], se enfatiza el planteamiento de la obra como artificio literario que subraya la cualidad poético-verbal de la misma, pensada para ser leída[24] en espacios más reducidos, sin necesidad de aparato escénico.

Al abrigo de esta corriente elitista de carácter cortesano, Feliciana Enríquez establece las claves para la clasificación de su obra dentro de la práctica y preceptiva dramáticas. En la "Carta ejecutoria" la autora, a pesar de atacar a los *poetas cómicos* que han interpuesto una querella a la poeta sevillana, alaba "la elegancia y elocuencia, donaires y sales de las comedias españolas, muchas de las cuales reconocía en esta parte por maravillas nuestras, inspiradas de nuestro celestial influjo" (Soufas 269a), y alude irónicamente a una comedia que ya era historia en los anales de literatura y el teatro. Dicha comedia, ofrecida al príncipe heredero en Milán:

---

[23] La unidad de espacio y las escasas acotaciones escénicas podrían facilitar el recitado de la obra como ejercicio de teatro leído. Toda la acción se desarrolla en los jardines, cuyos únicos detalles de atrezzo son: unos *ramos* o *encañado* que sirven para encubrir la presencia de algunos personajes que desean ver y oír sin ser vistos; el *palenque* donde tiene lugar el torneo y la lucha entre los héroes, y en un plano visual superior, el *balcón* y la *ventana* desde donde las princesas y los reyes observan los festejos de los jardines; en el mismo nivel superior, la *torre* con *reja* se utiliza para la comunicación de los prisioneros con el exterior. Por otra parte, el texto dramático contiene numerosas escenas narradas que eliminan la supuesta acción y movimiento de las mismas. Un ejemplo de narración se presenta en el diálogo de las princesas Belidiana y Clarinda respecto a la lucha que mantienen Adonis y Orestio como parte de los festejos organizados por el rey de Arabia:

BELIDIANA Con passos bien ordenados
           A Adonis se acerca Orestio.
CLARINDA   Ya se juntan, ya se apartan.
BELIDIANA Bien hurtó Adonis el cuerpo
           ligeros, y sueltos andan.
CLARINDA   A los braços ya vinieron.
BELIDIANA Orestio se va enojando.
CLARINDA   Colérico a Adonis veo,
           no puede durarle mucho;
           mi pronóstico fue cierto. (233–42, Pérez 86)

[24] Las llamadas *particulares de comedia* eran representaciones privadas, veladas teatrales que se llevaban a cabo con diferentes pretextos: fiestas familiares, bodas, santos, cumpleaños o simples reuniones mundanas. Jean Sentaurens en su completa tesis doctoral sobre el teatro sevillano, *Seville et le théâtre: De la fin du Moyen Age à la fin du XVIIe siècle* (2 vol. Bordeaux: Presses Universitaires de Bordeaux, 1984), apunta que dichas representaciones privadas, carentes de decorado y vestuario, se limitaban a la lectura en voz alta de alguna obra, en la que la simple recitación expresiva del texto se llevaba a cabo por dos o tres artistas que hacían los diferentes papeles (596).

mereció el aplauso de la Majestad del prudentísimo Felipe Segundo y de los muchos príncipes y doctos que le asistieron la gran comedia que en Milán se le representó en su viaje a Flandes, siendo Príncipe de las Asturias, cuyo escritor dice haber sido una de las mejores que se habían representado en Italia. (Soufas 269*b*)

No cabe duda que doña Feliciana se refiere a la crónica de Calvete de la Estrella: *El felicíssimo viaje d'el muy alto y poderoso príncipe don Phelipe, hijo d'el emperador don Carlos Quinto Máximo, desde España a sus tierras de la Baja Alemania* (Amberes: Martín Nucio, 1552), en la cual relata la impresionante puesta en escena de la comedia ofrecida por el duque Ferrante de Gonzaga en Milán al príncipe Felipe en 1548, y admira la nuevas técnicas de luminotecnia que permiten la reconstrucción de escenarios urbanos[25].

Las noticias escénicas sobre la puesta en escena de dramas cortesanos en Sevilla giran en torno a las relaciones de grandes acontecimientos históricos y los festejos organizados en honor de visitas de la realeza o de la alta nobleza española. El año de 1599 (año en que Feliciana inicia la *Tragicomedia*) coincide con la visita de la marquesa de Denia a Sevilla, que Nicolás Tenorio y Cerezo relata en la "Noticia de las fiestas en honor de la Marquesa de Denia hechas por la ciudad de Sevilla en el año de 1599". Es imposible establecer la relación o influencia de estos festejos y otros[26] con la poeta sevillana; si ésta formaba parte de los círculos aristocráticos, o si frecuentaba las fiestas y saraos privados organizados por y para la nobleza y la burguesía sevillana de finales del siglo XVI. En cualquier caso, es evidente que doña Feliciana está deslumbrada con el ambiente y estética cortesanos y conoce algunas de las noticias y relaciones impresas acerca de los festejos organizados en honor de los reyes y grandes de España. Bodas, nacimientos, recibimientos de personas principales de la realeza, etc., eran acontecimientos dignos de documentación que, al modo de la sección *ecos de sociedad* del periodismo actual, tenían una función más descriptiva que crítica. En ocasiones, las relaciones y crónicas omitían por completo título y autor de la comedia representada, o esta información quedaba relegada a un plano más que secundario,

---

[25] Teresa Ferrer Valls apunta en *Nobleza y espectáculo teatral (1535–1622): Estudio y documentos* (Valencia: U de Valencia, U de Sevilla-UNED, 1993) que: "La representación incluía la iluminación de los decorados que reproducían la ciudad de Venecia con un cielo móvil en el que se alternaba la noche y el día" (25).

[26] Ignacio Arellano en "El teatro cortesano en el reinado de Felipe III", edición de José María Díez Borque, *Teatro cortesano en la España de los Austrias* (Madrid: Compañía Nacional de Teatro Clásico, 1998) 55–73, alude a una fiesta celebrada en Sevilla en 1606 en casa del Veinticuatro don Diego Colindres. En ésta se menciona un certamen poético, un torneo cómico y una comedia de repente de asunto mitológico con tintes burlescos representada por algunos de los asistentes (57).

mientras se cargaban las tintas en la riqueza del vestuario y las galas exhibidas, la espectacularidad de las luminarias o la gracia de los bailes y sus representantes, a menudo, miembros de la nobleza e incluso de la misma familia real[27]. Anterior a la publicación de la primera edición de *Los jardines y campos sabeos* (1624) es la crónica de Antonio Hurtado de Mendoza: *Fiesta que se hizo en Aranjuez a los años del rey nuestro señor (1623)*, doble relación en verso y prosa que documenta los festejos de 1622 en honor del jovencísimo rey Felipe IV que cumplía diecisiete años (segundo año de su reinado). Se representaron dos grandes comedias: *La gloria de Niquea* del conde de Villamediana, y *El vellocino de oro* encargada a Lope de Vega para la ocasión. Felipe Pedraza Jiménez anota en referencia a estas obras que los temas elegidos por los poetas —las aventuras caballerescas y la mitología— son una indicación de lo que será este tipo tipo de drama, en el que se dan cita prodigios, monstruos, transformaciones sobrenaturales y escenas maravillosas susceptibles de interpretaciones alegóricas y simbólicas (85).

A su vez, Teresa Ferrer caracteriza el teatro cortesano por el espesor verbal, la presencia de acotaciones relacionadas con los gestos y el movimiento escénico, la relevancia de la música y canto, además de incluir motivos extraídos de la tradición cortesana y caballeresca como los torneos, las descripciones del *locus amoenus*, los oráculos, los llamados a los dioses, los juegos pastoriles y los debates sobre el amor y el desdén. A estos elementos se suma, además, la intervención de un elevado número de personajes, que contrasta con la escasez de personas y comediantes a la que el teatro de los corrales queda constreñido por las necesidades escénicas y la penuria económica del mundo de la farándula en general (*Práctica* 166).

La obra de Feliciana Enríquez participa de la temática caballeresca y mitológica característica del teatro cortesano, y la autora anuncia en el "Prólo-

---

[27] Teresa Ferrer transcribe una relación anónima de las fiestas de Lerma de 1614 en la que se da noticia de la puesta en escena de la obra mitológica de Lope, *El premio de la hermosura*. El cronista precisa que el Príncipe "salió a echar la loa con baquero, calzones y ferreruelo francés de tabí de oro azul, guarnición de plata, cuello y puños blancos con puntas pequeñas, sombrero negro de fieltro, falda larga, terciada, bordada, y la toquilla con muchas plumas, botas blancas", y el personaje de Rolando llevaba "baquero de tabí encarnado, bordado todo de lentejuelas de plata, la basquiña de la mesma tela bordada de labores grandes de relieve de canutillos y hojuela de plata, sombrero de falda corta, trencilla de diamantes y una puntilla de pluma blanca con sus rizos" (*Nobleza* 250–51). En la misma relación se incluye una única alusión al autor y la obra: "Era la comedia de Lope de Vega; la eminencia de los versos, decencia y decoro de ellos lo mostraban, que sólo su gran ingenio podía dar los propios a tales recitantes" (248).

go"[28] de la primera parte algunos componentes de su obra que coninciden con la práctica de este tipo de teatro:

> Iardines, huertas, campos, bosques, ríos;
> Sueños, máscaras, letras, cartas, joyas;
> Afectos amorosos, castos, puros;
> Flores, donayres, danças, bayles músicas;
> Torneos, luchas, coros, desposorios;
> Y otras diversidades no sin gala (101–06, Pérez 45)

Sin embargo, a pesar de sus ambiciones y sueños cortesanos, es evidente que la poeta sevillana bebe en las fuentes del teatro popular. Las referencias indirectas a otras comedias[29] apoyarían la suposición de una Feliciana versada en el *arte nuevo*; arte que rechaza pero que conoce bien, ya fuera por la lectura de obras dramáticas, o por su asistencia a representaciones en espectáculos públicos y privados. Cabe pensar que la poeta presenciara algunas de las producciones que los corrales del Coliseo y la Montería ofrecían dentro del repertorio tradicional de comedias durante las temporadas en las que las compañías de cómicos sentaban sus reales en la ciudad Sevilla. Por otra parte, existen fuentes documentadas de los grandes festejos públicos que la ciudad organizaba a cargo del erario municipal para el día del Corpus y la Inmaculada. Entre otros actos gratuitos, se presentaban autos sacramentales y comedias, a los que el público plebeyo acudía junto con la nobleza y altos cargos públicos y religiosos de la ciudad[30].

---

[28] El "Prólogo" fechado en Sevilla el 1 de marzo de 1624 coincide con la fecha de llegada de Felipe IV a la ciudad. Dicho prólogo se añade en la segunda edición (Lisboa, 1627), junto con la "Carta ejecutoria" y "A los lectores".

[29] En el "Prólogo" de la primera parte, Feliciana critica la ruptura de unidad de espacio y tiempo de otras comedias:
> Unas vezes Borbón da assalto a Roma;
> Y en Bolonia el Pontífice Clemente
> Corona a Carlos Máximo; y Florencia
> Contra su Duque, y Médicis conjura;
> Y al rey de Francia prenden en Pavía. (46–50, Pérez 43–44)

La autora, probablemente se está refiriendo a la obra del canónigo valenciano Tárrega, *El Cerco de Pavía y prisión del Rey de Francia*, y a la *Comedia del saco de Roma* de Juan de la Cueva, que tratan dichos acontecimientos históricos y las intrigas políticas y religiosas del principio del reinado de Carlos I, que culminaron con el apoyo del Papa Clemente VII y la coronación de Carlos como sacro emperador.

[30] La relación del licenciado Alonso Páez del año 1617 detalla el espectáculo público gratuito que la universidad de Sevilla organizó, puertas abiertas, en el colegio mayor de Santa María de Jesús en honor de la Inmaculada Concepción: "Sábado, después de vísperas, la compañía

Este es, en fin, el medio teatral en el que la poeta sevillana se desenvuelve a la hora de poner en marcha su proyecto literario. No resulta difícil visualizar el esplendor de la ciudad bética en un momento en el que el puerto del Guadalquivir todavía goza de gran movimiento mercantil e intercambio comercial con las Américas. La Sevilla de principios del siglo XVII es un hervidero de actividad humana y tráfico de mercaderías, cuyo auge económico promociona el gran ímpetu cultural y brillo cosmopolita que la adorna. En el mundo de las artes, el teatro en todas sus formas y variaciones escénicas lleva la delantera como espectáculo integrador de artes diversas —poesía, música, danza, pintura, escultura, arquitectura—, y está destinado al entrenimiento y regocijo de un público perteneciente a todo orden social e intelectual. Desde el mismo rey hasta el pueblo llano, hombres y mujeres sin distinción de clase o género comparten el gusto por el arte escénico como forma de entretenimiento por excelencia capaz de regalar la vista y el oído de sus asistentes. A su vez, a la variedad de formas dramáticas y espectáculos teatrales, se suma la multiplicidad de espacios escénicos posibles, más allá de los famosos corrales y casas de comedias. El arte escénico se abre a la totalidad del espacio urbano y público —la calle, la plaza— hasta llegar al ámbito privado de los salones, jardines y casas particulares, e incluso introducirse en la universidad, los conventos e iglesias.

La misma Feliciana dedica la primera parte de la *Tragicomedia de los jardines y campos sabeos* a sus hermanas, doña Carlota Enríquez y doña Magdalena de Guzmán, monjas en el convento de Santa Inés de Sevilla. En la dedicatoria, fechada el 9 de octubre de 1619, año en que finaliza su obra, la autora expresa su deseo de que se represente en el convento con motivo de la celebración de la fiesta de la Inmaculada:

---

de Valdés representó una comedia de historia humana, con bailes honestos y entremeses graciosos. ... gente fue ... de toda suerte, títulos y señoras, toda la demás nobleza, y gente docta y religiosa. Acabada la representación, que fue a las ave marías, se dio principio a los fuegos, que se encendieron en la plaza que estaba toda cercada de muchos barriles de brea que, encendidos, hacían de la noche un claro día. Había en el frontispicio de la iglesia muchas ruedas ingeniosísimas, con gran número de cohetes voladores rastreros. La que más duró en dar fuego continuo gastó medio cuarto de hora sin interpolación. Había más tres árboles de fuego cuyas ramas y raíces abortaron innumerables cohetes de diferentes maneras, éstos a la tierra, que no dejaban balcón ni ventana segura, y aquéllos levantándose tan altos por los aires que parecían nuevas estrellas, y otros que parecían nuevas estrellas, y otros que formaban de fuego en el aire unas rosas grandes, que parecían del sol, que por otro nombre llaman gigantes" (Sentaurens 601). Citado de la transcripción de la *Relación de la fiesta que el colegio mayor de Santa María de Jesús, Universidad de Sevilla, hizo en la publicación de un Estatuto en que se juró la concepción de Nuestra Señora ..., por el licenciado Alonso Páez; año de 1617.*

Esta mi Tragicomedia, hermanas, os dedico, . . . Remítoosla para que la celebréis, y representéys dentro de vuestro recogimiento con vuestras amigas, festejando con sus desseadas bodas (porque sean castas, puras) las del Esposo eterno con su amada y soberana Esposa María en el primero instante de su purísima Concepción, en su festiuidad deste año tan propria vuestra. (Pérez 176)

Los festejos en honor a la Inmaculada Concepción se instituyeron oficialmente en 1617, y con motivo de éstos el Consejo municipal de Sevilla[31] ofrecía en la víspera del día de la Inmaculada (el 7 de diciembre) una representación privada dedicada a todos sus cargos públicos, familiares y amigos. La celebración se convirtió en una de las más importantes en cuanto a presentación de actos públicos de la ciudad, en la que se contaba con espectáculos de danza análogos a los de las fiestas del Corpus, misa solemne, audiciones de música y luminarias (Sentaurens 593). El *Real decreto de reformación de comedias* de 1603, que prohibía a las compañías dramáticas actuar en monasterios y conventos, se modificó en 1615 para añadir la excepción de: "cuando la comedia fuere puramente ordenada a devoción" (604). El hecho de que Feliciana dedicara su obra a sus hermanas monjas para su recreo y entretenimiento manifiesta la laxitud de costumbres en algunos de los conventos y órdenes religiosas[32]. Evidentemente, la representación se reducía a la intimidad conventual, que daba cabida a los familiares y allegados a la comunidad religiosa, aunque, como sugiere Jean Sentaurens, estas veladas privadas no tenían nada que envidiar a las que se organizaban en los salones de la aristocracia y la alta burguesía (595). La obra de Feliciana estaría bastante alejada del modelo devoto que las normativas ordenaban para las repre-

---

[31] Sentaurens anota que el Consejo Municipal de Sevilla en 1599 se constituía de 8 alcaldes mayores, 52 veinticuatros (regidores de ayuntamiento) y 72 jurados (*Seville et le théâtre* 592).

[32] En 1641 la carta del rey dirigida al arzobispo de Sevilla fue comunicada al Cabildo de la Catedral, en la cual se informaba que: "habiendo entendido que, aunque se han despachado provisiones para que en las iglesias y monasterios de religiosos y religiosas de estos reinos ni en las demás iglesias no se representen comedias, por la indecencia que causa al lugar sagrado y ser contra la quietud y modestia de los religiosos y seguirse otros muchos inconvenientes, esto no se ha ejecutado, ha ordenado al Consejo haga que tenga cumplido efecto, por lo que con su gran piedad y celo del servicio de Dios desea la veneración de los sagrados templos y que no haya cosa que pueda relajar el santo instituto de las religiones, y así lo tendrá entendido Vuestra Merced para hacerlo observar en su arzobispado sin que en esto haya dimisión alguna, y avisará al Consejo de lo que en esto se obrare" (Sentaurens 594). Estas diligencias contrastan con las celebraciones de agosto de 1622 en las que los regidores de la municipalidad y los religiosos del convento de San Francisco organizaron una octava conjunta en honor de la Inmaculada. Los actos solemnes: procesión, sermones diversos y misa cantada terminaron con el colofón de una comedia que se representó en el interior de la iglesia conventual.

sentaciones eclesiásticas y, a pesar del tinte piadoso que inscribe en la dedicatoria, por su temática estaría más próxima a las farsas con motivos *a lo humano* que a las beaterías de las comedias *a lo divino*.

De locus amoenus *a* locus perversus

La división de la obra en cinco actos con un total de veintiocho escenas, además del elevado número de personajes[33] que intervienen en la acción, dificulta el resumen de la ya de por sí complicada fábula. Toda la acción se desarrolla en un escenario único, los jardines sabeos[34], y transcurre en un plazo de aproximadamente veinticuatro horas, de madrugada a madrugada del día siguiente. Clarisel, príncipe de Esparta, ha luchado anteriormente contra el rey de Arabia, y prendado de su hija, la princesa Belidiana, regresa a las tierras sabeas dos años más tarde acompañado de su fiel amigo Beloribo, rey de Macedonia, para reencontrarse con su amada. Al comienzo del drama Clarisel y Beloribo, aposentados en los jardines sabeos bajo identidad falsa —Criselo y Lisdanso— se preparan para el torneo que tendrá lugar por la noche. En el segundo acto, llegan noticias al rey de los amores correspondidos entre su hija Belidiana y el caballero Criselo. Ante la inminente amenaza de pérdida de su honra, el rey ordena encarcelar al supuesto traidor. Anteriormente, los extranjeros vestidos de jardineros consiguen *ver* y *hablar* a las princesas —Belidiana de Arabia, y Clarinda de Chipre—, que son además primas. Éstas descubren juntos en los jardines a Venus y a Adonis, quien pretende a su prima Belidiana en matrimonio.

En el tercer acto, punto álgido de la acción, se lleva a cabo el torneo del que Criselo y Lisdanso salen victoriosos, pero son encarcelados al desobedecer la cláusula añadida por el rey, que obliga a tornear entre sí a la pareja vencedora. Las princesas interceden por la liberación de los extranjeros. Continúan los festejos con el espectáculo de lucha en el que Adonis se erige vencedor, y éste

---

[33] Feliciana añade en la edición de 1627 la lista de "Personas" que aparecen en el drama. Por descuido o por alguna razón oculta, la poeta sevillana omite a la Reina, al Verdugo (ambos personajes sin nombre), a Arcinda (secretaria de la princesa Belidiana), y a Aglaya (una de las tres gracias). El total de personajes que aparecen en escena es de treinta y uno, sin contar con un número indeterminado de soldados y caballeros de Esparta, Macedonia y Arabia.

[34] *Sabeo* es el adjetivo referente a la región de Saba, cuna de la mítica reina del mismo nombre, situada en el suroeste de la península de Arabia.

entrega su trofeo a su pretendida prima Belidiana. El rey, para confirmar la certeza de los amores entre su hija y el caballero Criselo, acude a la ventana de Belidiana y finge ser Criselo que agradece el favor de la princesa en su puesta en libertad. Belidiana, exasperada por tal atrevimiento, amenaza con gritar. El rey descubre la traición de Sinamber. Con la acusación de los amores entre Criselo y Belidiana, Sinamber quería vengar la muerte de su hermana a quien la princesa sorprendió en brazos de un caballero, y ordenó que las bestias los persiguieran y dieran muerte. Sinamber se clava una daga y es arrojado a un pozo del que milagrosamente sale indemne, gracias al esfuerzo de su amada Ermila, doncella de Belidiana, que lo rescata. Criselo es acusado de la muerte de Sinamber y el rey dicta su sentencia de muerte y el destierro para Lisdanso.

En el cuarto acto, por medio de un ardid de joyas y papeles, las princesas descubren la verdadera identidad de los extranjeros encarcelados; hallan de nuevo a Venus y a Adonis juntos en los jardines, y Belidiana rechaza a Adonis definitivamente como pretendiente. El drama finaliza con la celebración de las bodas de Orfeo y Eurídice, acompañados de Himeneo, Juno y otros personajes mitológicos con música y danza incluidas. Los extranjeros son liberados, y soldados macedonios y griegos luchan contra los caballeros de Arabia. Al final, Clarisel da las gracias a la diosa Juno por la victoria, los reyes de Arabia desenredan la maraña del juego de identidades de los extranjeros —Criselo/Clarisel, Lisdanso /Beloribo— y se anuncian las bodas entre Clarisel y Belidiana.

A la hora de analizar los aspectos atípicos de la primera parte de la *Tragicomedia de los jardines y campos sabeos* destaca principalmente la mezcla entre los personajes mitológicos y los personajes humanos. Lo relevante subyace, no sólo en la natural convivencia de caracteres míticos en un mundo caballeresco y heroico en el espacio remoto de la Arabia feliz, sino en la relación de consanguineidad entre los mismos. Adonis, en la fábula sabea, se presenta como medio hermano de la princesa Clarinda, y primo de la princesa Belidiana; relación de parentesco que marca la intersección entre el mundo mítico y el humano, aunque los personajes de ambas esferas apenas mantienen un diálogo directo entre sí.

Con frecuencia, la relación entre los personajes, mitológicos y humanos, se mantiene en un plano referencial y visual y, como meros observadores, dichos personajes participan del juego de *ver sin ser vistos*, sorprendiéndose mutuamente en acciones no del todo permisibles. Las princesas descubren en dos ocasiones a Adonis y Venus *in fraganti*, retozando alegremente por los jardines sabeos, con lo que Belidiana tiene una excusa cabal para rechazar a su primo

Adonis[35]. También, como espectadoras a distancia, éstas presencian las bodas de Orfeo y Eurídice que se celebran con la asistencia de otros personajes mitológicos. A su vez, la pareja mitológica sorprende a las princesas entretenidas en un curioso y amoroso diálogo sin palabras con los prisioneros de la torre, entre los cuales el bello Adonis reconoce a su máximo rival, Clarisel/Criselo, en sus pretensiones casamenteras. Por otra parte, como parte del contrato dramático y partícipe del mismo juego de *ver sin ser vistos*, el papel del público como observador privilegiado queda claro, puesto que es el único que conoce todos los secretos y pormenores que a otros personajes en escena les son velados.

Al nivel de la fábula, la *Tragicomedia de los jardines y campos sabeos* no deja de seguir las convenciones de cualquier comedia de enredo en la que el hilo de la historia amorosa y las vicisitudes por las que pasan los protagonistas terminan con el desenlace feliz y boda, o múltiples bodas, de las parejas implicadas en la acción. Este sería superficialmente el patrón de la *Tragicomedia* en la que los personajes de alto rango —príncipes y princesas—, y la pareja mitológica —Venus y Adonis— se ven involucrados en una intriga amorosa que finaliza con el anuncio del matrimonio de la pareja principesca. Sin embargo, lo que en un principio se presenta como una inocua historieta de amor adornada de lances caballerescos, equívocos, confusiones, disfraces, *papeles* y demás convenciones pertenecientes a la *comedia* con final feliz incluido, a lo largo del drama se revela un discurso mucho más atrevido que permanece velado, o simplemente desapercibido[36], debido a la distancia espacial y temporal que media entre el público y los acontecimientos de la fábula: un lugar exótico y pagano, y un tiempo remoto en el pasado. Por tanto, la ruptura con la identificación de una realidad contemporánea a la poeta sevillana se incrementa por medio de diversas inconsistencias temporales que propician

---

[35] Belidiana se lamenta de su mala suerte en cuanto a enamorados: "los unos veo casados, / y los otros a la muerte" (136–37), y le pide a su prima:
   En mi nombre le rogad [a Adonis]
   que con Venus se contente,
   y en ninguna forma intente
   poseer mi libertad" (142–45, Pérez 103)

[36] Ambas ediciones de la *Tragicomedia* pasaron el *visto bueno* de las instituciones eclesiásticas y del Santo Oficio. En la edición de 1627, el censor, Fray Thomas de S. Domingos, bajo el apartado de "LICENSSAS", firma en Lisboa: "Vi esta Tragicomedia de los Iardines y Campos Sabeos, composta por doña Feliciana Enríquez de Guzmán Sevillana, nam tem cousa, que impida poderse imprimir, antes tem muita liçaon de humanidades, e poesias; e naon será pouco entretenimiento a os curiosos; principalmente por ser tal Autora; porque sempre se estimaron as letras, e poesías desta qualidade" (Pérez 40–41).

la fisura emocional entre el público y la acción dramática. La mezcla del tiempo inmemorial de los mitos de la antigüedad clásica, y el mundo caballeresco medieval de justas y torneos, aderezado con los motivos de la honra y la pérdida del honor, son los elementos que contribuyen a la creación de un mundo ficticio de difícil identificación con la realidad, aunque se trate de un espacio cargado de claves familiares, susceptibles de ser descifradas por un público escogido y culto.

Los jardines sabeos, único lugar en el que se desarrolla la acción, devienen en un ámbito de naturaleza quasi metafísica, en el que Feliciana puede dar rienda suelta a su imaginación y sacar a la luz los secretos de su subconsciente sin restricciones ni tabús. Se trata, en fin, de un *locus amoenus* que se va transformando en un *locus perversus*, alejado de la naturaleza idealizada del topos renacentista. Como parte de las amenidades de este topos reconvertido, se van descubriendo actitudes y comportamientos al margen de los principios morales que dicta la ortodoxia católica en un momento en el que los vientos contrarreformistas[37] todavía soplan con fuerza en la España imperial.

Por tanto, la elección de un lugar alejado en el tiempo y en el espacio, no deja de ser un asunto relevante encubridor de otros sucesos acaecidos en la región bética, tal como Feliciana anuncia en el "Prólogo":

> La Historia en nuestros tiempos sucedida,
> Que vio el famoso Betis y otro Río,
> Y oy leen escrita por sus verdes álamos;
> Cifra nuestra Poeta Sevillana
> En su Tragicomedia, que en Arabia,
> *Finge* aver sucedido en los Sabeos,
> Campos, y sus jardines, que *gozaron*
> Los Amores de Venus, y su Adonis. (9–16, Pérez 42–43, el énfasis es mío)

En este sentido, se destaca el hecho de que la poeta *finge*, es decir, disimula ciertos acontecimientos mudando su enclave, mientras la intervención de Venus y Adonis anticipa, en cierto modo, la temática erótico-gozosa del drama que aprovecha las connotaciones de exotismo y sensualidad asociadas al mundo árabe y a la región mítica de Saba[38].

---

[37] En cuanto a la cronología de la Contrarreforma, el *Diccionario de Historia de España* (Madrid: Revista de Occidente, 1968), señala "como fechas topes de este gran movimiento, ... las de 1555 y 1648, año este último que significa la detención de la Contrarreforma y la instauración en Europa de un nuevo sistema político-religioso, el de Westfalia, caracterizado por un nacionalismo en lo político y lo religioso" (Bleiberg 3: 976).

[38] Los árboles que crecen en esa zona de Arabia destilan la mirra, una goma-resina aromática en forma de lágrima de color blanco o rojizo semitransparente que se utiliza en elaboración del

Las numerosas referencias a flores, plantas, colores y aromas acentúan el sensualismo que rezuma el jardín sabeo. La simbología de la *flor* es amplia y variada y, como apunta el *Diccionario de símbolos* de Biedermann: "En ocasiones, no se las concibió solamente como inocentes mensajeras de la primavera, sino también como símbolos del 'apetito carnal' y de todo el ámbito del erotismo" (196). Ya en el segundo capítulo, el encuentro entre el rey y las princesas en el jardín ejemplifica las veladas connotaciones eróticas de la escena:

[REY]	Bellas damas.
CLARINDA	Aunque adula
	tu Alteza, tus manos besa
	por el favor tu sobrina.
BELIDIANA	Yo tus pies.
REY	No son favores
	los devidos a dos flores,
	tal *rosa*, y tal *clavellina*.
	No quiero sendos abraços
	de tales damas perder.
CLARINDA	*¿Quál se podrá contener de no rendirte los braços?* (107–16, Pérez 66, el énfasis es mío)

El rey halaga a las princesas otorgándoles nombres de flores, *rosa* y *clavellina*, y no conformándose con las fórmulas verbales de saludo convencionales con el beso de manos y pies de rigor, solicita de sus dos flores: "No quiero sendos abraços / de tales damas perder" (113–14). El encuentro, familiar y trivial, no se desmarca de los cánones que dictan la ortodoxia de las buenas maneras y las formas de rendir respeto al rey, incluso por parte de familiares tan allegados como su propia hija y sobrina. El requerimiento del *abrazo* puede

---

incienso y perfumes, además de tener diferentes usos en medicina. En el *Tesoro de la lengua* Sebastián Covarrubias comenta que el *encienso* se produce en los árboles que crecen en Arabia "principalmente en un bosque del reyno de los sabeos, que no tiene más de treinta leguas de luengo y no menos de quinze de ancho. Tienen la jurisdición del bosque unas trezientas familias, a las quales toca por sucessión y herencia el trabajo de coger el incienso y el interés de distribuirle. Suelen los de aqueste linage, al tiempo que hieren los árboles, para que distile el licor, y en la sazón que se coge el incienso, abstenerse de mugeres y de las obsequias de los muertos, dándonos a entender que una goma tan santa no se dexa tratar de profanas manos; por la qual superstición, ellos en aquella tierra son llamados hombres sagrados y el encienso tenido en más" (514a). La ambivalencia de la sustancia resinosa que destilan estos árboles tan preciados se manifiesta en el carácter sagrado del incienso "símbolo del reconocimiento y vasallage que los hombres deven a Dios", y en el profano, por la sensualidad asociada a los perfumes y bálsamos de toda índole. Análogamente, la tensión entre lo sagrado y lo pagano estará presente a lo largo de toda la obra.

parecer una simple muestra más del cariño paterno hacia las jóvenes. Sin embargo, el comentario de su sobrina: "Quál se podrá contener[39] / de no rendirte los braços?" (115–16), añade una nota inquietante a la tensión dramática. La ambigüedad de las palabras de Clarinda reviste al diálogo de los primeros indicios de erotismo en una escena aparentemente familiar y doméstica, en la que se comienzan a trazar rasgos de perversión en la caracterización de la princesa que verbaliza abiertamente su deseo de *rendir los brazos*, es decir, de abrazar a su tío. El comentario de Clarinda se interpreta también como una forma de acatar la voluntad jerárquica, mostrando el debido respeto y obediencia al rey, que coloca a la princesa en posición de vasallaje, y apunta la imposibilidad de resistirse (*contenerse*) a la autoridad patriarcal.

El encuentro de las princesas con los extranjeros es otro de los ejemplos en los que la pretendida ingenuidad del diálogo, con más *flores* como telón de fondo, conduce a una situación cargada de sensualismo y veladas connotaciones eróticas. Curiosamente, el término *jardín* se define en sentido figurado como "parage donde hay abundancia de sugétos hermosos, especialmente mugeres, u de otras cosas de especial bondad, o agradables y deleitosas a los sentidos" (*Aut.* 2: 317*b*). Así, para encubrir sus identidades, los caballeros cilicianos[40] adoptan el papel de jardineros, que les facilitará el deseado encuentro y les permitirá *ver* y *hablar* a las damas: "Dos sayos vaqueados suficientes / son, a darnos tan grato y dulce día" (559–60, Pérez 62). Las alusiones sensuales y las asociaciones eróticas al mundo de la horticultura comienzan a cobrar sentido, tal como ejemplifica el diálogo en el que los fingidos jardineros se convierten en cuidadores de *flores primas*, a las que cultivan y rinden culto.

BELIDIANA Dime, ¿deste huerto estimas
                 en mucho ser hortelano?

---

[39] Covarrubias define el verbo *contenerse* con la significación de *refrenarse*. Por tanto, *continente* se refiere a la persona que "refrena sus pasiones y vive con entereza", y *continencia* es la "virtud que refrena las pasiones" (352*b*).

[40] De Cilicia, antigua región situada al sur de la península de Anatolia. Cabe mencionar que Clarisel y Beloribo se disfrazan de caballeros cilicianos con el fin de participar en el torneo y evitar ser reconocidos como enemigos del rey. Así lo explica Clarisel a su escudero:
    ¿Para qué quando en viaje,
    desta tierra nos pusimos,
    Cilicianos nos hezimos
    desnudando el propio traje?
    ¿Crees, que el Rey olvidada
    tiene la batalla fiera,
    en que rompí su vandera,
    y rendí su fuerte espada? (65–72, Pérez 48)

CLARISEL   En jardín tan soberano,
           que tiene flores tan primas,
           que en sólo ver su hermosura
           se goza el alto cielo;
           ¿qué mayor gloria, y consuelo,
           que entender en su cultura? (297–304, Pérez 71)

Lo primero que llama la atención de esta escena en el jardín es la facilidad con que los supuestos jardineros hablan a las princesas. El disfraz les permite pasar por servidumbre palaciega, y transformarse así en una presencia por lo general muda que se limita a llevar a cabo labores domésticas. Precisamente, el ardid de convertirse en servidores de palacio los despoja de toda pretensión galanteadora, y el hecho de ser varones, pero de una clase inferior, no es tenido en cuenta como amenaza potencial a la integridad virginal de las doncellas. En este sentido, se diría que el siervo, por su posición social carece de cuerpo, o es una suerte de cuerpo asexuado. La misma escena de las princesas plácidamente entretenidas con la variedad de flores y colores de que disponen para la elaboración de sus ramilletes, no sería posible con dos caballeros desconocidos en el jardín. La casualidad, *una flor*, es el motivo que incia la conversación entre los jardineros y las damas:

CLARINDA   Si tan alto no estuviera
           aquel *ramo de azahar*,
           bellísimo y singular
           ramillete el sólo fuera.
           Si un *virgulto, vara, o asta*,
           o otro *remedio* yo hallo
           para poder alcançallo,
           ramillete es que me basta.
CLARISEL   El mejor *remedio* es,
           altas Princesas, quien *salto*
           haga tan *supremo* y *alto*. (249–59, Pérez 70, el énfasis es mío)

La princesa no alcanza al *ramo de azahar*[41] (símbolo de la pureza) porque está demasiado alto, y para ello necesita algún artefacto, *virgulto, vara,* o *asta* (símbolos fálicos que ella no posee), o cualquier *otro remedio* que, casualmen-

---

[41] El azahar: "La flor del limón o naranjo, que es blanca y pequeña, compuesta de quatro hojas gruessas y olorosas" (*Aut.* 1: 514*a*). María Moliner en el *Diccionario de uso del español*, alude al simbolismo del azahar como flor de la pureza, y refiere la costumbre de las novias de llevar un ramo de azahar en el día de su boda (1: 320*a*). Esta tradición no la mencionan ni el *Diccionario de Autoridades*, ni *El tesoro de la lengua*, aunque en éste se menciona el blanco como el color de la "castidad, limpieza, alegría" (219*b*).

te, el galán jardinero se halla a bien servir: el *salto, supremo y alto* que le permitirá tomar el ramo. La lectura simbólica de la escena se interpreta como una forma de pérdida de virginidad de las doncellas; virginidad arrebatada por el poseedor del falo, el jardinero que da el salto para alcanzar el ramo. El salto es físico, puesto que se realiza con los pies, asociados en la teoría psicoanalítica a los órganos genitales masculinos, pero además es un salto lingüístico que el acechante jardinero lleva a cabo al irrumpir en la conversación de las damas de forma imprevista. A pesar de la placidez de la escena, se percibe una violación simbólica en el acto mismo de tomar el ramo de azahar, y una violación verbal que permite a dos vulgares sirvientes entrometerse en el diálogo de las princesas. Éstos se atreven a invadir el espacio verbal restringido a las ilustres damas, con lo cual, el lenguaje subraya también el salto social —*salto supremo*— que los fingidos jardineros realizan de forma eficaz para conseguir la comunicación y el diálogo con las princesas.

En esta escena, Clarinda elige a su jardinero, Beloribo/Lisdanso, para llevar a cabo tan alta tarea: "Yo a ti conceder la enpresa / (jardinero amigo)[42] quiero," (273–74, Pérez 71), ya que ve al otro jardinero "más afecto a la Princesa" (276, Pérez 71), su prima Belidiana. Cabe notar la familiaridad con que la doncella se comporta ante el sirviente, a quien se toma la libertad de llamarlo *jardinero amigo*, además de solucionar el reparto de parejas de forma satisfactoria para todas las partes.

Belidiana y su jardinero, Clarisel/Criselo, mantienen un diálogo cargado de sutilezas tras la sugerencia de Clarisel de realizar el *salto supremo* para alcanzar el ramo, y que se convierte en un concurso con premios incluidos:

BELIDIANA ¿Y serás tú el que le dés?
CLARISEL No me faltan esperanças.
BELIDIANA Primero quiero saber,
     ¿qué te atreverás perder
     de tu *caudal*, si no alcanças? (260–64, Pérez 70, el énfasis es mío)

Si el comportamiento de Clarinda puede parecer atrevido para una princesa, Belidiana no le va a la zaga cuando casi impúdicamente inquiere sobre el *cau-*

---

[42] Este paréntesis podría interpretarse como un aparte de Clarinda. Sin embargo, comparándose con otros paréntesis y dentro de su contexto, no parece haber consistencia en el uso de los paréntesis como apartes. Más bien se infiere que a veces Feliciana utiliza el paréntesis como si se tratara de comas, aunque no cabe duda que el paréntesis es un llamado de atención al lector, cargado de significación. Otras veces se sobreentienden los apartes, a pesar de no estar especificados en las escasas acotaciones escénicas de la obra ni estar marcados por el uso de paréntesis.

dal del jardinero. El *caudal* se entiende en este contexto como la hacienda y los bienes materiales. También está relacionado con la abundancia de agua de un río, que se asocia al caudal verbal del jardinero, caudaloso en palabras[43] y, que por afinidad con el elemento fluído establece un nexo de conexión con el semen (caudal íntimo masculino).

Belidiana acepta las condiciones de los jardineros "con destierro del vergel" (271, Pérez 70), si pierden, y el permiso para ". . . trasplantar / dos flores de singular / belleza . . ." (282–84, Pérez 71), si ganan, y consiguen alcanzar el ramo. El diálogo continúa con sendas referencias a la misteriosa *flor* que crece en el jardín sabeo, y a la que Clarisel se encarga de adornar con milagrosas virtudes: remedio contra la melancolía, la enfermedad y el mal de corazón; antídoto contra el basilisco, e incluso ". . . puede las dulces vidas / a muertos restituyr" (227–28, Pérez 72). La identificación de Belidiana con la *flor* milagrosa es clara, y de hecho, Clarisel coloca a su *flor* a una altura divina en la que pueden reconocerse las virtudes de la Virgen María: "y aunque es todas, una y sola / es sobre todas perfeta" (343–44, Pérez 72)[44]. Se trata, en fin, de una flor singular y rara que, como el veneno, mata y cura:

Su vista me dexó muerto,
Y me bolvió de la muerte
A gloriosíssima suerte
Oy su vista en este huerto. (349–52, Pérez 72–73)

El diálogo entre las doncellas y sus galantes jardineros termina con la declaración de amor de éstos, quienes, a imitación de las convenciones del amor cortés, se proclaman fieles vasallos defensores de la belleza de sus damas: "y en el canpo, a espada y lança, / que vuestra beldad no alcança / tercera, defenderé" (374–76, Pérez 73). Al final, Beloribo es el galán "que el azahar alcanzó" (366, Pérez 73), y se lo entrega a su *bella Aurora*, mientras ésta, en audaz coqueteo con su jardinero, no ceja en regalarse los oídos al preguntar casi con incredulidad: "Que soy Aurora, me dizes, / ¿parézcolo por tu vida? / . . . / ¿Iuraraslo por tu fe?" (369–70, 373, Pérez 73). A la vez, Clarisel, no queriendo quedarse atrás en encomios a su dama, declara: "yo os confiesso por Aurora / de belleza no menor" (379–80, Pérez 73). Respecto al juego del cortejo y el ritual amoroso en la época, ya Francisco Villalobos apuntaba en su obra *Los problemas* (1543):

---

[43] De los 271 versos de esta escena, 129 corresponden a Clarisel, con tan sólo 48 a su compañero de aventuras Beloribo.
[44] Como la Virgen María —Bendita entre todas las mujeres— la *flor* a la que alude Clarisel es jazmín, alhelí, clavellina, rosa, azucena, narciso, ciclamor, mosqueta y amapola, es decir, es todas y es una a la vez, *sobre todas perfecta*.

"no se contentaban ellos con decirlas que eran sus señoras, y que las habían de servir como esclavos y morir por ellas; más dícenles que son sus diosas, y que para ellos no hay otro dios en el cielo y en la tierra" (Vigil 77). Asimismo, la caracterización de las princesas, si en un principio se presenta un tanto descarada y atrevida, tiene, sin embargo, mucho en común con las actitudes de las doncellas de la época. El modelo de mujer retratado en la poesía trovadoresca y las novelas de caballerías se convirtió en el ideal femenino a alcanzar, patrimonio de toda clase social y condición. Damas nobles, plebeyas, solteras, casadas campesinas o hijasdalgo, analfabetas o cultas, en general, todas compartían las ensoñaciones del amor cortés. De hecho, *la cultura cortés* sirvió para delinear los patrones que marcarían las pautas del galanteo durante los siglos XVI y XVII, y tuvo un gran influjo en la conformación de los ideales y deseos amatorios de las mujeres. Desde el nacimiento del amor cortés en la corte medieval de la Provenza, la tradición literaria ha retratado a la dama con infinidad de metáforas —cabellos de oro, labios de coral, blancura de nieve, dientes como perlas, etc.— con el fin de alabar su hermosura. La obsesión por la belleza también ha sido una de las características comunes a las mujeres empeñadas en ser a cual más atractiva y deslumbrante (Vigil 62, 68–69).

En la *Tragicomedia* abundan los comentarios y las opiniones encontradas sobre de la belleza de las princesas. Por una parte, se presentan las alusiones convencionales a la beldad de las damas que ponderan sus respectivos galanes. Por otra, aparece el criterio de otra mujer acerca de la belleza de las princesas, que se opone a la opinión de los rendidos amadores. El diálogo entre Yleda, dama medianera, y los caballeros cilicianos resulta esclarecedor al mostrar distintos pareceres ante la belleza femenina:

CLARISEL   ¿Hablaste a la Princesa?
YLEDA   Hablé
CLARISEL   Dizen que es hermosa.
YLEDA   No mucho; mas es briosa,
grave, y arrogante.
BELORIBO   Y essa también será emulación
y una poquilla de embidia
YLEDA   Esse toro no se lidia,
galan en mi coraçón.
Si su beldad se regula
con alguna, Belidiana
no es hermosa, aunque es galana
que es lo que la dissimula.
. . . .
BELORIBO   ¿Vistes a la prima?
YLEDA   Vila.

BELORIBO	¿Y que tal os pareció?
YLEDA	¿Va a dezir verdad? O yo soy ciega, o muy basto hila.
BELORIBO	La hermosa, y bella Princesa de Chipre.
YLEDA	¿Bella y hermosa Clarinda? no sé tal cosa. (323–34, 343–49, Pérez 55–56)

La importancia del motivo de la hermosura femenina no estriba en discernir quién dice la verdad, es decir, si son o no son bellas las princesas. Lo relevante radica en la presentación de las dos posturas estereotipadas: de cómo perciben y estiman la belleza femenina hombres y mujeres. Los caballeros, como galanes enamorados, están bastante lejos de ver al objeto de su deseo con racionalidad, y los suspiros, lamentos y referencias a su *beldad soberana* están marcados por una retórica cargada de los convencionalismos del amor cortés. La dama goza de una hermosura inigualable y su imagen es: sol, lucero, estrella, flor prima y dea, Aurora soberana, paloma amorosa, dulce puerto, navío de deseo, etc.[45] Yleda, como mujer, tampoco es una fuente digna de crédito para enjuiciar la belleza femenina, ya que percibe a las princesas como sus rivales en hermosura, y con cierta carga de resentimiento se niega a aceptar la idea de la belleza asociada a la escala social:

Cerca estoy de parecer
Ninfa, y Dea soberana,

---

[45] Las referencias poéticas comparando la hermosura de las damas son numerosas. He aquí un bello ejemplo en octavas del parlamento de Beloribo aludiendo a su amada:
Si la vieras (amigo) lumbre dando
al sol, al cielo, al fuego, al ayre, al día;
con su prima el balcón verde alegrando,
de castidad vestidas y alegría;
a dalles justa adoración, llevando
los ojos su hermosura, y bizarría
atónitos, dixeras que la tierra
de Arabia haze al cielo cruda guerra.
. . . .
¿Qué se puede hazer? Ya nos hallamos
en alta mar, que tierra no parece,
y es fuerça que las velas descojamos,
si contraria fortuna no enfurece
su plácido sosiego, buenos vamos,
a dulce puerto llegará el navío
de tu desseo y del desseo mío. (531–38, 540–46 Pérez 61)

si es hermosa Belidiana
¿o es más que qualquier muger? (339–42, Pérez 56, el énfasis es mío)

Coincidiendo con las observaciones de Juan de Pineda, Yleda conforma el estereotipo de mujer que gusta de parecer más hermosa que otra. El religioso manifiesta que todas las mujeres rabian por ser tenidas por hermosas y no soportan que se diga "delante de una que otra es más hermosa que ella, ni aún tanto que si la que lo oye, tiene en qué estribar para respingar"[46]. En cualquier caso, la cuestión sobre la belleza de las princesas es ambivalente, y se advierte un trasfondo de ironía en la idea de unir belleza y nobleza (valga recordar que los vástagos de la monarquía de los Habsburgo no fueron, precisamente, tocados con las gracias de los dioses de la hermosura). En definitiva, se entiende que las princesas, por el mero hecho de serlo, no tienen por qué ser bellas también, aunque Yleda, como sugiere Beloribo, puede estar celosa de la posición social y belleza de las primas, y empeñarse en negar la evidencia.

El juego de esencia y apariencia es una constante en la caracterización de los personajes. Anteriormente hemos considerado la belleza, relacionada con el sentido de la vista, ahora veremos cómo el oído cobra también importancia. En la escena del jardín las princesas se hallan frente a dos jardineros, aunque sus palabras desdicen su aspecto de rústicos hortelanos. El lenguaje, que en poco se diferenciaría del de cualquier galán caballero, traiciona al traje y, sin embargo, no sorprende a los oídos de las damas que, regaladas con los placenteros halagos y las gracias de los bizarros jardineros, se dejan llevar por su hermosura y obviar la apariencia del disfraz. En este sentido, Clarinda muestra abiertamente su entusiasmo al declararle a su prima:

Tanta beldad y hermosura,
tanta gracia y gallardía,
tal brío, tal alegría,
tal rosicler y blancura.
Magestad, Princesa, tal,
puede en *hombres* concurrir
que no puedan referir
prosapia y sangre real. (385–92, Pérez 74, el énfasis es mío)

A los ojos de Clarinda, la mayor virtud de los jardineros es la de ser *hombres*, y se maravilla de que belleza y posición social puedan ir tan desparejados. En cierto modo, la princesa ha desnudado a los jardineros de su traje

---

[46] Citado por Mariló Vigil (69) de la obra de Juan de Pineda: *Los treinta y cinco diálogos familiares de la agricultura cristiana* (Salamanca, 1589).

para admirar su *rosicler y blancura,* deleitarse en sus cuerpos bellos y hermosos, y gozar de su *brío y gallardía.* Si al inicio del diálogo el estrato social de los jardineros y su función de sirvientes elimina cualquier suspicacia a la hora de entablar el diálogo amoroso, al final, es evidente que la palabra triunfa a nivel del subconsciente, y el oído es el sentido que prima a la hora de juzgar los encantos de los jardineros. En definitiva, mediante la palabra y la lisonja los jardineros son capaces de mantener la atención de las princesas, que de otra manera no hubieran reparado en la presencia casi invisible y muda de dos individuos pertenecientes a la servidumbre. A través del seductor galanteo, las damas alcanzan a *ver* a los dos jardineros en sus cualidades varoniles. Mediante el lenguaje se establece el diálogo persuasivo que acerca a los personajes de ambos sexos, y se convierte en el vehículo de comunicación que incita el deseo en las doncellas, obnubiladas con los requiebros de tan perspicaces servidores[47].

De forma análoga, vista y oído cobran un valor muy diferente en la fría y distante relación entre Adonis y Belidiana. La celebración de fiestas públicas en las que se dan cita torneos y otros espectáculos populares, ofrece a las damas una de las escasas ocasiones en que éstas pueden presentarse en público, y con ello, *ver* y *ser vistas* en su afán de encontrar al galán servidor que se ajuste a sus deseos y pretensiones. En la *Tragicomedia*, a indicación de una de las escasas acotaciones al drama, las damas pueden ver a los luchadores, quienes primero aparecen "sobrevestidos de pieles de leones, y tigres, con el traje ordinario de Hércules", para después "desnudar fácilmente las pieles ... y quedar leve y honestamente vestidos" (Pérez 83). Evidentemente, en esta escena la levedad del traje de los atletas deja al descubierto sus cuerpos, y se infiere que Belidiana y Clarinda se recrean ante la vista de las gracias de los luchadores, especial-

---

[47] Ante la actitud esquiva de Belidiana respecto a los hombres, Beloribo le recuerda a Clarisel las teorías misóginas que ambos mantienen sobre la conducta femenil, asegurándole que el pretendido rigor y desdén del que ellas usan es artimaña y buena señal:
Y que no hay tan desdeñosa,
tan melindrosa, y austera,
que no se buelva de fiera
tigre, paloma amorosa.
Y que no ay triste neblí,
que a todas no las rindió,
y que la que dixo, no,
a dezir bolverá, sí.
Y que ninguna ay tan firme,
tan fuerte, dura, y constante,
que un golpe no la quebrante,
y lo que negó no afirme. (213–24, Pérez 69)

mente las de Adonis, a quien una y otra admiran: "Quién puede negar, que es bello / . . . / ¿Ay tal belleza en el suelo?" (126, 168, Pérez 85–86). La visión de cuerpos varoniles en *traje de Hércules* se supone bastante reveladora, y no cabe duda que las doncellas gozan ante tan plácido espectáculo; visión, sin embargo, mucho menos seductora que la de los extranjeros vestidos con *sayos vaquerados*[48], disfraz con el que cubren su cuerpo y encubren sus identidades, como Clarisel y Beloribo, y como caballeros cilicianos que participarán en el torneo. A su vez, las palabras de Adonis no tienen la eficacia de las del jardinero-príncipe, y el diálogo no deja de ser una mera fórmula retórica en la que Adonis, siguiendo las convenciones del espectáculo, adula a su prima y se presenta como su fiel servidor:

> Bella Princesa de Arabia,
> luz, y gloria deste suelo;
> gloria, luz, honor, y ser
> de Arabia; y del orbe entero.
> Yo vuestro primo dichoso,
> felice en ser primo vuestro,
> que soys la más bella dama
> de todo el mundo, he propuesto. (189–96, Pérez 85)

Belidiana acepta, como otra convención más, el honor de recibir la guirnalda del triunfador Adonis, a pesar de que no tiene intención alguna de aceptar a su primo como pretendiente. Las palabras de Adonis forman parte de un discurso público que no tiene nada de seductor para Belidiana, e incrementa la distancia física y emocional que los separa. Por el contrario, la voz de Clarisel en su traje de jardinero —mucho menos revelador que el de los luchadores— se demuestra más eficaz en términos eróticos y del deseo, ya que le permite acercarse de forma física a la princesa dentro del ámbito privado del jardín de palacio, y con la palabra consigue penetrar en su espíritu y perturbar su alma. Belidiana muestra sus dudas:

> O yo no entiendo esta historia
> o es Clarisel mi querido
> este rústico; o Cupido
> quiere inquietar mi memoria. (289–92, Pérez 71)

A pesar de todo, la princesa tiene claras sospechas de que bajo la imagen del fingido jardinero se oculta su amado príncipe, pero evita comunicarle sus

---

[48] El *Diccionario de Autoridades* define el *sayo vaquero* como "vestido exterior, que cubre todo el cuerpo, y se ataca por una abertúra que tiene atrás, en lo que sirve de jubon" (3: 55*b*).

previos lances amorosos a su prima Clarinda, que cumple la función de tercera e insiste en emparejar a Belidiana con su medio hermano Adonis. Los dos años de espera silenciosa por parte de Belidiana, desde que Clarisel le declarara su amor antes de partir de la región sabea, tienen algo de inquietante. Hay algo sospechoso en el comportamiento de Belidiana y su interés en esconder a Clarinda, próxima en edad y parentesco, sus sentimientos hacia el príncipe espartano. La actitud desconfiada de la princesa comienza a comprenderse como señal del conflicto interno. Belidiana no está acostumbrada a revelar sus emociones y sabe guardar sus secretos; hábitos quizás adquiridos por recomendación del rey, no interesado en que la princesa hable sobre el lado oscuro de las relaciones entre padre e hija.

Con admirable lógica, Birano, escudero de Clarisel, no comprende qué impedimento puede tener persona de tan alto estado como su amo para alcanzar a la princesa Belidiana:

> Si la quieres por esposa,
> y eres Príncipe como ella;
> y gallardo, si ella es bella;
> y gentil, si ella es hermosa;
> ¿Porqué el rey, aunque le aflija
> su vencimiento, tal yerno
> no querrá, y con el gobierno
> del Reyno, darte a su hija? (105–12, Pérez 49)

Clarisel le comunica a su escudero la decisión del rey de negar a su hija en matrimonio:

> Porque es por muger negado
> del *cruel padre* alcançalla;
> que se *escusa* de casalla
> y darle tan presto estado;
> Alegando ser muy niña
> de catorze solamente. (113–19, Pérez 49 el énfasis es mío)

La posibilidad de una situación incestuosa la anticipa Clarisel con su explicación refiriéndose al rey como *cruel padre* y al considerar como mera *escusa* el argumento de la tierna edad de la princesa. Incluso el escudero se pregunta si los catorce años "¿No es edad viripotente?" (119, Pérez 49). La alegación del padre es precisamente el pretexto del que se sirve para evitar la separación de su hija, y le disculpa de entregarla en matrimonio, con lo cual deja al descubierto uno de los indicios que indica la posibilidad de incesto. Justamente, al principio de la obra el sueño de Clarisel anticipa el fracaso de sus amores con Belidiana ya que ésta se disculpa por no haberle esperado durante su ausencia, y se entiende como una alusión a la relación ilícita:

> Ay Clarisel, Clarisel,
> perdona mi *grave culpa*,
> que *mi padre me disculpa*,
> de averte sido cruel. (265–68, Pérez 53, el énfasis es mío)

Como indica Jane M. Ford, en la literatura temprana relacionada con este tema, a menudo encontramos la figura del padre posesivo que pone obstáculos[49] a los diversos pretendientes de su hija hasta llegar al héroe que es capaz de superar los impedimentos y lograr el triunfo de su arriesgada empresa; situación que en formas literarias posteriores se reduce a un único pretendiente a quien el padre considera su adversario (3)[50]. De hecho, una de las características en la relación incestuosa es el aislamiento de la hija para evitar el contacto de ésta con cualquier posible pretendiente.

De la situación anterior al inicio de la fábula, sabemos que Clarisel es el héroe, rival del rey de Arabia, que ha sido capaz de romper el cerco y acercarse a la princesa Belidiana. Dos años más tarde, en el encuentro de Belidiana con Clarisel en el jardín sabeo, la princesa cree reconocer a su príncipe bajo el disfraz de jardinero y rememora las hazañas valerosas de Clarisel: "que en mi padre me venció, / quando su espada rindió, / y yo allí me rendí a él" (289–96, Pérez 71). La referencia a *rendir la espada* se repite otras dos veces a lo largo de la obra: una al principio del drama cuando Clarisel le recuerda a su escudero el por qué del disfraz y el cambio de nombre en tierras sabeas:

---

[49] En *El Patrañuelo*, Juan de Timoneda refiere en la "Patraña oncena" la historia del rey que pone una pregunta enigmática —obstáculo— a los pretendientes de su hija, a quienes corta la cabeza si no aciertan:
> Soy el que tengo y no tengo;
> caí sin me levantar;
> de lo injusto me sostengo;
> entro do no puedo entrar.

El príncipe Apolonio, enamorado de la princesa, acierta a responder ante el rey: "—Tú eres, rey, el que tienes razón y no la tienes: tienes razón, porque eres hombre, no la tienes por vivir bestialmente en echarte con tu hija; y eso es sostenerte injustamente, y entrar do no puedes entrar" (125). A pesar de que el príncipe adivina el enigma, el rey declara perturbado: "—Digno eres de muerte, Apolonio, porque no has dicho la verdad, mas, porque no me pintes por cruel, y ser la persona que eres, yo te doy un mes de tiempo, para que mejor pienses en ello" (Soria 125–26).

[50] Para un resumen sobre el tema ver la introducción de la obra de Ford: "Father/Daughter Incest: Theory, History, and Sociology" (2–16), en su obra *Patriarchy and Incest from Shakespeare to Joyce* (Gainsville: UP of Florida, 1998).

> ¿Crees, que el Rey olvidada
> tiene la batalla fiera,
> en que rompí su vandera,
> y *rendí su fuerte espada*? (69–72, Pérez 48 el énfasis es mío)

La última alusión a las proezas de Clarisel la revela Belidiana a su prima (acto IV), después de haber escuchado la conversación de sus padres fingiéndose dormida:

> Entre sí estando
> de Clarisel tratando, que aquí estuvo
> dos años a, y detuvo él sólo opuesto
> el esquadrón infesto de su gente,
> *rindiendo su valiente, y fuerte espada,*
> su vandera ganada: que sería
> grande ventura mía, repitieron,
> y en uno convinieron, si marido
> me diessen tan florido. (281–89, Pérez 107 el énfasis es mío)

Las razones de la contienda en ningún momento se especifican, y se enfatizan las hazañas de Clarisel al *rendir la espada* y *ganar la bandera*, sin mencionar realmente las causas desencadenantes del conflicto bélico. Aparentemente, los reyes pronto han olvidado las rencillas contra el enemigo, y resaltan las virtudes heroicas del príncipe a la hora de elegirlo como posible candidato a la mano de su hija. Por lo cual, la alianza con el príncipe de Esparta reportaría algún provecho a la corona, olvidando *la batalla fiera* y eliminando cualquier sentimiento de odio hacia el enemigo; intriga palaciega que en ningún momento se verbaliza, pero que de otro modo no se justifica la súbita reacción de simpatía hacia el enemigo vencedor.

Retomando el tema del incesto y aceptando la culpabilidad del padre, interpreto el *rendir la espada* como una forma de castración simbólica: castigo para el padre incestuoso que se lleva a cabo a manos de Clarisel. Otto Rank se remite a la cosmogonía griega para ejemplificar la castración como método punitivo por el incesto cometido por los dioses, ya que "castration as punishment for incest plays a great role in the fantasy life of the individual and of entire peoples" (232)[51]. Las formas de castración varían desde cortar los genitales,

---

[51] En *The Incest Theme in Literature and Legend: Fundamentals of a Psychology of Literary Creation* (Baltimore: Johns Hopkins UP, 1992), Otto Rank se remite a la *Teogonía* de Hesíodo para referir las relaciones incestuosas de los dioses. Crono, hijo de la relación incestuosa entre Gea y su hijo Urano, castra al padre con una hoz. Crono, a su vez, se casa con su hermana Rhea, y para

hasta la mutilación de otras partes del cuerpo —dedo, pie, nariz, orejas— que simbolizan la acción de castrar. Incluso el corte en el brazo o en la frente se considera una forma sustitutoria de la castración original (238). Por otra parte, en la fábula sabea la *espada*[52] se considera un símbolo fálico representativo de la fuerza y el poder, que en este contexto se convierte en el objeto fálico que reemplaza la castración real cuando Clarisel consigue *rendir la espada* del rey. El triunfo en la batalla le proporciona el trofeo, la princesa, y al castrar simbólicamente al padre, Clarisel rompe el obstáculo que provoca el aislamiento de Belidiana, y permite a ésta separarse del padre para acercarse a su pretendiente. De hecho, Belidiana sustituye un falo por otro, ya que ella misma admite que Clarisel ". . . en mi padre me venció, / cuando su espada rindió / y yo allí me rendí a él" (694–96, Pérez 71), mientras para Clarisel el trofeo es doble, ya que al vencer al rey, vence también a la princesa.

Otro factor que propicia una relación incestuosa entre padre e hija es la ausencia de la madre, aunque no necesariamente signifique ausencia física. Es decir, la madre no tiene que estar muerta, sino presentar una función pasiva, y en cierto modo ausente, con lo cual se indica su incapacidad a la hora de proteger a la hija de los deseos lascivos del padre (Ford 4). En la *Tragicomedia*, esta *ausencia* de la madre es evidente. El primer punto de atención es el hecho de que la reina carece de nombre. Curiosamente, ésta y el verdugo, encargado de llevar a cabo la sentencia de muerte del príncipe Clarisel, son los dos únicos personajes que no tienen nombre, y ni siquiera se mencionan en el listado de *Personas* del principio del drama. El descuido de Feliciana puede ser fortuito, teniendo en cuenta la cantidad de personajes que aparecen en escena, pero no por ello deja de ser significativo. La reina, al tolerar los abusos que ella bien conoce, y dejar a su hija a merced del padre, aparece realmente como el verdugo de su hija. El silencio de la madre es, de hecho, una forma de ejecutar

---

evitar el castigo devora a sus hijos después de su nacimiento. Sólo Zeus sobrevive, gracias a las artimañas de Rhea, que engaña a Crono y le hace tragar una piedra envuelta en las ropas del recién nacido. Las premoniciones de Crono se cumplen y Zeus castra a su padre, tal como éste hizo con Urano. Zeus también comete adulterio y se casa con su hermana Hera, y el monstruo Tifón le corta los tendones del pie con una hoz; mutilación que puede considerarse otra forma de castración (229–31).

[52] El *Diccionario de símbolos* de Hans Biedermann indica que "en la psicología profunda, la espada tiene también carácter masculino-fálico" (177); carácter que Covarrubias en el *Tesoro de la lengua* ya había determinado al definir el término *espada* como "La común arma de que se usa, y *los hombres* la traen de ordinario ceñida, para *defensa* y para *ornato y demostración de que lo son*; y a los que no están tenidos en esta reputación, les dizen que traen ruecas" (549*a*, el énfasis es mío). El derivado *espadón*, equivale a *castrado* (550*a*).

la sentencia de su hija y por tanto, su pasividad es indirectamente activa al consentir las acciones licenciosas de su marido.

Por otra parte, la actitud beligerante de Belidiana respecto a su madre se manifiesta claramente en el diálogo que mantienen las dos princesas, tras conocer por medio de sendos *papeles* la verdadera identidad de los jardineros encarcelados en la torre con la falsa acusación de haber dado muerte al aposentador real, Sinamber. Belidiana se lamenta así de su mal de amores, y del encarcelamiento del príncipe:

> BELIDIANA   Ay prima, no me entiendo,
> ni el mal cruel que siento comprehendo.
> CLARINDA   Remedio a vuestra llaga otro no hallo,
> que al Rey comunicallo.
> BELIDIANA   ¿Al rey, Princesa?
> CLARINDA   O a la Reyna.
> BELIDIANA   ¿Y a *essa*, prima mía,
> tal me dizís? Sería afrenta tanta,
> que antes por mi garganta corran quiero,
> agudo, y fiero azero. . . . (263–70, Pérez 106–07, el énfasis es mío)

La áspera reacción de Belidiana al referirse a su madre como a *essa* pone al descubierto las tensiones entre madre e hija. Esta se niega a confiar en su madre y muestra una abierta animadversión hacia ella. El discurso de Belidiana, sin embargo, está cargado de ambigüedades difíciles de descifrar. La negativa a confiar sus sentimientos a sus padres es a la vez una forma de protegerse de los rigores del código del honor: ". . . no es decente declararme: / y aunque sé, que culparme no devieran, / ni sin culpa pudieran propia suya" (273–75, Pérez 107). Belidiana teme la ira del rey si llegara a conocer que ha mantenido una relación secreta con Clarisel, y las palabras *culpa*, *propia* y *suya* ratifican las ambivalencias a la hora de buscar culpabilidades en unos u otros personajes.

A lo largo de la obra, la reina desempeña un papel secundario a la sombra de los acontecimientos. Aparece físicamente en escena dos veces: una junto al rey como espectadora en el torneo, y al final del drama, cuando se confirman las bodas entre Belidiana y Clarisel, una vez aclarada la maraña de malentendidos, y se resuelven las hostilidades entre la princesa y sus padres, tal como el rey anuncia:

> Belidiana a *hazer las pazes* viene,
> y pues ella las haze con su madre,
> confirmallas sin réplica conviene;
> y yo las juro, como *amigo*, y padre. (389–92, Pérez 125, el énfasis es mío)

En cierto modo, el rey alude indirectamente a los conflictos en el seno familiar, y al hablar de *hacer las paces*, el padre, que se autodenomina *amigo* también, confirma una situación de crisis que la lectura del drama sólo entreve. En definitiva, se trata de una situación llena de sutiles hostilidades en la que las palabras, repletas de segundas intenciones, sugerencias indirectas y alusiones veladas, no aclaran abiertamente la base del conflicto familiar. La relación incestuosa entre padre e hija se insinúa a través de una serie de indicios esparcidos a lo largo del drama, que inducen a sospechar el lado oscuro de las turbulentas relaciones familiares.

En contrapartida, cuando aparecen los personajes mitológicos, la cuestión incestuosa se articula abiertamente y sin ambages. La autora concierta audaces lazos de parentesco entre caracteres de la leyenda mítica y personajes de la acción sabea, que enfatizan el carácter crítico-burlesco de la obra. La relación de consanguineidad se presenta como una de las singularidades de la obra de Feliciana, en la que mezcla sus personajes más allá del espacio compartido, los campos sabeos, o la mera interpolación de episodios de la leyenda mitológica en la acción principal. De este modo, la *Tragicomedia* introduce los amores entre Venus y Adonis, uno de los mitos más conocidos y explotados por el arte del Renacimiento y del Barroco, y la fábula mitológica se entreteje con la acción caballeresca del jardín sabeo a través de distintos niveles de referencialidad. Así, los mismos personajes mitológicos cuentan la leyenda de la que ellos son protagonistas, y añaden nuevos motivos a la historia míticolegendaria. Un claro ejemplo de esta estrategia se ofrece en el Acto IV, cuando aparecen por segunda vez en escena Venus y Adonis cantando el origen de su historia amorosa:

> Por los jardines de Chipre
> andava el niño Cupido,
> entre las rosas, y flores,
> jugando con otros niños.
> Vfano, alegre, y contento
> de aver dulcemente herido
> dos altivos coraçones
> con sólo un gallardo tiro.
> De su bella madre el uno,
> el otro del bello niño
> Adonis, hijo de Mirra,
> y *de abuelo y padre hijo*. (150–62, Pérez 103, el énfasis es mío)

La canción alude a las fuentes mitológicas de forma clara, y el embrollo genealógico relacionado con Adonis, *de abuelo y padre hijo,* señala la relación incestuosa entre Mirra y su padre Ciniras[53]. Por otra parte, la autora sevillana se vale de la caracterización tópica de su hijo Cupido, niño inocente y a la vez perverso, capaz de producir serias heridas con sus flechas. La canción refiere las actividades del *traviesso arquerillo*, causa de los amores entre Venus y Adonis:

> Madre mía, una avecilla,
> que casi no tiene pico,
> me ha dado tan gran dolor,
> que tal pudiera un aspid Libio[54].
> La madre, que le conoce,
> vengada en verlo herido,
> del amor, que causó en ella
> de Adonis, su parayso.
> Medio riendo le dize:
> ¡de poco te admiras, hijo,
> siendo tú a essa avezica
> tan semejante en el pico! (170–81, Pérez 104)

La historia mitológica, además, se convierte en un pretexto que la autora entreteje como acción secundaria a la que añade elementos ajenos a las fuentes clásicas. De este modo, crea una nueva parentela para Adonis, que funciona

---

[53] Mirra, hija del primer rey de Chipre, Ciniras, comete incesto con su padre sin él saberlo. Al conocer Ciniras las perversidades de su hija intenta matarla, y ésta pide auxilio a los dioses, quienes la convierten en árbol. Diez meses después nace Adonis de la corteza del árbol.

[54] En la historia mitológica Cupido se pincha con las espinas de un rosal, no con una abeja, *avecilla que casi no tiene pico*. La comedia mitológica de Lope de Vega —*Adonis y Venus*— es anterior a 1604, puesto que ya se menciona en *El peregrino en su patria*, y fue publicada en 1621 en la *Parte XVI* de sus comedias (Menéndez Pelayo 203). La obra de Lope contiene unos versos casi exactos a los de Feliciana:

> Madre, mía, una avecilla
> que apenas no tiene pico,
> me ha dado el mayor dolor
> que pudiera un áspid libio. (359*b*)

Sería difícil averiguar quién escribió estos versos primero, teniendo en cuenta que Feliciana comenzó a escribir su *Tragicomedia* en 1599, y bien pudiera haber presentado sus versos en alguna de las academias sevillanas. Terminó la obra en 1619, y la publicó por primera vez en 1624. Valga mencionar el guiño burlesco que la fábula de Lope introduce al final, tras la muerte de Adonis. Cuando Venus declara su deseo de convertirse en monja del templo de Vesta, Cupido responde con graciosa ironía: "¿Vos monja? ¡Qué disparate! / Cuando yo fuere fraile, madre; / madre, cuando yo fuere fraile" (373*ab*). Ver la edición de Menéndez Pelayo: *Obras de Lope de Vega. XIII. Comedias pastoriles y comedias mitológicas* (Madrid: Atlas, 1965. Biblioteca de autores españoles, vol. 188).

como punto de ensamblaje entre las fábulas, de otro modo desconectadas. Así, en la digresión de la leyenda mitológica Clarinda —la princesa de Chipre— es medio hermana de Adonis, y por tanto, Belidiana es prima de ambos. La pretensión de Adonis a la mano de su prima adquiere un cariz político, ya que, como hijo ilegítimo, Adonis se muestra resentido por la pérdida de la herencia del reino de Chipre a favor de su hermana Clarinda, y en contrapartida desea convertirse en príncipe de Arabia. Venus, está dispuesta a renunciar a su amado: "Preferir quiero a mi gusto / el tuyo..." (456–57, Pérez 76), e insiste en la obligación de Clarinda hacia Adonis como tercera en las negociaciones matrimoniales:

> Bien te es deudora Clarinda
> de diligencias, que valgan,
> pues le renunciaste el Reyno
> de Citero, que heredavas.
> Que aunque eres bastardo y ella
> por tu padre fue engendrada
> en tu abuela, y por el Reyno
> legítima declarada;
> Tú podías pretender,
> que de tu madre la insania
> no pudo perjudicar
> a tu estirpe, y Real Casta. (477–89, Pérez 77)

Venus intenta asegurar con éxito el futuro de Adonis, y conseguir que éste adquiera "estado, riquezas, galas" (460, Pérez 76) prometiéndole su ayuda: "yo siempre en tu retaguarda / te assistiré, aunque invisible" (514–15, Pérez 77). De alguna manera, el detalle de la espúrea genealogía de Adonis explica que para los reyes de Arabia, la alianza con Clarisel, heredero de Esparta, sea más ventajosa y *políticamente correcta* que la unión de Belidiana con Adonis, hijo del incesto, y por tanto, hijo bastardo sin derecho de sucesión al trono de Chipre.

Ante la insistencia de Clarinda en emparejar a Belidiana con su hermano, ésta al fin se declara presa de *otra voluntad*, aunque no revela el nombre de su galán ni añade ningún otro detalle acerca de su secreta relación. Clarinda, por otra parte, tampoco interroga a su prima, y se limita a responder con la espontánea manifestación de sus íntimos deseos:

> Quisieran (prima) los Dioses,
> que el no fuera hijo, y nieto
> de mi padre, y de mi hermana
> hermano, e hijo, que el lecho
> de Clarinda (que no fuera

su hermana, y tía) y sus Reynos
el posseyera, y conmigo
diera leyes a Citero. (149–56, Pérez 84)

La liviana confesión de Clarinda y abierta atracción hacia su hermano no sorprende a Belidiana quien, feliz de poder escapar de Adonis, acepta sin pestañear la posible unión de los medio hermanos sin plantearse ninguna cuestión de tipo moral, y muestra una actitud de natural familiaridad con el asunto. De hecho, en ningún momento se pronuncia la palabra *incesto*, y en su lugar se repiten, como en un juego a las adivinanzas, los enigmas genealógicos que resultan de dichas relaciones de parentesco:

Mirra vuestra hermana, prima,
os disculpará de *yerro*,
que por nietos, y sobrinos
vos le deys los hijos vuestros.
Y suya será la *culpa*,
que vengan a ser bisnietos
de vuestro padre Ciniras,
padre de Adonis y abuelo. (157–64, Pérez 84, el énfasis es mío)

A los ojos de Belidiana, Clarinda no necesita la dispensa de los dioses, sino la de su propia hermana, que siendo culpable del *yerro* con su padre, es decir, de las relaciones incestuosas con Ciniras, justificaría sin ambages las de Clarinda con su hermano. Belidiana *culpa* a Mirra de las consecuencias de su incesto, lo cual no significa que la princesa condene esta práctica, sino que indirectamente la tolera, gozosa de resolver el problema que quitaría de en medio a su primo y dejaría el campo libre a su amado Clarisel. Por otra parte, la princesa que muestra tanta liviandad a la hora de juzgar las relaciones incestuosas entre sus primos, mantiene una posición más rígida cuando sorprende a Adonis y a Venus jugueteando en los jardines sabeos[55]:

---

[55] En la primera edición de la *Tragicomedia* (1624) Belidiana alude a los celos de Venus, bien conocida por sus arranques de ira y maldiciones:
 También se me ofrece, prima
 Que contentarse con Venus
 Deve mi primo, y temella,
 Que ya sus celos yo temo.
 Hombre que se emplea en otra
 Y en viejo amancebamiento
 Passa la vida, ¿creeys
 Puede ser marido bueno? (Pérez 146)

> Bien casados, prima, están;
> que si la perdís es bella:
> el perdigón, que con ella
> reclama, es también galán.
> Oy he tenido ruyn suerte,
> por mi fe, en enamorados;
> los unos veo casados,
> y los otros a la muerte.
> Ya contenta estaréys, prima,
> que Adonis no se a enmendado;
> bien veys le avemos hallado
> con la que más que a mí estima. (130–41, Pérez 103)

Reyes y dioses: dispensas legales y morales

En definitiva, es evidente que las amenidades del jardín sabeo esconden también ciertas perversidades castigadas por las leyes civiles y eclesiásticas. Sin embargo, la distancia física y el anacronismo temporal en el que se enmarca la acción —mezcla de fantasía épico caballeresca y fábula mitológica— con claras analogías con los dramas de honor y las comedias de enredo, permiten la conducta disipada de ciertos personajes mitológicos, y restan importancia a las transgresiones que llevan a cabo los protagonistas de la acción sabea. Dicha distancia permite un espacio abierto a la sátira y la ironía cargado de insinuaciones y turbias sutilezas dirigidas a un público capaz de captar las agudezas de la autora sevillana.

En la nota "A los lectores" doña Feliciana especifica que escribe su obra para representarse en "los palacios y salas de los príncipes y grandes señores", y en forma de clave declara "que se debe estimar en algo *haber cifrado* en fingimientos tan antiguos de lo más curioso de la antigüedad *sucesos verdaderos y tan nuevos*, que el día de hoy están presentes" (Soufas 271*b*, el énfasis es mío)[56]. El empleo del verbo *cifrar* "que se usa quando se refiere algun caso ù

---

[56] La críptica referencia a los *sucesos verdaderos* algunos críticos la han interpretado como una alusión a la biografía de la poeta sevillana y su relación con su segundo marido don Francisco de León Garavito. En la dedicatoria a sus hermanas monjas, Feliciana se refiere a la segunda parte de la *Tragicomedia*, cuya fábula "se puede llamar la *historia tan verdadera*, quanto peregrina, sucedida en los Campos Elysios de nuestra Andaluzia, dissimulados en los Sabeos" (Pérez 176, el énfasis es mío). En esta parte los amores entre Maya y Clarisel se presentan de forma paralela a los amores entre Feliciana y Francisco a quien la autora dedica:

otro sucesso obscura y mysteriosamente" (*Aut.* 1: 348*a*), está relacionado con los asuntos a los que la autora no quiere aludir de forma directa, infiriéndose la participación activa de los espectadores en el juego de pesquisas que la obra requiere para poder descifrar sus claves. Por tanto, a lo largo del drama se infieren una serie de conexiones con la realidad monárquica que se exponen de forma muy sagaz. Por una parte, la fábula de los jardines sabeos evoca las prácticas incestuosas de los monarcas de la Casa de Austria, avaladas mediante las generosas contribuciones que la corona española dispuso para conseguir las debidas dispensas papales, y la aprobación de las uniones consanguíneas prohibidas por las leyes eclesiásticas. Por otra, la obra presenta alusiones críticas al gobierno y abuso de poder de los validos y su administración política. El sistema de valimiento tomó vigor en la época de Felipe III, sucediéndose en posteriores reinados, y en la *Tragicomedia* se evidencia en el papel del traidor Sinamber, aposentador real y hombre de confianza del rey de Arabia.

En la primera parte de la *Tragicomedia*, el incesto adquiere un tono liviano y trivial que se evidencia en la naturalidad con que los personajes aluden a las relaciones entre parientes de línea directa. Las uniones consanguíneas de la *Tragicomedia* rememoran las prerrogativas que reyes y príncipes europeos obtienen por su calidad real, comparables a los privilegios que gozan los mitos, y el beneplácito que los dioses otorgan a relaciones supues-tamente prohibidas. Como los dioses de la gentilidad, los reyes se reservan el derecho de romper — con las debidas dispensas del papado— las leyes que prohiben enlaces matrimoniales entre parientes de línea directa, colocándose así en una esfera superior más próxima a los dioses legendarios que al resto de los mortales. Al trazar el árbol genealógico de la Casa de Austria[57] se advierte un complicado entramado

---

    Este Gótico Cartel,
    Que ventiséys letras tiene,
    En todas sólo contiene
    El nombre de Clarisel.
    Es de Maya Ramillete
    De esta segunda parte
    De flores, que le reparte,
    Seyscientas sesenta y siete. (Pérez 182)
Las veintiséis letras corresponden al nombre *don Francisco de León Garavito*. Feliciana se identifica también con Maya, princesa de España y protagonista de la segunda parte de la *Tragicomedia*, y así lo especifica en otros poemas integrados en la obra.

[57] Por citar los casos de endogamia más importantes de los Austrias: Carlos V se casó con su prima carnal Isabel de Portugal, hija de su tía María, una de las hijas de los Reyes Católicos. Felipe II casó en primeras nupcias con María Manuela de Portugal, prima hermana por los dos lados, y por tanto, nietos ambos de Juana la Loca y Felipe el Hermoso. Muerta María Manuela de sobreparto, Felipe II contrajo matrimonio con María Tudor, reina de Inglaterra y tía se-

de relaciones consanguíneas entre los herederos a la corona, príncipes e infantas, y parientes directos de otras monarquías europeas. Muchos de los matrimonios se concertaron como estrategias políticas de los Habsburgo, ya fuera para asistir a sus intereses económicos, o para afianzar su poder dinástico y acaparar las áreas de influencia de la Iglesia católica.

Se observa, además, cómo las leyes respecto a las uniones consanguíneas varían sustancialmente de una época a otra, y éstas incrementan o reducen los grados de parentesco de forma inconsistente. En el código de Justiniano se designan estas restricciones hasta quinto grado de parentesco; Gregorio VII lo elevó hasta el séptimo grado, mientras Inocencio III lo redujo al cuarto grado en 1215. Interesante también es el llamado *parentesco espiritual* —la unión entre padrinos y ahijados— que el Concilio de León prohibió en 1173: "El ahijado así en el bautismo como en la confirmación no puede contraer matrimonio con su padrino o madrina, ni con los hijos de estos, y si lo contragere, disuélvase ese matrimonio"[58]. Las leyes canónicas medievales clasificaron las ofensas sexuales atendiendo a la gravedad de las mismas. A pesar de la falta de consenso en la gradación de estas faltas, las disposiciones de San Agustín fueron ampliamente aceptadas. El orden de estos pecados en escala de menor a mayor gravedad fue el siguiente: fornicación, adulterio, incesto y prácticas sexuales *contra natura* (bestialismo, sodomía, marsturbación)[59]. La Inquisición ejerció estrecha vigilancia en diferentes asuntos —Iluminismo, proposiciones, blasfemia, solicitación, sodomía, bestialismo y superstición—[60] pero no parece que el incesto fuera motivo de persecución inquisitorial, como no lo fueron otras ofensas que los tribunales del Santo Oficio sólo trataron en los casos en los que se atentaba contra el dogma o se presentaban cuestiones contra la fe. En definitiva, la cuestión incestuosa fue un asunto al margen de los procesos inquisitoriales más interesados en la quema de sodomitas que en la persecución de

---

gunda por ser prima carnal de su padre. Del último enlace del monarca con su sobrina, Ana de Austria, nació el heredero Felipe III, quien se desposó con su prima segunda, Margarita de Austria. También Felipe IV contrajo segundas nupcias con su sobrina Mariana de Austria, madre de Carlos II conocido con el sobrenombre de "El Hechizado" por su carácter endeble y naturaleza enfermiza, y último vástago de la dinastía austriaca.

[58] Citado en el artículo de Ana Arranz Guzmán, "Imágenes de la mujer en la legislación conciliar (siglos XI–XV)", en la edición de María Angeles Durán, *Las mujeres medievales y su ámbito jurídico. Actas de las II Jornadas de investigación interdisciplinaria* (Madrid: U Autónoma de Madrid, 1983) 41.

[59] James A. Brundage, *Sex, Law and Marriage in the Middle Ages* (Brookfield: Variorum, 1993) 372.

[60] Stephen H. Haliczer, "Sexuality and Repression in Counter-Reformation Spain", edición de Alain Saint-Saëns, *Sex and Love in Golden Age Spain* (New Orleans: UP of the South, 1996) 81.

matrimonios consanguíneos, o en el castigo a los padres que mantenían relaciones sexuales con sus propias hijas.

Las licencias legales y morales adjudicadas a las altas esferas sociales, también se manifiestan en lo tocante a la licitud de las comedias. Por un lado, la preceptiva moral ataca la vida licenciosa de los farsantes y cómicos ambulantes, cuestiona la participación de las mujeres en las representaciones dramáticas, y advierte al espectador de la peligrosidad moral del *oír comedias*. Por otro lado, los reyes y la aristocracia cortesana se solazan con los espectáculos teatrales organizados para su entrenimiento en los que miembros de la realeza misma participan con total condescendencia y gran regocijo de los asistentes. Las crónicas de tales festejos así lo demuestran, como la *Relación de la famosa Comedia del Premio de la hermosura y Amor enamorado, que el Príncipe, nues-tro señor, la cristianísima Reina de Francia y serenísimos infantes don Carlos y doña María, sus hermanos, y algunas de las señoras damas representaron en el Parque de Lerma, lunes 3 de noviembre de 1614 años*[61].

A su vez, las alusiones indirectas al gobierno de la monarquía española toman un cariz crítico en relación a la intervención del valido, favorito del rey, que en la *Tragicomedia* se entreteje con las convenciones del tema del honor. Sinamber, aposentador real, acusa a la princesa Belidiana de mantener amores secretos con el caballero Criselo/Clarisel:

SINAMBER   Poderoso rey, tu honra,
                tu honra se menoscaba.
REY   ¿Qué dizes?
. . . .
SINAMBER   La Princesa,
                la Princesa mi señora
                a un traydor ama, y adora,
                de su amor rendida, y presa.
                Criselo es, señor, la llama
                de tu honra, y el traydor,
                que con reciproco amor,
                siendo della amado, la ama.
                En este punto a Lisdanso

---

[61] La reina de Francia, María de Médicis, visitó la corte española probablemente con el fin de buscar la alianza española y negociar los casamientos de sus hijos, Luis XIII e Isabel de Borbón, quienes contrajeron matrimonio en 1615 con la infanta Ana de Austria y Felipe IV respectivamente, ambos hijos de Felipe III. El matrimonio prematuro de Felipe e Isabel no se consumó hasta 1619; Felipe contaba quince años y la futura reina dieciséis. Teresa Ferrer Valls en *Nobleza y espectáculo teatral* transcribe dicha relación (245–56), publicada por F. Ramírez de Arellano y J. Sancho Rayón en *Comedias inéditas de Fray Lope Félix de Vega Carpio*, tomo VI de la Colección de libros españoles raros y curiosos, Madrid, 1873.

> su amigo el proprio Criselo
> contava la historia. (17–20, 25–35, Pérez 63)

La delación de Sinamber es una forma de *engañar con la verdad*, es decir, primero acusa y después se retracta al declarar ante el rey que ha cometido un error: "yo glosé que ella lo amava, / y uno de otro era consuelo" (473–74, Pérez 93). El complicado enredo demuestra que la acusación es cierta, a pesar de que la princesa no responde a las galanterías del impostor —el mismo rey que finge la voz del caballero Criselo—, y reacciona de forma virulenta:

> ¿Atrevimiento tan grande
> dissimular será *justo*?
> ni es justo, ni dello gusto,
> aunque el cielo me lo mande,
> que en mandallo sería *injusto*.
> ¿Me requiebra, y *carta*[62] escribe
> Princesa, un traydor, y vive
> con insanias tan atrozes?
> romperé el ayre con vozes,
> si la *muerte* no recibe. (435–44, Pérez 92–93, el énfasis es mío)

Las alusiones a lo *justo* e *injusto*, y la apelación a la *muerte* del atrevido galán revelan la severa actitud de la princesa ante las cuestiones de la honra. Belidiana, no sólo desea proteger su honor, sino también vengar el atrevimiento del osado caballero, inferior en rango y, por tanto, candidato no elegible como posible pretendiente y galán. Es difícil entender la compleja personalidad de Belidiana que muestra tanto rigor al acusar de traidor al caballero que la corteja y escribe, pero no se turba cuando los osados jardineros hablan y lisonjean a las princesas sin cortapisas ni recato, y no se escandaliza ante los íntimos sentimientos de su prima hacia su medio hermano Adonis. Al fin, el rey se da cuenta de la traición de Sinamber, quien disculpa su agravio por intentar vengar la muerte de su hermana:

> Modera, señor, tu furia,
> y sabrás la *justa injuria*
> que tu hija Belidiana
> hizo a Arilesa mi hermana,

---

[62] Al abrir el cofre que Yleda le entrega y encontrar la carta, Belidiana, clama airada:
> ¡Carta escriva un escudero
> a la Princesa de Arabia!
> si el rey no me desagravia,
> hija suya ser no quiero. (321–24, Pérez 89)

> que vengar quise, aunque espuria.
> Halló a mi hermana Arilesa
> en brazos de un cavallero,
> . . . .
> Dio aviso dello a tus guardas
> que sus fieras alabardas
> hizieron fuessen trinchantes
> de los dos tristes amantes; (450–56, 460–64 Pérez 93, el énfasis es mío)

Belidiana aparece así retratada como la princesa cruel que no duda en sentenciar a los dos amantes a una muerte despiadada; imagen que no es común en la caracterización habitual de las princesas: dulces, sumisas y compasivas hijas. Belidiana, de hecho, usurpa el poder patriarcal al tomar la iniciativa en un asunto de honor, en el que se perfila el uso y abuso de un poder que se autoconcede por su posición jerárquica. La princesa no es poseedora de la honra, y por tanto, está defendiendo un caso que, por su condición de mujer no le corresponde vengar, y en ningún modo justifica su crueldad. Sinamber reconoce la intervención de Belidiana en la muerte de su hermana como *justa injuria*, aunque la venganza debería haberse llevado a manos del hermano, y no indirectamente a cargo de una mujer que utiliza sus privilegios de princesa, y a los ojos de la ley patriarcal detenta un poder que no le corresponde.

Por otra parte, aparecen alusiones a la conducta alevosa de Sinamber que otros caballeros comentan como lección moral y ejemplo para los privados:

> DILINARTE   A Sinamber, Sinamber,
>   mal te supiste entender.
> ORBELO   Mal conservas tu pujança
> USLANSO   ¿En la *engañosa privança*
>   quién se sabe contener? (505–09, Pérez 94, el énfasis es mío)

La *engañosa privanza* es una clara referencia a los abusos de poder, la corrupción y la excesiva ambición de los privados, que evoca el sistema de valimiento de la monarquía española, y rememora la figura del duque de Lerma[63].

---

[63] El duque de Lerma, privado de Felipe III, dio mucho que hablar en la corte española. Sus ansias de riqueza le llevaron a atesorar una gran fortuna por medios no necesariamente legítimos. Famosas fueron las fiestas que organizó en los jardines de Lerma para entretenimiento del rey y sus cortesanos. Lerma sucumbió a los hechizos del poder económico y político y, finalmente, en su caída arrastró a su íntimo amigo, don Rodrigo Calderón (valido del valido), quien murió en la horca acusado del asesinato de uno de los enemigos del duque, además de atribuírsele su participación en la muerte de la reina, Margarita de Austria, abierta enemiga de

Aunque la obra termina felizmente —los héroes son liberados, se reconoce su verdadera identidad, y se pactan las bodas entre Clarisel y Belidiana—, toda la acción parece estar destinada a anticipar los amores errados entre Clarisel y Belidiana, tal como se constata en la segunda parte de la *Tragicomedia*. El fracaso de esta unión se predice desde el principio en el sueño de Clarisel, en el que Belidiana se disculpa por no haberle esperado durante su ausencia, y en cierto modo, anuncia la supuesta relación incestuosa entre padre e hija:

> Ay Clarisel, Clarisel,
> perdona mi *grave culpa*,
> que *mi padre me disculpa*,
> de averte sido cruel. (265–68, Pérez 53, el énfasis es mío)

Al final del drama, la celebración de las bodas de Orfeo y Eurídice, también vaticinan la ruptura de la relaciones entre Clarisel y Belidiana, a pesar del ambiente festivo, música y danzas incluidas en los festejos. En la leyenda mítica Orfeo desciende a los infiernos para recuperar a su esposa muerta, pero nunca lo consigue. Habría que añadir que los indicios que anuncian la unión fracasada de la pareja principesca se confirman en la dedicatoria de Feliciana a sus hermanas monjas: "Esta mi Tragicomedia, hermanas, os dedico, aunque en su primera parte solamente he celebrado los vanos amores del disimulado Clarisel con la *peruertida Belidiana*" (Pérez 176, el énfasis es mío), en la que ya se revelan las maldades de la veleidosa princesa. En definitiva, a lo largo de la obra se atisban las conductas descarriadas de algunos de los personajes, y se ratifica el jardín sabeo como un *locus perversus*, cuyos amenos campos dan cabida al sin fin de *perversidades* que harían las delicias del público, y las del lector avisado.

Rodrigo Calderón. Finalmente Lerma solicitó un cardenalato que le sirvió de escudo para salvarse en el grave asunto de corrupción. Asesinato, prevaricación, cohecho, falsedad, nepotismo, conspiración, fraude, etc. fueron prácticas comunes en la política y administración de la época.

Capítulo 2

Segunda parte de *Los jardines y campos sabeos*

La segunda parte de la *Tragicomedia de los jardines y campos sabeos* de Feliciana Enríquez de Guzmán mantiene las mismas convenciones dramáticas que caracterizan a la primera parte. La obra se divide en cinco actos con veinte escenas de una extensión variable, y conserva las unidades de tiempo y espacio, que la autora proclama en el "Prólogo" de la segunda parte.

> En este sitio, señores,
> os prometí dos comedias,
> que los preceptos antiguos
> guardasen de actos y escenas.
> Leyes de tiempo y lugar
> con poéticas licencias;
> la primera oísteis luego,
> oíd hoy su compañera. (1–10, Soufas 230*ab*)

La acción también se caracteriza por la continuidad de acontecimientos y personajes que aparecen previamente, y en ésta conocemos qué ha pasado con los anteriores protagonistas tras un lapso de tiempo de ocho años. El final feliz de la primera parte de la *Tragicomedia*, que termina con el anuncio de las bodas de Clarisel y Belidiana, queda trastocado en la continuación. El supuesto equilibrio del orden restaurado se trueca en la infidelidad y el olvido por parte de Belidiana, quien a los tres años de ausencia de su amado Clarisel termina casándose con Rogerio, príncipe de Fenicia, pretendiente que se acomoda más a los gustos de su padre.

De forma paralela, la segunda parte se inicia también con el retorno de Clarisel a Arabia. Es éste, por tanto, el tercer viaje del príncipe de Esparta a la región sabea aunque en esta visita el objetivo amoroso se ha trasladado hacia la persona de Maya —princesa española, hija del dios Atlante— con la que tiene concertada una cita secreta aprovechando las fiestas en honor a Cibeles. La celebración en honor de "la madre de los dioses" (1534, Soufas 248*a*) justifica la reunión en los campos sabeos de reyes, príncipes y personajes de alto linaje junto con los dioses de la gentilidad, ninfas y gracias. Al final, tan granada convocatoria terminará con el convencional final feliz y el orden restaurado al quedar las nuevas parejas concertadas al gusto de todos. Si el desarrollo de la acción se reduce a premiar al esforzado Clarisel con los favores de la princesa Maya, uno de los aspectos relevantes de esta segunda parte de *Los jardines y campos sabeos* se apoya en los recursos poéticos y dramáticos que Feliciana Enríquez despliega a lo largo del drama. En este sentido, se enfatizan los elementos descriptivos y narrativos de la acción mediante el uso del ékfrasis y los procedimientos metapoéticos, que añaden diferentes niveles de expresión al texto. En el plano dramático se incluyen elementos metadramáticos como el uso del disfraz, transformaciones, canciones, y música, que contribuyen a dotar a la obra de mayor complejidad estética. También, tal como ocurre en la primera parte, la natural convivencia de personajes míticos y humanos se revela como uno de los puntos de mayor interés de la *Tragicomedia*.

Las características narrativas del drama explican los ocho años de distancia entre ambas partes, y la elección de un espacio único que reduce la acción dramática. El uso de escenas narradas funciona como vehículo transmisor de acontecimientos pasados, o como recordatorio de sucesos anteriores. A su vez, la unidad de espacio que proclama Feliciana se apoya en dichos recursos narrativos; unidad que forzosamente se rompe en la comedia nueva, como apunta Cervantes en el *Rufián dichoso*:

> Ya represento mil cosas,
> *no en relación*, como de antes,
> *sino en hecho*, y así, es fuerza
> que haya de mudar lugares (Pérez 35, el énfasis es mío)

Desde la primera escena se lleva a cabo la acción de contar o leer en voz alta un texto que se ha escrito anteriormente; hecho que se convierte en una constante a lo largo del drama. La inscripción de Clarisel de su canción amorosa en una de las hayas del jardín sabeo lamentándose de su próxima ausencia, se presenta como procedimiento metapoético y nexo de unión entre ambas partes, por medio del cual se retoma el hilo de la acción tras un periodo de ocho años. Los versos estampados en el tronco del árbol rememoran la escena de un don Quijote enamorado que suspira por la ausencia de su amada Dulcinea y, a imitación de Orlando, entretiene sus horas de soledad en la Sierra Morena "escribiendo y grabando en las cortezas de los árboles y por la menuda arena, muchos versos, todos acomodados a su tristeza, y algunos en alabanza de Dulcinea" (Riquer 1: 274). Si las coplas de don Quijote mueven a la risa a quienes las leen, los versos de Clarisel son dignos de la misma voz de Apolo, a quien Venus solicita que cante:

> Canta, Apolo, la canción,
> que aquí escribió Clarisel;

cuando con ansia cruel
partió y dejó el corazón. (67-70, Soufas 231*b*).

Casualmente, Clarisel de vuelta a la región sabea, escucha su canción en boca de Apolo, con lo cual se convierte en oyente de su propia composición, subrayándose así las estrategias metapoéticas y metadramáticas que forman parte del espectáculo en su totalidad. Es decir, la obra dramática contiene elementos metapoéticos, ya que incluye composiciones poéticas diversas que presenta de forma metateatral, como en el caso de la canción de Clarisel que se convierte en otro espectáculo audiomusical y visual dentro del drama mismo, cuyos oyentes son los personajes en escena además del público asistente. Apolo, en su papel de maestro de ceremonias[1], invita a que le escuchen e introduce a los personajes presentes especificando los lazos de relación entre los mismos:

Rogerio ilustre, Ercilio valeroso,
príncipes de Fenicia y Nabatea;
tú, Rogerio de Belidiana esposo,
tú Ercilio, de Clarinda Cyterea;
oíd a Apolo el canto lastimoso,
que *se oyó* en toda esta región sabea. (157–62, Soufas 232*b*, el énfasis es mío)[2]

Las acotaciones al texto, escasas a lo largo de la *Tragicomedia*, anotadas entre paréntesis y en letra cursiva como las siguientes: "*(Cantando) . . . (Aquí templa la lira Apolo) . . . (. . . Apolo vuelve a tocar)*" (Soufas 232*ab*), evidencian el carácter musical del espectáculo. La música con la que acompaña Apolo a la letra de la canción forma parte de la puesta en escena del jardín

---

[1] La idea del espacio de los jardines sabeos como base de un escenario en el que Apolo se erige en presentador de otras actuaciones, se ve sustentada por sus propias indicaciones. Tras la intervención de las Gracias que cantan y bailan unas seguidillas, Apolo indica:
Aglaya, Talía, Eufrosina
se pueden ir; y un paseo
dar después con Himeneo,
que a Juno traerá Ericina. (210–13, Soufas 233*b*)

[2] Cuando aparecen Belidiana y Clarinda en escena, ésta da relación del grupo de oyentes que asisten a la escena. El comentario sobre lo que están viendo, si bien parece redundante, tiene la función de recordar al público quiénes son los personajes que siguen presentes en escena, y añadir más información sobre los mismos:
Apolo canta, y le oyen vuestro primo,
mi hermano Adonis con su diosa amada,
y Rogerio y Ercilio, a quien ya estimo,
pues Beloribo me dejó olvidada. (227–30, Soufas 233*b*)

sabeo, lugar ideal en el que la voz del dios con "Dulce instrumento, / suavemente hiere el blando viento" (155–56, Soufas 232b)[3]. Con la intervención de las Gracias que cantan y bailan unas seguidillas, se mantiene el talante de espectáculo insertado dentro del drama, y añade una nota burlesca:

>*(Todas tres bailando)*
>Por ti, o claro río, se entró un arroyo,
>que ahogó mis glorias y te enturbió todo.
>TALÍA   Río cristalino, ya en tu morada
>un arroyo goza de mi ninfa amada. (184–87, Soufas 233a)

La ninfa que abandona el río y su ribera por un arroyo, marca una clara referencia con la ingrata Belidiana que deja a Clarisel (*río*) para casarse con Rogerio (*arroyo*). A las connotaciones eróticas de los verbos *entrar*, *enturbiar* y *gozar* se añade la observación de que la ninfa fue antes de otro: "Aunque es cristalino, ninfa, tu arroyuelo, / fuiste, bella ninfa de otro primero" (192–93, Soufas 233a). El carácter burlesco de las seguidillas[4] queda bien entendido por parte de Rogerio, quien declara:

>Por vejamen le tuviera,
>si no fuera por su agrado,
>y por haber *aclarado*
>tú, Venus, *río y ribera*. (206–09, Soufas 233b, el subrayado es mío)

Evidentemente, en un principio Rogerio se siente ofendido por el contenido de la canción, y adivina que las seguidillas son "del griego, si a la can-

---

[3] Más adelante el rey Atlante, a su llegada a Arabia, presenta a Maya las maravillas de los jardines sabeos:
   Estos, hija, los jardines
   y campos son;
   no sólo en esta región,
   mas en todos los confines
   de la tierra celebrados,
   por el templo de Cibeles;
   y ser de Venus vergeles,
   de ella y su Adonis hallados. (1110–16, Soufas 243ab)
También Hespero, hermano de Atlante, se admira ante la belleza de la región sabea: "Con razón en todo el mundo / estos campos son famosos; / ¡qué amenos y deleitosos!" (1178–80, Soufas 244a).

[4] La seguidilla, según el *Diccionario de Autoridades*, se usa "frecuentemente en lo jocoso y satyrico" (3: 66b).

ción / que Apolo canta se entablan" (200–01, Soufas 233*a*), pero termina agradeciendo a Venus haber quitado de enmedio (*aclarado*) a Clarisel (*río y ribera*), para permitirle gozar de los favores de Belidiana.

La metapoesía se manifiesta como una constante a lo largo del drama. Apolo fue el encargado de cantar la canción de despedida que Clarisel grabó en una de las hayas del jardín sabeo; las Gracias, bailan y cantan unas seguidillas supuestamente atribuidas al *griego,* y Clarinda lee el dechado que el mismo príncipe dejó inscrito en el tronco de un árbol:

¿Queréis ver el dechado sobre escrito,
sin faltar una letra en esta haya,
donde vuestro amador lo dejó escrito,
por memoria que entre las ninfas haya? (402–05, Soufas 235*b*)

El *dechado*, en el sentido de ejemplar tiene el significado de original, modelo a imitar, y se utiliza también como "lienzo en que las niñas ejecutan varias labores, que sus Maestras las enseñan: el qual las sirve luego de ejemplar para sacar y trabajar cada una lo que se le ofrece o quiere aprender" (*Aut.* 2: 34*b*). La descripción escrita de la labor del dechado "porque queden en memoria, / *cual de su tela la historia*" (423–424, Soufas 235*b*, el énfasis es mío), forma parte del recurso poético denominado ékfrasis, por medio del cual se describen literariamente objetos del campo de las artes plásticas y visuales. Clarisel quiere que sus penas queden grabadas para la posteridad en las hayas donde inscribe los versos del dechado, y en la tela de la labor donde se labrará su triste historia:

Labrad de leonada seda,
que mi congoja penosa,
y pasión declarar pueda
una *vela* donde en rueda
revuelve una *mariposa*.
Parezca que se desliza
del *fuego*, y al fin se quema;
pues seguí la misma tema,
hasta hacerme ceniza
vuestro fuego luz suprema.
Con una letra que diga
entregose sin temor
a la voluntaria muerte,
ardiendo en fuego más fuerte. (438–51, Soufas 236*a*, el énfasis es mío)

74 *Capítulo 2*

Las imágenes —*vela, mariposa* y *fuego*— se explican por medio de la *letra*[5], que enfatiza el carácter emblemático de la labor[6]. Es evidente el deseo de Clarisel de inmortalizar sus penas, y visualiza el dechado que su amada Belidiana bordará en su ausencia.

La descripción continúa con diferentes figuras emblemáticas, a las que asigna colores diferentes:

> Con lágrimas de morado
> labrad de negro unos ojos;
> que aunque ellos las han llorado,
> amor las ha destilado
> de penas, ansias y enojos. (455–59, Soufas 236*a*)

Sigue la figura en verde y oro de una sirena evocadora del mito de las sirenas[7]:

> De verde y oro labréis
> en la mar, señora, quiero,
> una sirena a quien deis
> la hermosura que tenéis,
> dando muerte a un marinero. (471–75, Soufas 236*a*)

Reserva el rojo para el basilisco[8]:

---

[5] Entre la amplia significación de la palabra l*etra*, el *Diccionario de Autoridades* la define como "mote que explica el cuerpo de una empresa" (2: 388*a*). La *empresa* es "cierto símbolo o figura enigmática, con un mote breve y conciso, enderezado a manifestar lo que el ánimo quiere ó pretende" (2: 417*b*). En el capítulo 31 de la primera parte del *Quijote*, éste imagina a Dulcinea "ensartando perlas, ó bordando alguna *empresa* con oro de cañutillo para este su cautivo caballero" (Riquer 1:336, el énfasis es mío).

[6] El verso "Con una letra que diga", introduce los caracteres escritos del emblema, y hace comprensible al público oyente que se trata de una labor en la que se mezcla la imagen y la palabra inscrita. El mismo patrón se repite en la descripción del resto del dechado: primero aparece la descripción de las figuras de cada uno de los emblemas, y a continuación su interpretación con un lema escrito.

[7] Según una de las leyendas más antiguas, las sirenas eran genios marinos de naturaleza doble: mitad mujer, mitad ave. Estas criaturas habitaban en una isla del Mediterráneo y atraían con su canto a las naves que se estrellaban contra las rocas, y devoraban así a los imprudentes náufragos (Grimal 483–84).

[8] El basilisco es otro ser fabuloso en el que se infieren caracteres negativos. Covarrubias en su *Tesoro* dice que ya Plinio hace mención de esta serpiente que habita en los desiertos de África y "con su silvo ahuyenta las demás criaturas y con su vista y resuello mata" (198). El *Diccionario de Autoridades* añade que el basilisco tiene los ojos rojos y muy encendidos (1: 569*a*).

> Con encarnado labrad
> un basilisco cruel,
> cuya fiera crueldad
> acompaña la beldad
> que os dio el divino pincel. (503–07, Soufas 236*b*)

Y termina con el color del principio, el leonado:

> Ya aquí podéis de leonado
> (que sabéis que es mi color)
> labrad un león domado,
> laso, triste y atraillado,
> sin esfuerzo ni vigor.
> Jueguen con él Cupidillos
> que lo aflijan y castiguen,
> y a dar bramidos le obliguen;
> que fueron y son cuchillos
> que me afligen y persiguen. (519–28, Soufas 236–37*ba*)

Al final del dechado se incluye la descripción del cairel[9], que enmarca la labor y subraya el trabajo de la aguja como artificio plástico:

> Y porque quede el dechado,
> que todo cuadre con él,
> pondréisle de aceitunado,
> pardo, amarillo y morado
> alrededor un cairel. (545–49, Soufas 237*a*)

Las figuras que representan a la dama —*sirena, basilisco*— tienen una connotación negativa, y la caracterizan como ser malvado y cruel, criatura monstruosa, fuente y origen de las desgracias del príncipe, quien, como la mariposa que se acerca al fuego, se consume por el amor a su amada. Clarisel, además de encarnar la figura de frágil mariposa víctima del fuego de Belidiana, se representa con la sinécdoque de unos ojos llorosos, se convierte en marino devorado por la despiadada sirena, cae fulminado por la mirada del basilisco, y finalmente, trastornado e indefenso aparece como león rendido de amor, juguete manejado por los traviesos amorcillos y por la aguja que gobierna su amada en la labor. Por otra parte, la sinécdoque que representa a Belidiana son sus *manos*, sutiles armas encargadas de realizar tan mortífera labor:

---

[9] El *cairel* se explica como un adorno entretejido a modo de trenza o pasamano (*Aut.* 1: 53*a*).

> Así mis penas labradas
> por vuestras hermosas manos,
> blancas, dulces, torneadas,
> quedarán eternizadas
> por trofeos soberanos.
> Verá, quien las viere, en ellas,
> pues fue de mi desventura
> la causa vuestra hermosura,
> que muerte a manos tan bellas,
> es muerte dulce y segura. (535–44, Soufas 237*a*)

En este sentido, Feliciana se adhiere a la corriente misógina que parte de la tradición medieval, y repite el modelo de la imagen femenina monstruosa creada por los hombres. Cabría preguntarse por qué la dama en ausencia de su amado bordaría tales figuras, complacida en ver a su galán torturado y consumido por el deseo, convertido en fetiche atravesado por las agujas de la hechicera. Sin embargo, cabe recordar que no es Belidiana la que está urdiendo los hilos que representan las penas de Clarisel, sino que es el propio príncipe quien desea que su dolor quede inmortalizado en una labor figurada que es, de hecho, un poema que escribe para su fama y posteridad, y que finalmente deja grabado en la corteza de los árboles "por memoria que entre las ninfas haya" (405, Soufas 235*b*). El entonces príncipe está reproduciendo el patrón que marcan las leyes de la caballería según las cuales el caballero queda obligado a sufrir y suspirar en ausencia de su amada. Las aflicciones de Clarisel, sin embargo, quedan oscurecidas ante su deseo de inmortalizarse como otro personaje de leyenda, como modelo de caballero fiel a su dama preparado para sufrir los rigores de la ausencia, según él mismo indica:

> que labréis mis penas quiero,
> dignas de tan alta gloria.
> Deseo que mis ligeros
> placeres y mis cuidados
> crueles, ansiosos, fieros
> entiendan los venideros (426–31, Soufas 235*b*)

La peripecia de los escritos de Clarisel es larga, y pasa por diversos filtros hasta llegar al público oyente. El príncipe griego escribe sus versos una vez finalizada la primera parte de la *Tragicomedia*, invitado de honor durante un mes a la mesa del rey de Arabia, y aceptado "... por yerno e hijo regalado" (396, Soufas 235*b*). Ya en la segunda parte, el canto de Apolo trae a la memoria de Belidiana los recuerdos del pasado, lamentándose de la decisión de su padre: "Los dioses te perdonen, padre fiero, / que sabiendo mi gusto, así quisiste / que faltase la fe y amor primero" (386–88, Soufas 235*b*). Los versos del dechado despiertan en la Belidiana del presente —reina y casada— los sentimientos del amor perdido, y se resiente, no sin cierta envidia, de que Clarisel tenga otra querencia: "Ya, Clarisel, otro fuego / de Maya mayor princesa / ceniza te hace y pavesa" (452–454, Soufas 236*a*). Por otra parte, la lectura del dechado tiene un público más amplio, es decir, el espectador y oyente del drama puesto en escena, que obviamente no alcanza a leer los versos grabados en los árboles.

El dechado presenta una serie de complejidades artísticas y poéticas dignas de atención. Cabría pensar que la descripción de la labor es un mero recurso ekfrástico emulador del tapiz que tejen las ninfas del Tajo en la *Égloga III* de Garcilaso. A las escenas mitológicas conocidas, las ninfas añaden la historia de la muerte de Elisa cuyo epitafio queda grabado en la corteza de un álamo, mientras la labor del dechado traza las penas de un amante anónimo —no inscribe su nombre— quien no duda duda en proclamar sus quebrantos, y convertirse "de caballeros ejemplo" (379, Soufas 235*a*). Análogamente, la *Tragicomedia* se torna también en ejemplo de labor, y la musa Calíope celebra a la autora sevillana en las décimas que dedica a las ninfas del Betis:

Mirad bien esta *labor*,
Ninfas de mi amigo Betis
Que a las de Nereo y Tetis
Vencéis en gala y primor;
De Mariana y Leonor
Enseñada Feliciana
Vuestra andaluz, vuestra hermana
La labró para que os sea
Muestra, dechado, tarea,
Curiosa, fácil, galana. (Soufas 229*b*, el énfasis es mío)

Calíope hace referencia a la función de la labor como *muestra, dechado, tarea*, es decir, modelo de otras labores que Feliciana se encarga de defender en la "Carta ejecutoria". Evidentemente, la *labor* de Feliciana no es de aguja e hilo, sino de pluma y tinta, cuya muestra terminada, la *Tragicomedia*, figura como ganadora del laurel en el litigio entablado entre la poeta sevillana y los poetas cómicos. Vencedora del pleito, la sentencia dictada por el tribunal formado por Apolo y las nueve musas oídoras y firmada en la "Carta ejecutoria" en fecha de "nueve de octubre de mil y seisicientos veinte y seis", evidencia el triunfo de la *Tragicomedia* como dechado y modelo a seguir en adelante por los escritores de comedias:

> En el pleito entre partes &tc. Hallamos que debemos declarar y declaramos la *Tragicomedia los jardines y campos sabeos* haber ganado nuestra corona de laurel en la arte y preceptos de los cómicos antiguos a todas las comedias y tragedias españolas, compuestas hasta los tiempos del Magno Felipe Cuarto de las Españas. Y mandamos a nuestros poetas españoles que en las comedias que de aquí adelante se hicieren, guarden las leyes y preceptos de su *Primera y Segunda parte*. . . Y mandamos se lea en todas nuestras academias por arte de buenas comedias, ley y pragmática sanción hechas en nuestras cortes la dicha tragicomedia y sus reglas y preceptos. (Soufas 270*ab*).

El uso de la forma verbal *mirad* subraya el carácter visual de la *labor* como objeto plástico, que se extiende a la cualidad visual de la *Tragicomedia* como espéctaculo teatral. A su vez, la *labor*, como objeto artístico, se relaciona con la obra dramática como objeto manuscrito, y después en libro impreso. Es decir, la muestra labrada —labor manual— simboliza la labor de la escritura, que, a su vez, marca ciertas analogías con la labor del dechado y la inscripción de los versos que Clarisel graba en las hayas del jardín sabeo. Por tanto, la elección del dechado como objeto visual y la descripción ekfrástica en los versos de Clarisel, enfatiza las afinidades entre la obra escrita de Feliciana y una labor bordada o tejida —ejercicio digno de ninfas, diosas y musas— que la poeta sevillana se encarga de elevar a categoría poética y literaria.

Arte y hacer literario en Feliciana Enríquez

Feliciana utiliza en su obra un diálogo intratextual que establece lazos de autorreferencialidad entre diferentes textos de la obra: dedicatoria a su cuñado, décimas de Calíope a las ninfas del Betis, sonetos de la pareja protagonista, prólogo, texto dramático de la segunda parte y "Carta ejecutoria". En éstos se repiten motivos de interés y alusiones específicas que señalan su significación en la obra. Así, dentro del conjunto textual de la segunda parte de *Los jardines y campos sabeos* una de las referencias a las que Feliciana alude constantemente son *las manos* en relación con la leyenda de las doncellas de Simancas. En la dedicatoria a su cuñado, el agustino don Lorenzo de Ribera Garavito, la autora se empeña en comparar su tarea con la hazaña de las doncellas de Simancas, quienes se cortaron la mano antes de ser entregadas como tributo a los moros:

> Por ser *obra de mis manos*, obliga las de v.m. a que la reciban benignamente, y la amparen y defiendan con su mucho valor; aunque no sea tan hazañosa como la de las valerosas *manos mancas* de nuestras ilustres parientas doña Leonor Garavito y doña Mariana de Guzmán, que mancándose en Simancas, redimieron a nuestra España del tributo afrentoso de las doncellas. (Soufas 229*a*, el énfasis es mío)

Las manos de Feliciana realizan una labor que va más allá del objeto literario. Con sus manos se erige en *heroína* emuladora de la gesta de Simancas, en *rebelde* que se niega a pagar al "ignorante y bárbaro vulgo" con el tributo de comedias de las que sólo aprecian "la exterior hermosura de pasos y apariencias", y en *guerrera* que no duda en tomar su *pluma* como arma para certificar que:

> yo he vengado a España y a nuestra patria cabeza de ella honrosa y valerosamente del injurioso tributo que ha pagado hasta nuestros tiempos, restituyéndolos a los felicísimos de nuestra española Maya, cuyos elíseos campos cifrados en los sabeos se verán y gozarán de hoy en adelante libres y francos de servicios y pechos tan mal pagados, cuanto felizmente libertados por los linajes de doña Leonor y doña Mariana, coronas de las mujeres. (Soufas 229*ab*)

La alusión a las doncellas mancas no termina en la dedicatoria, sino que se trata de un motivo referencial que se repite a lo largo de toda la segunda parte de la *Tragicomedia*. Feliciana concede a sus antepasadas, Leonor Garavito por la parte de su marido y Mariana de Guzmán por la suya, el honor de ser protagonistas de la leyenda de Simancas, y a través de esos lazos de parentesco construye su propia genealogía y linaje. Es decir, Leonor y Mariana no sólo son las maestras de Feliciana en la labor que anuncia la musa Calíope: "De Mariana y Leonor / Enseñada Feliciana" (Soufas 229*b*), sino que además éstas, como protagonistas de la hazaña de Simancas, representan el dechado de virtudes que Feliciana quiere emular; heroínas a las que se une con vínculos de sangre y a las que relaciona también con su segundo marido, don Francisco de León Garavito. Si bien Feliciana no se corta la mano como lo hicieron sus antepasadas, sí se siente ligada a estas mujeres mártires por haber llevado a cabo tan arrojada proeza. La poeta sevillana se torna también en rebelde que se niega a entregar su obra como tributo al vulgo, y rechaza las convenciones del *arte nuevo*, convirtiéndose, en sentido figurado, en mártir literaria que verá su obra vejada y vilipendiada, víctima de las acusaciones de los poetas cómicos de los que tendrá que defenderse con hábiles argumentos, tal como aduce en la "Carta ejecutoria":

> su tragicomedia era muy útil y provechosa para desterrar de España muchas comedias indignas de gozar los Campos Elíseos; y para libertarla y libertar a sus ilustres y

nobles poetas del tributo que por tener paz con el bárbaro vulgo, le han pagado hasta su tiempo, como la misma España y sus mismos moradores lo pagaron de cien doncellas en cada un año por tener treguas con el paganismo, hasta que las siete doncellas mancas, con su valerosa hazaña, dieron causa a su redención; a las cuales ella, como generosa parienta suya, había imitado, libertando a la misma valerosa España y a sus ilustrísimos poetas que, compulsos y apremiados, habían rendido semejantes parias. (Soufas 268*b*)

El origen de la leyenda es relevante, como fuente de inspiración del motivo que Feliciana repite. De hecho, Lope escribió una comedia con el mismo título y tema, *Las doncellas de Simancas*. Según Menéndez Pelayo, las fuentes de la obra de Lope se hallan en la "Historia de las siete doncellas de Simancas" (1580) de Antonio Cabezudo[10] en la que se relata que una de las doncellas, desestimando el suicidio ante la inminente entrega de sus cuerpos a los infieles, sugiere:

les quitemos el regalo que apetecen, afeando nuestros rostros, para que assí seamos de ellos desechadas, que más vale quedar con alguna mancha en nuestra tierra, que ir a las extrañas a padecer tal desventura: cortémonos las manos y cavellos, y con heridas y sangre desfiguremos nuestros rostros, y assí quedaremos inháblies y horrorosas para toda lavor, y creo no será posible que de este modo quieran llevarnos a sus tierras. (195: 61)

La *Crónica General* utiliza la información de las obras del siglo XIII de Lucas de Tuy y del arzobispo don Rodrigo en las que por primera vez aparece la referencia al tributo de las doncellas a los moros para referir la historia del rey don Ramiro:

Cuenta la estoria que los moros, luego que sopieron que el rey don Ramiro reynava, enbiaronle á dezir que si queria haver paz é amor con ellos, que les diesse cada año cien donzellas christianas con que casassen é hoviessen su compaña, assí como el rey Mauregato fiziera en su tiempo: é que las cinquenta fuessen fijas dalgo é las otras cinquenta de cibdadanos. (Menéndez Pelayo 195: 57)

Las fuentes históricas acreditan la entrega de doncellas cristianas, pero la hazaña de las doncellas mancas no está documentada con rigor, por lo cual,

---

[10] La obra completa manuscrita lleva por título *Antigüedades y sucesos memorables sucedidos en esta muy noble y antigua villa de Simancas, por D. Antonio Cabezudo, cura de la parroquia de la misma villa, beneficiado de preste. Año de 1580*, y dedica el capítulo VII a la historia de las doncellas mancas. Menéndez Pelayo estima que los manuscritos existentes de esta obra son copias que datan de los siglos XVII y XVIII con algunas adiciones del presbítero D. Manuel Bachiller (195: 60).

dicha historia se asocia a la tradición popular ratificada por la existencia de dos romances que Antonio Cabezudo transcribe en su "Historia"[11].

A su vez, la leyenda de Simancas presenta ciertas analogías con la tradición hagiográfica de vírgenes y mártires que utilizan la automutilación para defender su virginidad y así evitar el atropello, el rapto por la fuerza, y la violación. Cabe destacar en el siglo VIII el ejemplo de santa Eusebia, abadesa del monasterio de San Ciro, cerca de Marsella, que advertida de la llegada de infieles dispuestos a invadir la abadía, instó a sus hermanas a que se cortaran la nariz[12] para aplacar con el espectáculo sangriento las pasiones de los bárbaros. La heroica acción terminó en masacre y las cuarenta monjas murieron con la palabra *Cristo* en sus labios. En España, durante la invasión de los sarracenos, abadesa y monjas del monasterio de San Florentino en Écija laceraron cruelmente sus rostros para no aparecer atractivas a los ojos de los invasores y preservar así su castidad. Las vírgenes murieron mártires a manos de los moros furiosos por la acción (Tibbets Schulenburg 47–48). Feliciana también compara su actividad literaria al acto heroico de las doncellas de Simancas. Si éstas pierden la mano para eludir convertirse en tributo de los moros, Feliciana, mediante su mano, se niega a entregar al vulgo el tributo de otra comedia. La *Tragicomedia*, como motivo de resistencia, supone un autocastigo y una forma de infligirse las heridas que salen de su propia pluma. Su obra y su persona, rechazadas por los poetas cómicos, se presentan como una réplica de los cuerpos castigados de las mártires cristianas.

Por otra parte, la referencia a la mutilación corporal no sólo está relacionada con la cuestión valerosa de vírgenes y santas, sino también está asocia-

---

[11] Cabezudo incluso cita una copla de Luis Vives que según él se halla en la obra *La Mujer christiana*:
   Por librarse de Paganos
   las siete doncellas francas,
   se cortaron sendas manos,
   y las tienen los christianos
   por sus armas en Simancas.
Menéndez Pelayo advierte que en ninguno de los tres libros *De Institutionae feminae christianea* aparecen estos versos (195: 62).

[12] Los casos de mutilación de la nariz parecen comunes. Oda de Hainault, que murió en el año 1158, para poder seguir entregada a Cristo y evitar el matrimonio concertado por sus padres se cortó la nariz. También es conocida la historia de Santa Margarita de Hungría, quien amenazó con cortarse la nariz y los labios y arrancarse los ojos antes que consentir a un matrimonio no deseado y la pérdida de su virginidad (Jane Tibbetts Schulenburg 48–49). Ver su artículo: "The Heroics of Virginity: Brides of Christ and Sacrificial Mutilation" en la edición de Mary Beth Rose: *Women in the Middle Ages and the Renaissance: Literary and Historical Perspectives*. (Syracuse: Syracuse UP, 1986) 29–72.

da al mundo del hampa y la delicuencia. Es sabido que a los ladrones se les cortaban las orejas para castigarles por los delitos de apropiación indebida y marcarlos con el estigma del delincuente ante la sociedad. Pedro de León anota que en 1580 en Sevilla se llevó a la horca a María Cordera, ladrona reincidente a quien la justicia ya había azotado y *desorejado* dos veces. También es conocido en 1598 el caso de "Juan de Torres . . . ahorcado por ladrón, habiendo estado ya azotado y desorejado por lo mismo" (Redondo 190). Sin embargo, no debe pensarse que el robo era el único delito que se castigaba con la mutilación. También a los blasfemos que cometían falta por tercera vez se les enclavaba la lengua, aunque esta práctica no debió llevarse a la práctica muy frecuentemente según un memorial dirigido a Carlos V. Beltrán de Guevara afirma que en Castilla se blasfemaba con gran frecuencia aunque las penas previstas por la ley raramente se infligían, así como tampoco se aplicaba la mutilación de la lengua en los casos de falso testimonio en los que según la gravedad del caso debía castigarse al ofensor con quemarle la lengua al fuego candente o cortársela (Redondo 191). En el Archivo General de Simancas se halla la transcripción de una sentencia de 1582:

> condeno al dicho Pedro Suárez a que, de la carçel donde está, sea llebado en reta y fiel custodia a la dicha villa de Arroyo Molinos, donde cometió *el delito de falsedad* de ques acusado, y en la plaça pública della mando se haga un cadahalso y en él *le corten la mano derecha con que cometió y hiço la dicha falsedad.* Condénole más en pribación perpetua de oficio descrivano y *de otro qualquier ofiçio de honrra* y en quarenta mill maravedís. (Redondo 189, el énfasis es mío)[13]

En la política del miedo[14] la mutilación se aplica como ejemplo de riguroso y público castigo para hacer cumplir la ley. El cuerpo aparece como objeto visible del orden, de manera que puede ser modificado/mutilado por el bien de la república, siempre y cuando sea necesario (Redondo 186).

La repetición de la referencia a la hazaña de las doncellas de Simancas pone al descubierto de forma ambivalente la obsesión manifiesta de Feliciana

---

[13] El derecho penal en Castilla consideraba la mutilación de la mano derecha en numerosos casos. Antonio Peña, jurista perteneciente a la Chancillería de Valladolid deja un manuscrito fechado en 1570, *Tratado muy provechoso, útil y necesario de los juezes y orden de los juicios y penas criminales* ..., en el que "passe en revue les divers cas entraînant la mutilation de la main, de la fabrication de fausse monnaie à l'homicide, notamment de membres du Conseil Royal, délits qui s'accompagnaient en outre de la mort du délinquant" (Redondo 188).
[14] Augustin Redondo destaca la exaltación de la *pedagogía del miedo* en la época, que postula las virtudes del castigo ejemplar. En 1597 el jurista Jerónimo Castillo de Bovadilla anota en su obra *Política para corregidores y señores de vasallos*: "la execución de la justicia engendra miedo, y el miedo aparta los malos pensamientos y refrena las malas obras" (186).

por *las manos*. Primero, como objeto de su proeza heroica, y segundo, como medio que sostiene el arma/pluma con la que comete el delito. La poeta sevillana, haciendo honor a las bravas mujeres de Simancas, aparece como víctima condenada por su rebeldía al escribir una tragicomedia al estilo antiguo, mientras su valerosa empresa representa el *crimen* figurado del que la acusan sus contemporáneos. A su vez, la pluma que toma se torna en arma del delito y símbolo fálico, que en manos femeninas le otorga la legitimidad y autoridad para escribir a contracorriente de las convenciones dramáticas al uso. Las faltas de las que se acusa a Feliciana son las de ser mujer y poeta, y de forma indirecta, también de ladrona, delincuente que ha robado la legitimidad de escribir no otorgada a la mujer. Evidentemente, el delito poético y el pleito en el que se ve envuelta, como transcribe en la "Carta ejecutoria", no corresponde a la justicia civil, sino al código de leyes tácitas que rigen el mundo poético y patriarcal.

La *mano*, miembro del cuerpo humano, y la capacidad de la *palabra*, son los dos elementos que disitinguen al ser humano del reino animal, como declara Heidegger en su obra *Parmenides*:

> The hand is, along with the word, the essential mark of mankind. Only the being that, like man, 'has' the word, can and also must have 'the hand' . . . No animal has a hand . . . Man 'has' not hands, rather the hand holds [has] the essence of man within, since the word, as the essential domain of the hand, is the essential ground of man. (Goldberg 293)

Salvando la distancia temporal y la aproximación antropológica del comentario de Heidegger, se pueden encontrar puntos en común con la figura de la mujer en el Siglo de Oro. Los moralistas representan a la mujer carente de *voz* y por tanto de *mano* con aptitud para la escritura. Al jesuita Gaspar de Astete le parecía que la mujer no necesitaba saber escribir porque "así como es gloria para el hombre pluma en la mano, y espada en la cinta, así es gloria para la mujer, el huso en la mano, y la rueca en la cinta y el ojo en la almohadilla" (Vigil 56).

Las diversas alusiones a las *manos* a lo largo de la *Tragicomedia*, sugieren el punto de partida para la reflexión sobre las obsesiones recónditas en el subconsciente de la poeta sevillana. Dicha insistencia la interpreto como su temor a la pérdida de las manos, miembros asociados a su propia labor literaria; temor que, relacionándolo con la teoría del psicoanálisis, se entiende como miedo a la castración, es decir, a la pérdida del falo, lo masculino —la pluma— y por tanto, a la pérdida de su integridad y autoridad como mujer y poeta. Según Freud, el miedo a la castración en el niño se desarrolla al descubrir la ausencia del miembro viril en el cuerpo femenino, mientras el complejo de castración en la niña tiene su origen en la visión de los genitales del sexo opuesto. Como Luce Irigaray explica en torno al complejo de castración en la mujer:

> In the course of the girls's discovery of her castration, her dominant feelings are of envy, jealousy, and hatred toward the mother—or in fact any woman—who has no penis and could not give one. She desires to be a man or at any rate "like" a man since actually she cannot become one. . . . She remains forsaken and abandoned in her lack, default, absence, envy, etc, and is led to submit, to follow the dictates issued univocally by the sexual desire, discourse, and law of man. Of the father, in the first instance. (406)

Curiosamente, el temor a la pérdida de la *mano* supone para la poeta una anticipación a la pérdida de la palabra y la voz. Aparentemente, la estrella de doña Feliciana se eclipsó y feneció en el silencio y el olvido. Los indicios señalan que dejó de escribir, lo cual se entendería como el efecto de la autocastración o automutilación de su mano. De hecho, la poeta sevillana engendra una única *criatura bipartita*, la *Tragicomedia de los jardines y campos sabeos*, y después de su publicación en Portugal en 1624 y 1627, no existen manuscritos o referencias a otras obras de la autora. Tan sólo dos décimas en glorificación a las doncellas de Simancas —repetición del tema— aparecen publicadas en 1625 en la obra de su segundo marido dedicada a la Immaculada[15], además de un soneto que escribe en 1622 tras la muerte de su cuñado, fray Gerónimo de Rivera[16], y el bello madrigal que Lope publica en el *Laurel de Apolo* (1630) atribuido a una tal Feliciana que estudió en Salamanca vestida de hombre[17].

---

[15] El título completo de la obra: *Información en Derecho por la Purísima y Limpísima Concepción de la Virgen María, Madre de Dios y Señora Nuestra, en dedicación de la Hazaña de las Doncellas de Simancas, á la Real ciudad de León. Por D. Francisco de León Garabito. Impreso en Sevilla, por Francisco de Lyra. 1625.* Santiago Montoto de Sedas transcribe las dos décimas de Feliciana en su estudio: *Doña Feliciana Enríquez de Guzmán* (Sevilla: Diputación Provincial, 1915) 13.

[16] Montoto cita el soneto pero no especifica dónde se halla publicado. La edición de Louis C. Pérez (Valencia: Albatros, 1988), incluye el soneto en las notas como parte de la primera edición de la *Tragicomedia* publicada en 1624, pero no aparece en la de 1627 (353).

[17] Es imposible probar si Lope se refiere a Feliciana Enríquez, ya que no utiliza el apellido o algún dato que la pueda identificar. En cualquier caso, la noticia sobre esta Feliciana, contribuye a crear más confusión en torno a las lagunas biográficas referentes a la poeta sevillana. Es significatico, sin embargo, que de las doce mujeres que Lope incluye en *El laurel*, doña Feliciana es la única de la que no ofrece otros datos específicos para poder identificarla.

Lope de Vega reconoce en el *Arte nuevo*: "Verdad es que yo he escrito algunas vezes / Siguiendo el arte que conocen pocos" (33–34), y augura el siniestro destino para aquellos poetas que escriben comedias siguiendo el arte antiguo: "Que quien con arte agora las escriue / Muere sin fama y galardón . . ." (29–30). Parece que sus presagios se cumplieron en la persona de doña Feliciana, quien sobrevivió sus últimos días no sólo sin el renombre esperado, *la fama*, sino también sin el premio y merecimiento a su labor, *el galardón*. Los datos biográficos que existen sobre la poeta confirman que pasó sus últimos años en la indigencia viviendo de la caridad de los frailes del convento de San Agustín de Sevilla. El documento fechado en 1640 ratifica esta situación de su puño y letra:

> Doña feliciana enriquez de guzmán mujer que fue de Don Francisco de León garabito Digo que a mi se me a hecho Repartimiento para el consumo de la moneda de Doce Ducados y Atento a la imposibilidad con que oy me hallo pues de limosna mobidos de caridad el Prior y frailes de San Agustín de esta ciudad me están sustentando enviándome todos los días la comida. Por tanto á VSas Pido y suppco mande que este Repartimiento ¿se quite? (hay una quemadura) como a muger que de limosna come y no tener ni Aun para Pagar dose ducados sobre que pido just.a. (Montoto 17)[18]

Quizás ése fue el castigo reservado a los delitos perpetrados por una mujer sabia, insumisa a la hora de acatar las nuevas convenciones dramáticas, y empeñada en autoelogiar sus virtudes poéticas sin pudor. En la querella interpuesta por los poetas cómicos, quienes la acusan de "que siendo mujer y no pudiendo hablar entre poetas, había tenido el atrevimiento de componer la dicha tragicomedia" (Soufas 268a), el Consejo Real de Poesía presidido por Apolo y las nueve musas oídoras dicta sentencia a favor de ésta, como se transcribe en la "Carta ejecutoria":

> Y mandamos a nuestros poetas españoles que en las comedias que de aquí adelante se hicieren, guarden las leyes y preceptos de su *Primera y Segunda parte*, so pena de no ser tenidos de nos por cómicos ni trágicos; y que los mandaremos borrar y tildar

---

[18] Santiago Montoto explica la situación de pobreza en que vivía la poeta sevillana a la mala administración de sus rentas tras la muerte de su segundo marido que falleció hacia 1630, aunque no aporta más datos a la mera suposición. El prior del convento dio fe del contenido de la carta que doña Feliciana envió para eximirla del pago de su contribución: "Certifico yo fray Francisco Gomez, prior del convento de Ntro. Pdre. San Agustín, extramuros desta ciudad, como de limosna este convento sustenta todo el año a la Sra. Doña Feliciana Enriquez de Guzmán, y lo juro en verbo sacerdotis y por verdad lo firmé en 11 de julio de 1640.—Fray Francisco Gomez" (18).

del catálogo de nuestros poetas y de los libros de nuestras mercedes y situados con destierro a nuestra voluntad, de las altas cumbres de nuestro Parnaso. Y mandamos se lea en todas nuestras academias por arte de buenas comedias . . . (Soufas 270*ab*)

La osadía de Feliciana, al erigirse en ganadora del pleito, rememora el mito de Aracne y su desafío a Palas Atenea o Minerva[19] en el arte de tejer. Aracne labra una labor perfecta con escenas que representan las liviandades de los dioses en lugar de mostrar su majestad divina. Palas, enojada, destruye la obra y transforma a Aracne en araña, sentenciada al oficio de mera hilandera. Como Marcia L. Welles anota, Aracne es condenada a la esterilidad[20] y su obra, una *parodia tejida*, supone "a significant transgression of the accepted (and acceptable) cultural texts" (12–13). La interpretación del mito en la *Philosophia secreta* de Pérez de Moya es ambivalente. Por una parte lo presenta como ejemplo de la tensión de lo *nuevo* versus lo *antiguo*, argumentando que: "aunque uno sea muy docto en una arte, puede venir después quien le exceda, añadiendo algunas novedades, como en todos los oficios y las ciencias se hace, que los nuevos añaden a los antiguos, por ser el tiempo gran maestro para aumentar las ciencias" (2: 59). Y por otro lado, considera la moraleja de leyenda mitológica como un aviso para los engreídos:

> por más excelencia que parezca que tenemos, no debemos igualarnos con Dios, ni ensoberbecernos de manera que por no reconocerlo todo de su bondad nos castigue y haga conocer lo que somos, siendo apartados de su gracia, y que todo cuando sabemos es frágil como tela de araña, como experimentó Aragnes, vuelta en tan pequeño y vil animalejo. (2: 59)

---

[19] Pérez de Moya en la *Philosophia secreta* menciona a Minerva como diosa de la sabiduría y el ingenio: "Dícese Minerva, según San Isidoro: *Quasi manus, vel manus variarum artium*. Quiere decir: Mano o don de diversas artes. Llámase mano, porque las artes que ella halló (en cuanto fue mujer) eran mecánicas o manuales, como tejer, coser, hilar, según el mismo San Isidoro. Decir que es don de diversas artes, le conviene en cuanto es diosa del saber" (2: 50, el énfasis es mío).

[20] En el Libro VI de *Las Metamorfosis*, Ovidio narra la ira de Palas en la contienda que mantiene con Aracne:

Y la tela arrebata, y reprehende
El desacato de pintar en ella
Los yerros de los dioses, ...
. . . .
"Y porque del linaje venidero
no estés segura, quede sentenciada
tu sucesión por este mismo fuero". (208–09)

La vinculación entre la leyenda mitológica y la poeta sevillana es relevante. Aracne en su desafiante empresa se enfrenta al poder teocéntrico de la diosa Palas, y es castigada por su osadía, mientras Feliciana mantiene su contienda particular con el poder patriarcal, y, aunque ganadora del laurel, es finalmente relegada al silencio, y en cierto modo condenada también a la esterilidad literaria tras la publicación de *Los jardines y campos sabeos*. Welles anota que la trascendencia de la labor artística está sujeta a la envidia y venganza de los dioses, como en el caso de Aracne (153). En Feliciana el éxito de su obra está subordinado a los dictados de los escritores de comedias. En cualquier caso, la belleza creadora sólo puede venir de las manos expertas y de la sabiduría del artista, como ilustra el emblema de Covarrubias Horozco "Qval la mano qve me toca". La letra del emblema es significativa en cuanto a la relación de las manos y la creación artística y literaria:

> Soy vn laud, de vozes estremado,
> De euano, y marfil, con cuerdas de oro,
> No se percibe, en quanto estoy colgado,
> Quan excelente soy, y quan sonoro:
> Si de algún ignorante, soy tocado,
> Pierdo mi consonancia, y mi decoro.
> Pero en manos de vn musico discreto,
> Descubro quanto soy fino, y perfeto" (Welles 153)

Otros monstruos y anomalías

Feliciana Enríquez utiliza la "Carta ejecutoria" como manifiesto poético y artificio legal en defensa de su obra y su capacidad artística, y otras escritoras del Barroco también se ven abocadas a justificar su quehacer literario. María de Zayas en el prólogo de sus *Novelas amorosas y ejemplares*, lo manifiesta así:

> Quien duda, lector mío, que te causará admiración que una mujer tenga despejo no sólo para escribir un libro, sino para darle a la estampa, que es el crisol donde se averigua la pureza de los ingenios. Porque hasta que los escritos se gozan en las letras de plomo, no tienen valor cierto, por ser tan fáciles de engañar los sentidos, que la fragilidad de la vista suele pasar por oro macizo lo que a la luz del fuego es solamente un pedazo de bronce afeitado. Quién duda, digo otra vez, que habrá muchos que atribuyan a la locura esta virtuosa osadía de sacar a luz mis borrones, siendo mujer, que en opinión de algunos necios, es lo mismo que una cosa incapaz. (Olivares 159)

Como Feliciana, la escritora madrileña, al publicar su obra traspasa los límites de la esfera privada para introducirse en el espacio público reservado a los escritores varones, e insiste en subrayar la importancia de la palabra impresa. No es de extrañar que las escritoras de la época pongan su empeño en presentar una apología de su propia tarea literaria en un mundo regido por las leyes patriarcales. En la crítica mordaz que Quevedo lanza contra la mujer instruida en "La culta latiniparla", éste presenta una imagen equívoca y casi monstruosa de las mujeres cultivadas, quienes, dotadas de una naturaleza *hembrilatina* y de un *lenguaje hermafrodito*, se transforman así en el temible monstruo que amenaza la integridad de las letras españolas[21]. El considerar a la mujer culta como criatura monstruosa o prodigio *contra natura* es práctica común en la época. En 1561 el Arcediano del Alcor se refiere a Luisa Sigea, dama toledana que sirvió en la corte de la infanta María de Portugal y fue famosa erudita en su tiempo, del siguiente modo: "Sobre todas parece cosa monstruosa, y que se debe contar por cosa de prodigio" (Géal 43). Los detalles que justifican el renombre de la erudita políglota son dignos de mención. Además del griego y el latín Luisa Sigea dominaba las lenguas siria, hebrea y árabe. A pesar del reconocido prestigio del que gozaba, su dedicación y servicios prestados en la corte portuguesa durante trece años no se vieron remunerados del modo esperado[22]. Casada en 1552 con Francisco Cuevas, español noble pero pobre, regresó a España en 1555 y se vio obligada a la solicitación de un protector que contratara sus servicios y los de su marido. La búsqueda infructuosa quebrantó su espíritu y la sumió en una profunda tristeza, a la cual sucumbió en 1560 a los 38 años dejando una hija de

---

[21] La tradición popular está colmada de refranes que critican a la mujer culta. Los siguientes ejemplos están extraídos de la edición de Juana G. Campos y Ana Barella del *Diccionario de refranes,* Madrid: Espasa Calpe, 1993: "Mujer que habla latín, rara vez tiene buen fin" (243), "Guárdate de mujer latina y de moza adivina" (239), "Mula que hace hin y mujer que habla latín, nunca hicieron buen fin" (243). Nótese la alusión a la mula como animal de naturaleza híbrida, y su relación con la simbología hermafrodita de la mujer *hembrilatina*. En la palabra compuesta que utiliza Quevedo, *hembra-latina,* se evidencia la oposición anómala de *hembra-varón,* en la cual el latín y el saber se asocian al género masculino. La ironía de la combinación *hembrilatina* subyace precisamente en la significación ambigua del hermafrodita.

[22] Según documentos hallados en los archivos portugueses, Luisa Sigea por su trabajo como preceptora de la infanta María, recibía un salario anual de 16.000 reales (datos de 1555). En comparación, el salario de Clénard, preceptor del hermano del rey Juan III en 1533, era de 40.000 reales (Sauvage 18). Es justo pensar que Luisa considerara que su labor no era reconocida en su medida económica.

dos años (Sauvage 17, 19–21)[23]. Luisa fue una víctima más de su propio ingenio.

En la "Carta ejecutoria" Feliciana también menciona a la acreditada Luisa Sigea en la relación de mujeres cultas e ilustres que presenta como argumento de defensa contra quienes la acusan de ser mujer y, por tanto, de no poder "hablar entre poetas" (Soufas 268*a*). La poeta sevillana se sirve de un elenco de mujeres escogidas para crear su propia genealogía poética, y presentarse así como heredera de Minerva y las musas, y de otras figuras femeninas pioneras en sabiduría y valoradas por su quehacer artístico[24]:

> porque si ella [Feliciana] era mujer, también lo eran nuestras carísimas hermanas las nueve musas . . . y asimismo nuestra serenísima hermana Pallas Minerva era diosa de las ciencias. Y en España su progenitora Maya, hija de Atlante . . . Y también fueron insignes en buenas letras, la dignísima marquesa de Cenete, la celebrada Isabela, joya de Barcelona, la eruditísima Sigea toledana, a quien por su letras latinas y hebreas la serenísima reina de Portugal, con increíble admiración, recibió en su casa e hizo maestra de la clase, que en ella tenía de mujeres ilustres; doña Angela Zapata, doña Ana Osorio burgalesa y doña Catalina de Paz, gloria y honor de Guadalajara; y otras españolas sin número que siempre han honrado las Españas, señalándose en ellas en todos tiempos. (Soufas 269*a*)

Dejando a un lado la imagen monstruosa de las mujeres cultas cabe dar paso a la creación de otras criaturas *monstruosas* que Feliciana presenta en su obra. El tercer acto de la segunda parte de *Los jardines y campos sabeos* se inicia como la continuación del primer acto, y reaparece en escena el sátiro Pan llevando por la fuerza a la doncella Yleda, quien sigue gritando: "que me lleva esta harpía, / este sátiro, este zorro" (1416–17, Soufas 247*a*). La

---

[23] Desde 1555 se conocen referencias a Luisa Sigea, a menudo ligadas a su condición de preceptora de la infanta María de Portugal. Para consultar bibliografía de obras y autores que aluden a la dama toledana, y ampliar datos biográficos, ver la "Introducción" de Odette Sauvage en su traducción del latín al francés de la obra de Luisa Sigea: *Dialogue de deux jeunes filles: Sur la vie de cour et la vie de retraite.(1552)*, París: Presses Universitaires de France, 1970 (9–57).

[24] También Sor Juana en la "Respuesta a Sor Filotea de la Cruz" acude a otras *mujeres sabias* para justificar su labor: "Veo adorar por diosa de las ciencias a una mujer como Minerva, . . . maestra de toda la sabiduría de Atenas. Veo una Pola Argentaria, que ayudó a Lucano, su marido, a escribir la gran Batalla Farsálica. Veo a la hija del divino Tiresias, más docta que su padre. Veo a una Cenobia, reina de los Palmirenos, tan sabia como valerosa. . . . y en fin a toda la gran turba de las que merecieron nombres, ya de griegas, ya de musas, ya de pitonisas; pues todas no fueron más que mujeres doctas, tenidas y celebradas y también veneradas de la antigüedad por tales" (Salceda 4: 461).

intervención de Clarisel, siguiendo la tradición caballeresca de rescatar doncellas, salva a Yleda de las garras de los libidinosos sátiros:

> Deja, monstruo, la doncella,
> que basta venido haya
> de las Españas con Maya
> para temer ofendella. (1418–21, Soufas 247*a*)

A su vez, la presunta violación se torna en ilusorio adulterio y cuestión de honor en boca del escudero Birano, quien declaró su amor y escribió un soneto en la primera parte a Yleda, a la cual, no ha visto a en ocho años pero a quien todavía considera como *suya*:

> Dioses, ¿qué veo? Si mi *honra* hoy queda
> perdida, cometiéndome *adulterio*
> mi bella Yleda, ¡aunque con rapto y fuerza!
> la fortuna mis ansias hoy refuerza. (137–40, Soufas 232, el énfasis es mío)

Obviamente, la escena está más próxima a los motivos cómico- burlescos del entremés que al dramatismo que la situación de rapto y violencia podría insinuar. La ironía está servida, e indirectamente se está haciendo hincapié en la escasa atención que las leyes civiles y eclesiásticas otorgan a los asuntos de robo y violación de doncellas. Los casos de *forzamiento* terminan por considerarse actos de la pasión en lugar de delitos con violencia, mientras el adulterio, cuando es cometido por parte de la mujer, se castiga como gran falta. En la *Nueva Recopilación* que rigió de 1567 a 1805, el adulterio se trataba como en el Fuero Juzgo y el Real: "Si la mujer casada ficiese adulterio, ella y el adulterador ambos sean en poder del marido y faga dellos lo que quisiere, y de cuanto han, así que no pueda matar al uno y dexar al otro" (Benito 211). Alonso de Andrade resumía así las razones por las cuales el adulterio era "más feo y perjudicial en las mujeres":

> por los incovenientes que causan, ya en la hacienda, gastando lo que sus maridos ganan con el adúltero, ya en los hijos, suponiendo los que no son legítimos por legítimos, ocasionando muchas injusticias en los bienes temporales, ya en las honras, porque las quitan a sus maridos, a sus hijos y a todo su linaje; ya en las vidas, porque el día que abren puerta al adulterio, la abren al homicidio y a las guerras y discordias domésticas con los de casa, y los de fuera. (Vigil 142)[25]

---

[25] Citado del *Libro de la guía y de la virtud..., Tercera parte, para casados y viudos.*

En cualquier caso, el rapto de la doncella viene a enturbiar el sosiego y armonía del lugar ameno por la violencia del acto y el reconocimiento de las intenciones lujuriosas de los sátiros.

La caracterización de Yleda es consistente con las ambivalencias que presenta en la primera parte, y rompe con la imagen de la mujer sumisa y recatada creada en los tratados morales. Su lenguaje y procedimientos poco ortodoxos la acercan más a la imagen de vulgar alcahueta que a la de noble distinguida y recatada, según se espera por ser hija de conde. La misma Belidiana se refiere despectivamente a ella como "Yledilla", y la acusa de haber tramado la unión entre Maya y Clarisel. Yleda tampoco se ajusta al modelo de mujer virtuosa, discreta y callada, cualidades que deben adornar a la mujer[26]. Por el contrario, Yleda, encaja en el patrón de mujer *parlera*: charlatana pertinaz, incapaz de permanecer en silencio, como ella misma admite: "y porque si más callase, / podría ser reventase, / quiero abrir los almacenes" (1483–85, Soufas 247*b*). La función que otorga Feliciana al personaje de Yleda no es simplemente la de remedar la caracterización de un tipo de mujer de forma negativa: mujer parlera, mujer ventanera, mujer que no sabe guardar secreto, etc. De hecho, Feliciana utiliza la incontinencia verbal de Yleda como vehículo de comunicación, y a través de ella informa al público de los sucesos acaecidos durante los ochos años que separan las dos partes de la *Tragicomedia*. Por tanto, Yleda es el personaje mediador en términos lingüísticos, cuya función es la de rellenar las lagunas informativas entre ambas partes. Su papel es, por tanto, doble: primero, como alcahueta de postín que no se dedica a concertar meros *ayuntamientos* ilegítimos al estilo de Celestina, sino a arreglar uniones entre personajes de la realeza; segundo, como charlatana de afición que se regocija en su oficio de *contar*.

Por otra parte, si el retrato pseudo-celestinesco de Yleda no tiene nada de extraordinario por ser lugar común en la literatura, la imagen de su hermano Darsileo, quien nunca aparece en escena, es la que sale peor parada y la que da un quiebro a la caracterización convencional de un personaje masculino y noble. Gracias a Yleda el público entiende que la supuesta labor diplomática de su hermano se trueca en otra suerte de alcahuetería. Darsileo, como los embajadores y ministros de la corona española encargados de estas labores,

---

[26] Como apunta Mariló Vigil en *La vida de las mujeres en los siglos XVI y XVII*, las virtudes modélicas que debían adornar a la doncella, según los moralistas de la época, eran la obediencia, la humildad, la modestia, la discreción, la vergüenza y el retraimiento, entre otras (18).

no sólo arregla conflictos de carácter bélico y político[27], sino también concierta matrimonios de alto linaje. Como indica Yleda, su hemano inicia los contactos con los reyes:

> Carteóse con Atlante
> del Tajo al Guadalquivir,
> del Ebro al Duero monarca,
> y con el rey paladín.
> Díjoles que si era Maya
> azucena, buen jardín
> era Esparta y Macedonia,
> si su prima era jazmín. (1510–17, Soufas 248*a*)

Es decir, Darsileo interviene por la vía diplomática y legal carteándose con los padres de las princesas Maya y Hesperia, más inclinados a dar en matrimonio a sus hijas a Hércules y a Perseo que a los pretendientes que Darsileo avala: Clarisel y Beloribo. Yleda, mientras, se presenta como mediadora activa y manipuladora que conspira directamente en España con las cartas que los príncipes le entregaron para iniciar el cortejo con sus amadas. Así, Yleda relata el éxito de su misión:

> Conmigo se declararon;
> labró en ellas mi *buril*,
> y a las cartas respondieron
> que de los dos a ambas di.
> Finalmente, hoy se las tengo
> con sola mi *industria* aquí,
> que con sus padres las traigo
> con la ocasión del festín
> de la madre de los dioses,
> que toda Arabia feliz

---

[27] En la primera parte de la *Tragicomedia* la función diplomática de Darsileo es la de mediador en un conflicto con el rey de Arabia, e Yleda tiene la misión de ser la mensajera portadora de sus misivas:
> Di al Rey las cartas del Sabio,
> y a ellas respondió luego;
> y admite su justo ruego,
> contento con el agravio,
> que en nuestra patria hizieron
> sus insolentes soldados. (Pérez 55)

Cabe notar que en la primera parte de la *Tragicomedia* se espefica en la relación de "Personas" que Yleda es hija del conde Calineo de Celene de Frigia. Su hermano Darsileo, nunca aparece en escena.

celebra felicemente; (1526–36, Soufas 248*ab*, el énfasis es mío)

Yleda, además de vanagloriarse del triunfo de su *industria*, ha dejado claro que ambos hermanos trabajan por la misma causa en la labor de *terceros*. Irónicamente, la alcahuetería practicada en una escala social inferior se consideraría un delito penado[28], mientras en las altas esferas, los arreglos matrimoniales de la realeza se contemplarían como *labor diplomática*. La *industria* a la que se refiere Yleda no es únicamente la de servir de correo, y la de llevar y traer mensajes. En sus actividades de *correveidile* se da a entender su eficacia y autoridad verbal, su capacidad de convicción y sus habilidades retóricas para la *philocaptio* ('captar de amores')[29]. Yleda no se sirve de hechizos como Celestina, sino que su arma es el *buril*[30] con en el que incita el deseo en las almas de las princesas, quienes terminan rendidas a los requerimientos de los galanes.

Su exuberancia verbal al hacerle recuento a Birano de los sucesos acaecidos en los ocho años que median desde su último encuentro, se amplifica ante la parquedad del escudero. Birano, en una sola octava, se limita a rememorar su encuentro en el jardín sabeo y sus suspiros ante la partida y separación:

> Pues son ocho años cumplidos
> que oíste, mi bella Yleda,
> en esta hermosa arboleda
> mis suspiros y gemidos.
> Premia mi amor y fe pura,
> premia este cartel, que cuando
> de aquí partimos penando,

---

[28] Covarrubias en el *Tesoro de la lengua* indica que las leyes de las Partidas especifican cinco tipos de alcahuetería y las penas impuestas por el delito, y cita "qualquier que alcahuetasse a su muger, dezimos que debe morir por ende; essa misma pena debe aver el que alcahuetasse a otra muger casada, virgen, religiosa o biuda de buena fama, por algo que le diessen, o le prometiessen de dar" (70).

[29] Como indica Peter E. Russell en la "Introducción" a *La Celestina* (Madrid: Castalia, 1991) la *philocaptio* "era suscitar por medios mágicos en la víctima del hechizo una violenta pasión amorosa hacia una persona determinada sin que ésta se diese cuenta de que algo anormal había ocurrido" (68). En el caso de Yleda, al hablar de su sola *industria*, no se sabe de qué herramientas se vale para su cometido, y, aunque en ningún momento se habla de hechicería o magia, sus comentarios dejan abierta la posibilidad a actividades no muy ortodoxas.

[30] El *buril* se utiliza como instrumento para grabar en plata u otros metales. La utilización del buril, por otra parte, sugiere una analogía con las agujas u objetos punzantes utilizados en las artes de la hechicería con los que se inflige algún daño a la persona representada en una figurilla de cera.

yo dediqué a tu hermosura. (1538–40, Soufas 248*b*)

Al leer la inscripción que Birano dejó grabada en una de las hayas, Yleda se enfurece porque la ha colocado en tercer lugar[31] en rango de hermosura detrás de las princesas. Así, decide vengarse y defender ella misma su belleza arrebatándo impetuosamente las armas al escudero:

> Falso, con esta tu *espada*
> venganza de ti me diera,
> que por medio te hendiera,
> si a piedad inclinada,
> que al fin me amas, no estuviera.
> Y con ella y fuerte *lanza*,
> y tu *arnés* y mi pujanza
> defender yo no pensara,
> mi hermosura insigne y rara
> ser la que el primado alcanza. (1554–63, Soufas 248*b*, el énfasis es mío)

Yleda se convierte así en heroína de espíritu viril que se trasviste con *espada, lanza* y *arnés* para representar el papel de *mantenedora* del paso de armas. En el ritual caballeresco una de las pruebas para defender la hermosura de la dama o de proclamarla como la más bella, es la de prohibir el paso a todos los caballeros o aventureros que intenten cruzar el lugar elegido (Riquer 58). Los pasos de armas son motivos frecuentes de la tradición caballeresca y uno de los más famosos es el llamado Passo Honroso de don Suero de Quiñones, quien con motivo de su prisión amorosa hizo voto de llevar todos los jueves una argolla de hierro atada al cuello de la que se vería libre cuando se hubieran roto trescientas lanzas en los encuentros con todo aquel que aceptara el reto antes de cruzar el puente sobre el río Órbigo a seis leguas de la ciudad de León[32] (Riquer 57). Así, Yleda, no sólo se autoproclama ven-

---

[31] Birano inscribe en la corteza de una de las hayas el cartel que recuerda el motivo del paso de armas:
> El tercero lugar se debe a Yleda,
> hija bella del conde Calineo;
> cuyo brío, beldad y gracia veda
> que otra alguna merezca este trofeo;
> confiese esta verdad o no proceda
> adelante guerrero, que el deseo
> quien puso en ella, y en su amor se enciende,
> su beldad suma o el pasar defiende. (1546–53, Soufas 248*b*)

[32] A menudo, los caballeros imitan las conductas novelescas, como la del caballero leonés don Suero de Quiñones de cuyo Passo Honroso se conserva toda la relación notarial del escribano

cedora del concurso de belleza, sino que además hace alarde de su soberbia en el cartel que inscribe en el escudo como respuesta a los de Clarisel y Beloribo:

> La bella y gentil troyana[33],
> hija del Celenio, conde,
> cuyo esfuerzo corresponde
> a su beldad soberana.
> A estos carteles responde,
> que su divina belleza
> y no humana gentileza,
> no sólo la palma gana
> a Clarinda y Belidiana,
> pero a la naturaleza.
> Esto hará conocer
> a sus locos caballeros,
> como a todos los guerreros,
> que no quieran conceder
> principios tan verdaderos,
> la que sola escribir pudo
> sin arrogancia este escudo
> es la hermosísima Yleda,
> que a su amante dio la seda
> y a él tomó el acero crudo. (2084–104, Soufas 254–55*ba*)

La actitud beligerante de la troyana, no deja de ser ambivalente. En un principio da muestras de su valor y de su carácter bravío a imitación de las amazonas y de las mujeres fuertes del mundo caballeresco. El papel de Yleda tiene concordancias con las audaces heroínas, Marfisa y Bradamante, rivales y guerreras que aparecen en el *Orlando furioso* de Ariosto. En el poema italiano, ambas mujeres luchan con furor guerrero e incluso Bradamante se

---

Pedro Rodríguez de Lena que detalla los acontecimientos minuciosamente, además de existir una versión abreviada de Juan de Pineda que se publicó en Salamanca en 1588. Para más información ver capítulo II "El Passo Honroso" de Martín de Riquer, *Caballeros andantes españoles*, Madrid: Espasa-Calpe, 1967 (52–99).

[33] Las similitudes con Helena de Troya son evidentes. El nombre (Y)leda, rememora a Leda, madre de Helena en la leyenda mítica. Helena es a su vez la mujer más bella del mundo, que Afrodita promete a Paris si éste le concede el primer lugar en el concurso de belleza que mantiene con sus rivales Atenea y Hera. Yleda pretende también colocarse en el primer lugar en hermosura frente a las princesas Belidiana y Clarinda. El rapto de Helena por Paris, aunque algunos autores consideran que fue consentido, marca también una analogía con el rapto de Pan que se lleva a la doncella por la fuerza. Para las distintas leyendas ver "Helena" en Pierre Grimal, *Diccionario de mitología griega y romana*, Barcelona: Paidós, 1994 (229–33).

atreve a retar a su propio enamorado (Bravo Villasante 43–44)[34]. En su papel activo, Yleda no sólo le arrebata las armas al escudero, sino que además se atreve a quitarse la ropa en público, como indican las acotaciones escénicas: *"(Quítase Yleda una saya[35] y vístese el arnés)"* (Soufas 248*b*), con lo cual la escena ofrece un sugestivo efecto dramático y admirable espectáculo visual, que haría las delicias de los espectadores. Por otra parte, las transgresiones de la doncella quedan ensombrecidas al considerar las motivaciones de su arrebato batallador, ya que su única pretensión es la de alcanzar el primer puesto en hermosura, y que la noticia se haga pública mediante el cartel. Los deseos de la aguerrida Yleda se ajustan a los convencionalismos del amor cortés, y así, ordena desdeñosa a su enamorado: "... vaya / a buscar dos amantes que uno pueda / servirla y adorar el otro a Yleda" (1706–08, Soufas 250*ab*). El hecho de que despida a su amante, vejado y humillado en traje de mujer, y mande que le busque dos pretendientes, puede provocar en principio el asombro, aunque, en última instancia, la desenvuelta y atrevida Yleda no deja de representar el papel convencional de la mujer en busca de caballero y admirador. Fray Antonio de Guevara en el *Aviso de privados* especifica el sentido de *servir*[36] a la dama, y comenta que las mujeres "compiten sobre quien tiene más servidores; porque entre las damas aquélla se tiene por más abatida que de menos caballeros es recuestada" (Vigil 71)[37].

En este sentido, la caracterización de Yleda se enmarca dentro de los cánones de representación de un tipo femenino que evoca la actitud misógina de algunos autores, empeñados en mantener una imagen negativa de la mujer. El *Corbacho,* una de las obras medievales inscritas en esta corriente, presenta la figura de la mujer como rival celosa de la belleza de cualquier otra

---

[34] Carmen Bravo Villasante diferencia dos tipos de doncella guerrera: la *mujer enamorada* y la *heroica-guerrera*. Las heroínas del *Orlando* encarnan ambas clasificaciones. Bradamante, finalmente consigue a su caballero y abandona el traje de varón, mientras Marfisa es la doncella guerrera por excelencia quien continúa fiel a su vocación bélica (44). Ver el capítulo dedicado a este tema "El disfraz varonil y su origen italiano" en *La mujer vestida de hombre en el teatro español*, Madrid: Revista de Occidente, 1955 (33–59).

[35] Según el *Diccionario de Autoridades*, la *saya* es la "Ropa exterior con pliegues por la parte arriba, que visten las mugeres, y baxa desde la cintura a los pies" (3: 55*a*).

[36] Entre algunas de las tareas del caballero, siempre atento a los caprichos de la dama, éste "ha de estar cabe ella de rodillas, delante de ella en pie, tener siempre quitada la gorra, no hablar sin que ella lo mande, si le pidiere algo dárselo, si le mostrase mal gesto sufrírselo; por manera, que en ninguna cosa se ha de ocupar, ni a su hacienda emplear si no es en a su dama servir" (Vigil 69–70).

[37] También Francisco de Osuna ofrece un comentario similar sugiriendo que las mujeres no se arreglan para alguien especialmente, "teniendo por injuria tener un solo enamorado; sino muchos en general y en esto dicen ser menos culpa" (Vigil 71).

mujer, e incluso dedica todo un capítulo al tema: "Cómo la muger es enbidiosa de qualquiera más fermosa que ella" (136)[38]. Yleda, además, añade una crítica indirecta a la asociación que existe entre hermosura y rango social[39], que rememora los ásperos comentarios que lanza en la primera parte de la *Tragicomedia* acerca de la belleza de las princesas, dejando bastante mal parada la imagen de la realeza[40]. Las teorías del médico renacentista Huarte de San Juan respecto a la belleza física del monarca asociada al buen gobierno, evocan con ironía la realidad española del momento:

> Ser el rey hermoso y agraciado es una de las cosas que más convida á los súbditos á quererle y á amarle, porque el objeto del amor dice Platón que es la hermosura y buena proporción, y si el rey es feo y mal tallado, es imposible que los suyos le tengan afición, antes se afrentan de que un hombre imperfecto y falto de los bienes de la naturaleza los venga á regir y mandar. (299)[41]

---

[38] El autor anota que: "toda muger, quandoquier que vee otra de sý más fermosa, de enbidia se quiere morir. E desta regla non saco madre contra fija, nin hermana, prima, nin parienta contra parienta, que de pura malenconía muérdese los beços, e la una con la otra collea como mochuelo" (136). La edición de Joaquín González Muela (Madrid: Castalia, 1970), utiliza el manuscrito de la biblioteca de El Escorial de 1498, aunque la obra se terminó en 1438: "Libro conpuesto por Alfonso Martínes de Toledo, arcipreste de Talavera, en hedat suya de quarenta años. Acabado a quinze de março de mill e quatrocientos e treynta e ocho años. Sin bautismo, sea por nombre llamado *Arcipreste de Talavera* dondequier que fuere levado" (7).

[39] Es de destacar que en los carteles que escribieron los caballeros —príncipes y escudero— antes de abandonar la región sabea, el premio a la hermosura va parejo a la jerarquía social. Belidiana, como princesa del poderoso reino de Arabia: "la palma gana / en hermosura, gracia y gentileza" (2070–71). Le sigue Clarinda, princesa de Chipre, quien "la segunda monarquía / alcanza de hermosa y linda" (2078–79, Soufas 254*b*), y por último "El tercero lugar se debe a Yleda, / hija bella del conde Calineo" (1546–47, Soufas 248*b*).

[40] El diálogo que Yleda mantiene en la primera parte de la obra con los caballeros enamorados quienes preguntan su opinión sobre la belleza de las princesas es bastante esclarecedor:
    Cerca estoy de parecer
    Ninfa, y Dea soberana,
    si es hermosa Belidiana.
    ¿o es más que qualquier muger? (339–42, Pérez 56, el énfasis es mío)

[41] Juan Huarte de San Juan, quien dedica el *Examen de ingenios para las ciencias* (1575) a Felipe II, ofrece también sustanciosos comentarios respecto a los reyes: "Tener perfección en todas las potencias que gobiernan al hombre, generativa, nutritiva, irascible y racional, conviene más al rey que á otro artífice ninguno, porque, como dice Platón, en república bien ordenada había de haber casamenteros que con arte supiesen conocer las calidades de las personas que se habían de casar, para dar á cada hombre la mujer que le corresponde en proporción, y á cada mujer su hombre determinado" (299), pero como dice Hipócrates este arte "es necesaria para los hombres destemplados, y no para los que tienen el temperamento perfecto que hemos pintado. Estos no han menester hacer elección de mujeres, ni buscar cuál les responde en proporción, porque con cualquiera que se casaren, dice Galeno que tendrán generación"

Cabe recordar que, si en la primera parte Yleda simplemente arremete de forma verbal contra la belleza de las regias damas, en la segunda no ceja en tomar ella misma las armas y la pluma para defender su primer puesto en la competición y proclamarlo públicamente. En cierto modo, Yleda aparece como una figura doble, *objeto* y *sujeto* de las convenciones del amor cortés. Insatisfecha, como *objeto*, con los elogios que su enamorado expresa en cuanto a su belleza, no duda en investirse de la autoridad masculina con las armas y el arnés y convertirse en *sujeto* para autoalabar su hermosura en el grado que ella desea, y defenderla al estilo caballeresco como *mantenedora* de un paso de armas. Yleda, tocada con las armas viriles de simbolismo fálico —lanza, espada y pluma— adquiere la autoridad combativa para escribir su mensaje: "Este estilo y una mora / será pluma y tinta ahora" (1599–600, Soufas 249*a*). Es de notar que, mientras Birano, émulo de las formas caballerescas, inscribe su mensaje en la corteza de un árbol, Yleda utiliza el broquel como medio de difusión de su palabra: ". . . yo en su escudo / escribiré mi epigrama / que asombro cause a la fama" (1590–92, Soufas 249*a*).

A su vez, el espíritu aguerrido de Yleda es análogo a la audacia de la poeta sevillana, quien se autoproclama ganadora del laurel en la querella interpuesta por los poetas cómicos, y no duda en hacer pública la noticia. Además de escribir una tragicomedia en un mundo regido por las leyes del *arte nuevo*, no se arredra a la hora de autoelogiar su figura y su obra mediante la "Carta ejecutoria": documento público, sellado y registrado que legitimiza la sentencia dictada a su favor por el tribunal poético presidido por Apolo y las nueve musas oídoras. Yleda se complace en su hermosura, del mismo modo que Feliciana se complace en su obra; satisfacción asociada al acto simbólico de masturbación que se infiere en la escritura. La escritora y crítica francesa Hélène Cixous en "The Laugh of the Medusa" anota: "the act of writing is equivalent to masculine masturbation (and so the woman who writes cuts herself out a paper penis)" (340), y sugiere que la acción de escribir en la mujer no puede desligarse de su mismo cuerpo:

> To write: An act which will not only "realize" the decensored relation of woman to her sexuality, to her womanly being, giving access to her native strength; it will give her back her goods, her pleasures, her organs, her immense bodily territories which

---

(300). Por supuesto, la perfección ideal que Huarte atribuye al monarca tendrá su máximo contrapunto en el último vástago de la Casa de Austria, Carlos II El Hechizado, quien murió sin dejar descendencia y cuyo sobrenombre da fe de su decadencia física y mental, en consonancia al ocaso político y económico en el que se ve sumida la corona española a finales del siglo XVII.

have been kept under seal. . . . A woman without a body, dumb, blind, can't possibly be a good fighter. She is reduced to being the servant of the militant male, his shadow. (338)

Cixous manifiesta que al tomar la palabra, la mujer invade el espacio público gobernado por el falo, confirmando así su posición en ese mismo espacio y revelándose a aceptar el silencio y su dominio en el margen del harén (338). Si en Yleda se evidencia el reto y la rivalidad entre mujeres, Feliciana rinde homenaje a la reconciliación y alude a otras mujeres en términos de modelos y hermanas en su labor erudita y literaria. Citando a sus predecesoras, pioneras insurgentes en el espacio público masculino, materializa una incipiente historia paralela a la historia patriarcal[42].

En la *Tragicomedia* Yleda no duda en convertirse en salvaguarda de su propia hermosura, y para ello no sólo arrebata la armadura y las armas a Birano, sino que además humilla al escudero verbalmente y le ordena que se vista de mujer: "Esa mi saya vista, / que de vestidos de hombre / no es digno, ni de tal nombre" (1574–76, Soufas 248*b*). Sin embargo, las travesuras de Yleda no terminan con el intercambio de papeles mediante el trueque de trajes —ella en caballero, y él en dama—, sino que por medio de la fuente transforma la fisonomía del galán en *galana*. En el primer cartel que escribe Yleda, ésta insta a Birano a que se lave la cara en la fuente que "no deja pelo a viviente" (1608, Soufas 249*a*), y lo convertirá en imberbe damisela. Las acotaciones dramáticas ratifican la obediencia del escudero a su dama y especifican cómo se lleva a cabo la transformación: "*Lávase Birano en la fuente y pélaselo cual se puede contrahacer, poniéndose media mascarilla de mujer*" (Soufas 249*a*). La fuente mágica, capaz de cambiar el sexo de los que se lavan en ella, evoca las *Metamorfosis* de Ovidio. La leyenda de la ninfa Salmacis y Hermafrodito termina con la concesión de Venus y Mercurio de cambiar el sexo a todo el que entre en la fuente[43]. En la tradición cuentística

---

[42] En la "Carta ejecutoria", como argumento defensivo de la mujer escritora, Feliciana menciona un listado de mujeres eruditas ilustres (ver Soufas 269).
[43] Viéndose Hermafrodito atrapado por la ninfa Salmacis y convertidos los dos cuerpos en uno suplica:
 . . . "Ruego y pido,
 eterno padre mío y madre mía,
 pues tengo gesto de ambos y apellido,
 que el que en esta agua entrare clara y fría,
 hagáis salir del arte que he salido,
 medio varón." Los padres consintieron,
 y en el estanque tal virtud pusieron. (658–64)

aparece como motivo frecuente la fuente mágica que tiene la propiedad de cambiar el sexo de quien se lava en ellas. El *Sendebar o Libro de los engaños de las mujeres* relata el cuento de un privado que conocía "una fuente que tenía una virtud, que cualquier hombre que bebía su agua, luego se convertía en mujer" (85)[44]. Así, la transformación de Birano, "con su saya mujer hecho" (1615, Soufas 249*a*), va más allá del mero travestismo, ya que mediante la fuente mágica sus atributos masculinos se tornan en femeninos, ratificándose así la total desposesión de las *armas viriles* del escudero: "Pues me has hecho de varón / mujer honesta soltera" (1645–46, Soufas 249*b*).

Sin embargo, la taimada Yleda, no contenta con vengarse de la injuria del cartel que escribió Birano, invita a Berloribo a que se lave en la fuente "cuya excelente / virtud remoza[45] a quien se lava en ella" (1730–31, Soufas 250*b*). El efecto teatral de la transformación se lleva a cabo mediante el uso de otra media máscara de mujer, idéntica a la que lleva Birano, y cuyo parecido con el rostro de Yleda provoca la confusión de identidades y asegura la comicidad de la escena con las dos falsas Yledas:

BIRANO   Yleda de mi alma y de mi vida,
                 lucero celestial de la mañana,
                 mi clara luz y aurora soberana

. . . .
BELORIBO ¿Estás, Yleda, loca? ¿Qué locura
                  es esta tuya? (1757–59, 1769–70 Soufas 251*b*)

La aparición de los sátiros viene a romper el equívoco al llamar *ninfas* a los dos caballeros, quienes intuyen la injerencia de algún dios en sus transformaciones y terminan reconociéndose mutuamente por la voz. Así, Beloribo advierte:

Verdad es, que de Birano
es la voz, mas de Yledilla

Citado de la edición de Juan Francisco Alcina (Barcelona: Planeta, 1990), de la traducción de Pedro Sánchez de Viana.

[44] La "Introducción" de José Fradejas Lebrero (Madrid: Castalia, 1990. 7–39) aclara las diferentes teorías en cuanto al origen y difusión de esta obra probablemente traducida del árabe durante el siglo XIII por encargo de don Fadrique a imitación del *Calila e Dimna* que su hermano mayor Alfonso X el Sabio mandó traducir en 1251.

[45] El uso del término *remoza*, además del significado de *rejuvenecer*, sugiere el juego de palabras con *moza*, es decir, mujer, y el prefijo *re*, que como indica el *Diccionario de Autoridades*, es "Partícula que en composición, regularmente aumenta y reduplica la significación, así en nombres, como en verbos" (3: 502*ab*).

es una y otra mejilla,
boca, nariz, bozo y mano. (1793–96, Soufas 251*b*)

Finalmente, ambos se miran en las aguas que reflejan sus barbas peladas, y advierten otra propiedad mágica de las aguas, la "ofuscación de la vista" (1808, Soufas 251*b*), como ellos mismos indican: "Pues tan mal los dos juzgamos / nuestras antiguas facciones" (1809–10, Soufas 251*b*). Por otra parte, Birano utiliza la imagen del animal híbrido, la mula, para defenderse de los requerimientos lascivos de los sátiros: "Somos mulas que nacimos / con lupias, muermo y mil tachas" (1954–55, Soufas 253*a*)[46]. El escudero al ver que el argumento de la imperfección corporal no surte el efecto deseado para esquivar a los viciosos sátiros, acude al juego de apariencias del traje que encubre sus atributos sexuales: "¿Y si de mulas tenemos / gualdrapas y somos potros?" (1958–59, Soufas 253). En su caso es claro que el escudero asocia las *gualdrapas*[47] de la mula a la saya que viste, a pesar de que Beloribo no se trasviste, y, de hecho, los sátiros lo toman por *ninfa* por su media máscara de mujer haciendo caso omiso al traje y voz de varón, que confunden también al mismo Birano:

La voz es de Beloribo,
el cabello, ojos y frente;
mas la boca le desmiente
que a Yleda retrata al vivo. (1789–92, Soufas 251*ab*)

Para los pérfidos asediantes la mujer vestida *en paños de montear* es figura habitual, y, como indica uno de los sátiros: "No suelen ser extraños / de la que monte y selvas apetece" (1547–48, Soufas 251*a*).

Las transformaciones de los caballeros en doncellas dan pie a la especulación de la identidad sexual de ambos personajes masculinos. El equívoco también hace mella en Hesperia, quien tiene sus dudas antes de aceptar la

---

[46] La alusión a los defectos del animal se relaciona con la significacion que los españoles otorgaban a las taras físicas y los rasgos que se salían de la norma. Ricardo García Cárcel en su ensayo: "Cuerpo y enfermedad en el Antiguo Régimen. Algunas reflexiones", anota que el pelo rubio era considerado de traidora condición, así como la nariz demasido grande se asociaba a enfermedades venéreas, y la mujer de cara redonda no era de fiar. Las imperfecciones físicas eran motivo de desprecio y burla, e incluso de dispensa criminal: "Cualquier hombre que matare a hombre zurdo, coxo, bizco, de frente chica o cejijunto, no sea castigado por ello" (García Cárcel 134).

[47] La *gualdrapa* como "cobertura de seda o lana, que cubre y adorna las ancas de la caballería hasta cerca de los pies" (*Aut.* 2: 86), tapa el sexo del animal, del mismo modo que la *saya* encubre la indentidad sexual de Birano.

mano del afeminado Beloribo ". . . que ninfa no sea / el que mis bodas desea, / que veo en él no sé qué" (2029–31, Soufas 254*a*), y al final acepta el compromiso con una condición: "Vuestra soy, rey Beloribo, / con condición que seáis hombre" (2036–37, Soufas 254*a*). A su vez, la alusión a la ambigüedad sexual del escudero se comenta al final de la obra cuando Apolo y Anfión emparejan a todos los enamorados y cantan: "Gózese con Yleda su Ermafrodito, / Que parece monita, siendo monito" (Pérez 285)[48]. La confusión de identidades contribuye a realzar el aspecto jocoso de la obra, teniendo en cuenta que la distancia espacio-temporal brinda la permisividad necesaria a las escenas cargadas de sutiles tintes eróticos. Del mismo modo, el uso de las máscaras tiene la función de recordar al público el efecto de la ilusión teatral, que rompe la identificación con la realidad. Sólo los personajes en escena se prestan a la confusión y al engaño; para el público, por el contrario, está claro cuál es la identidad de los personajes, cualquiera que sea su disfraz y máscara, y es, precisamente, en ese juego de reconocimientos y efectos metadramáticos donde hallaría gran regocijo. Así, siguiendo el juego de ambigüedades y equívocos, se advierte que las perversiones de los sátiros rayarían en el deseo homoerótico, que para el público empezaría a tener conflictivas asociaciones con el *pecado nefando*, aunque si bien veladas por la risa y la situación burlesca.

Si bien la mujer vestida de hombre es lugar común en multitud de comedias de la época, el varón en traje de doncella aparece sólo de forma esporádica, y se presenta habitualmente como motivo cómico en el teatro burlesco y las formas teatrales breves. Javier Huerta Calvo comenta al respecto, que en el teatro español se da la abundancia de piezas "en las que se juega eventualmente, con la equivocidad, es decir el hombre vestido de mujer, al que otro hombre requiere y asedia" (283)[49]. Carmen Bravo Villasante en su obra dedicada al tema del travestismo de la mujer en el teatro dedica una sección al "Hombre disfrazado de mujer", y ofrece un breve recorrido a esta tradición, desde las comedias de Plauto y la literatura renacentista en el *Orlando*

---

[48] Curiosamente esta alusión burlesca al mito de Hermafrodito en referencia a Birano se suprime en la segunda edición (Lisboa, 1627). Louis C. Pérez en *The Dramatic Works of Feliciana Enríquez de Guzmán*, coteja las diferencias entre ambas ediciones.

[49] Javier Huerta Calvo en su artículo "El cuerpo en escena", cita el ejemplo del Vejete Guadarrama dando requiebros al Bobo disfrazado de doncella en *El padre engañado*: "¿Qué me quieres, amor, qué me quieres? ¿Qué es posible, señoras, que de solo haber tocado la mano a esta señora, que debe ser una santa Catalina, y aún digo poco, que debe ser un serafín, parece que ya la carne hacía sus reflujos? ¿De qué me espanto, de que mi hija, que está ahora en su tiempo, envíe un billete a su galán, si yo, que soy un turrón de tierra, de solo haber tocado la mano a esta señora, como digo, he estado mil veces tentado de la carne?" (283).

furioso y *La Calandra*, al teatro anterior a Lope —Timoneda, Torres Naharro, Lope de Rueda—, hasta llegar a la comedia del mismo Lope, Tirso, Alarcón, Moreto, Calderón, Zárate, Quiñones de Benavente, Sor Juana y Bances Candamo (117)[50]. Por otra parte, resulta relevante que otras dramaturgas del Barroco, además de doña Feliciana, utilicen este motivo en sus obras. En *El muerto disimulado* de Angela de Azevedo[51], aparece el travestismo doble también: el galán Clarindo se introduce en casa de su amada bajo el disfraz de mujer vendiendo telas y cintas; Lisarda, a su vez, se viste de hombre para viajar libremente y vengar la muerte de su hermano. El comentario de la criada mostrando su asombro ante las transformaciones, especialmente la del hombre convertido en mujer, corrobora el carácter singular de la situación:

> Señores, ¿hay más encantos
> que los que hay en esta casa?
> ¿Hay más confuso palacio?
> ¿En qué metamorfosis
> los dioses se transformaron?
> Una mujer se hizo hombre,
> y agora (¡quién ha pensado
> tal cosa!), ¿un hombre mujer
> se ha hecho? (3615–23, Soufas 130*a*)

En *Los empeños de una casa* de sor Juana Inés de la Cruz, se presenta el gracioso Castaño, en hábito de mujer. Cabe destacar el largo soliloquio en el que Castaño se desviste en el escenario, "(*Quítase capa, espada y sombrero*)", para recrearse en su transformación en dama. El juego de ambigüedades se subraya así, una vez disfrazado:

> Ya estoy armado, ¿y quién duda

---

[50] Bravo Villasante ofrece también la relación de títulos en los que aparece el hombre disfrazado de mujer. Sobre el tema ver páginas 116–120 de la obra, *La mujer vestida de hombre en el teatro español*.

[51] Angela de Azevedo nació en Lisboa, probablemente en los primeros años del siglo XVII. Su familia se trasladó a Madrid y ella misma sirvió en la corte de la reina Isabel de Borbón hasta la muerte de ésta en 1644. Sus obras: *Dicha y desdicha del juego*, *La margarita del Tajo*, y *El muerto disimulado* fueron publicadas, aunque se desconocen lugar y fecha de publicación (Soufas 1–2). La obra de Teresa Soufas: *Women's Acts: Plays by Women Dramatists of Spain's Golden Age*, incluye una introducción biográfica para cada una de las dramaturgas que aparecen en la antología: Angela de Azevedo, Ana Caro Mallén de Soto, Leonor de la Cueva y Silva, Feliciana Enríquez de Guzmán y María de Zayas y Sotomayor.

> que en el punto que me vean
> me sigan cuatro mil lindos
> de aquestos que galantean,
> a salga lo que saliere,
> y que a bulto se amartelan,
> no de la belleza que es,
> sino de la que ellos piensan? (Salceda 4:138)

De nuevo, las dicotomías entre el *ser* y *parecer* forman parte del espectáculo y del juego de equívocos que caracterizan a estas obras. En definitiva, no parece casual que las escritoras del Barroco presenten personajes masculinos disfrazados de mujer en sus creaciones dramáticas. Generalmente, el motivo de la mujer vestida de hombre se introduce como parte de un argumento serio que suele girar en torno a un mismo patrón: el de la dama que sale en busca de su amante para recuperar la honra y obligarle a cumplir la promesa de matrimonio, o el caracterizado por los diferentes tipos de *doncella guerrera*[52] mezclado con una trama amorosa. En escena, la imagen de la mujer vestida de hombre encandilaría al público masculino, fascinado, no por las hazañas bélicas de las damas, sino por las *gracias* de las actrices en calzas varoniles; imagen más que sugestiva, que haría las delicias de los revoltosos mosqueteros. Dekker y van de Pol indican que, a diferencia del atractivo que tenía la mujer disfrazada de hombre en el escenario, la presencia de los hombres travestidos era un mero elemento burlesco y ridículo (55). Es decir, el tipo de mujer varonil despierta la admiración y el deseo en el público masculino, mientras la figura del hombre vestido de mujer se presenta como motivo de burla que mueve a la risa del espectador y señala el tono cómico de la obra. La risa, en fin, es el caudal que da rienda suelta a las ansiedades del público varón que, identificado con el personaje masculino travestido en escena, manifiesta el miedo subconsciente a la castración, y el temor a convertirse en mujer.

Por otra parte, se observan puntos en común entre la mujer vestida de hombre y la mujer escritora, quien al tomar la pluma se convierte también en un ente travestido con las armas varoniles que le otorgan la legitimidad para

---

[52] El tema de la *doncella guerrera* se encierra en una larga tradición desde los romances y las novelas de caballerías hasta llegar a su representación en el teatro. Melveena Mckendrick sugiere que en el teatro, la figura de la mujer soldado que va a la guerra movida por un asunto amoroso es más atractiva que la de la simple guerrera llevada de su vocación bélica: "the warriors who do appear are lent an aura of romance and at the same time a greater degree of verisimilitude by geographical and/or temporal remoteness" (212). Ver el capítulo dedicado al tema, "The amazon, the leader, the warrior" (174–217) en su obra *Woman and society in the Spanish Drama of the Golden Age*.

escribir y transgredir el espacio público masculino. Esta imagen ambivalente marca ciertas analogías con la diosa de la sabiduría, Palas Minerva, a quien la pintan, como Pérez de Moya indica, armada, "con los ojos turbados, con una lanza larga y un escudo de cristal a los pechos, y en él la cabeza de Gorgon o Medusa, y un yelmo en la cabeza" (2: 46); es llamada también Viragoflava[53], y Orfeo "dijo ser Minerva macho y hembra a la vez" (2: 46). Minerva presenta ambas caracterísiticas como diosa de las artes y de la guerra, cuyas habilidades femeninas: hilar, coser, bordar, confluyen con sus cualidades masculinas en la batalla y en su ardor guerrero[54]. Las ambivalencias de la diosa coinciden, en cierto modo, con las ambigüedades de la mujer poeta, cuya mano empuña la pluma, y así armada al modo de la mujer guerrera, se atreve a traspasar el umbral del espacio masculino. Según la crítica francesa Cixous:

> A feminine text cannot fail to be more than subversive. It is volcanic; as it is written it brings about an upheaval of the old property crust, carrier of masculine investments; there's no other way. There's no room for her if she's not a he. If she's a her-she, it's in order to smash everything, to shatter the framework of institutions, to blow up the law, to break up the "truth" with laughter. (344)

La imagen doble, *él/ella*, que Cixous ofrece de la mujer escritora, halla un paralelo en la figura de las autoras del Barroco, quienes, en cierto modo, se convierten también en cuerpos ambiguos e híbridos, que simbólicamente se desdoblan como el cuerpo del hermafrodita, y en quienes confluye la capacidad de ser mujeres y poetas a un tiempo, doncellas y guerreras.

---

[53] Pérez de Moya en la *Philosophia secreta* ofrece una relación de los diferentes nombres y significaciones de Minerva, a quien llaman Tritonia, Palas, Atena y Viragoflava. En este último se entiende "Varona, por la fortaleza, porque es Minerva diosa de la guerra, y siempre los poetas la ponen armada; y porque el ejercicio de las armas conviene más a los varones valientes ... Llamáronla Flava, que quiere decir morena, por significar la fortaleza, porque el color blanco siempre se alienta en mujeres o varones de carne tierna y delicada" (2: 53). La extensa información sobre Minerva aparece en el volumen 2 de la edición de Eduardo Gómez de Baquero (45–72).

Escritura, linaje y rancio abolengo

Otro de los motivos de interés en la interpretación y análisis de la segunda parte de la *Tragicomedia de los jardines y campos sabeos*, es la identificación del personaje de la princesa de España —Maya— con la poeta sevillana; motivo que se repite en la segunda parte de la *Tragicomedia* y que está relacionado con la biografía de Feliciana Enríquez. La crítica en torno a doña Feliciana se ha centrado en los detalles autobiográficos cargados de significación, ya que contienen claves importantes a la hora de analizar y descifrar tan complejo texto, más allá del simple paralelo entre los amores de Maya y Clarisel y la relación de Feliciana y su segundo marido don Francisco de León Garavito. Para este estudio voy a considerar algunos de los puntos autobiográficos que sean motivo de interés para la interpretación del texto, y que puedan contribuir a esclarecer el análisis y comprensión de la obra en su contexto sociohistórico y literario.

La publicación de poesías laudatorias forma parte de las convenciones de las obras impresas de la época. A partir de mediados del siglo XVI se hizo moneda de uso corriente, aunque anteriormente ya aparecen muchas poesías de este tipo en escritos latinos compuestos en la misma lengua. Amigos, familiares, literatos e incluso grandes de España se afanan en la labor de crear versos en celebración de una nueva obra, y evidentemente muchos son producto de la pluma del mismo autor. A menudo, no deja de ser más que sospechosa la firma de muchos de los panegiristas, y la certeza de la paternidad de tanto encomio. José Simón Díaz anota:

> Son muchos los padres, hermanos, tíos, hijos, etc., que proclaman su gozo en las páginas preliminares del Siglo de Oro y cuando no se trata de escritores con obra propia forman el grupo en que con mayor verosimilitud puede suponerse que es el propio autor loado como gloria de la familia quien ha trabajado por toda ella. (144)

Cervantes se burla de esta práctica habitual en el "Prólogo" del *Quijote* en el que ironiza: "ha de carecer mi libro de sonetos al principio, a lo menos de sonetos cuyos autores sean duques, marqueses, condes, obispos, damas o poetas celebérrimos" (Riquer 1:13)[55], y termina incluyendo una selección de sonetos y décimas de tinte burlesco bajo la pluma de famosos personajes del mundo caballeresco: Urganda la desconocida, Amadís de Gaula, Belianís de

---

[55] La sátira de Cervantes va dirigida contra Lope de Vega, quien publica el poema "La hermosura de Angélica (1602) con doce poemas laudatorios de varios autores "entre los que se encuentran un príncipe, un marqués, dos condes y dos damas" (Riquer 1:13).

Grecia, Oriana, Orlando furioso, etc. A pesar de que esta práctica tuvo sus detractores, parece que la mayoría de los escritores sucumbieron a esta moda laudatoria como parte del culto a la vanidad imperante en la época (Simón Díaz 141). En cierto modo, el ritual de los preliminares forma parte también de lo que yo llamaría *puesta en escena libresca* en cuyas páginas se dan cita, a modo de espectáculo impreso, una serie de textos periféricos necesarios para captar la atención del lector. Recuérdese que el público asistente a los corrales acude a ver y oír un espectáculo múltiple, en el que a veces, la misma comedia queda relegada a un segundo plano. Los aditamentos a la representación teatral —loa, entremeses, bailes— marcan un paralelo con la composición del libro mismo, a menudo sobrecargado de prólogos, dedicatorias, poemas laudatorios, notas, escudos y demás parafernalia impresa que contribuye a dar realce deslumbrante al conjunto de la obra y a provocar el sentimiento de admiración deseado en el lector.

Feliciana Enríquez, siguiendo esta misma convención, presenta también un número de poesías laudatorias en la segunda parte de la *Tragicomedia* entre cuyos autores incluye a los mitos, los personajes de la misma obra y familiares: Calíope, Apolo, Maya y Clarisel, y doña Carlota Enríquez, hermana de la autora. Esta mezcla, en cierto modo, es análoga a la que se lleva a cabo en la obra de Feliciana donde se conjugan elementos del mundo mitológico y caballeresco, junto con los de su propia realidad personal. En efecto, los dos sonetos que se dedican la pareja protagonista, "De Clarisel a Maya" y "De Maya a Clarisel", desvelan de forma anticipada la identifiación de ambos personajes con Feliciana y Francisco, su segundo esposo. En el poema "De Clarisel a Maya", el caballero se dirige a su amada como "Maya Feliciana" (Soufas 230), y en el soneto "De Maya a Clarisel", ésta ensalza al caballero que ha elegido a "Feliciana por recambio" (Soufas 230), en alusión a los cambios de pareja efectuados en la segunda parte de la obra. Es decir, Feliciana no sólo se identifica con su personaje Maya, princesa de España y enamorada de Clarisel, sino que además asocia a su segundo marido con la figura del príncipe griego, tal como anuncia en los versos que siguen al laberinto de letras que contiene el nombre completo de don Francisco de León Garavito:

Este Gótico Cartel,
Que ventiséys letras[56] tiene,

---

[56] Las veintiséis letras no son las de Clarisel sino las que suman el nombre de su marido *Don Francisco de León Garavito*. Las 667 flores del ramillete de Maya son el número total de letras de los lados del rectángulo (29x23). El orden de las letras es simétrico, y aparece el

> En todas sólo contiene
> El nombre de Clarisel.
> Es de Maya Ramillete
> De esta segunda parte
> De flores, que le reparte,
> Seyscientas sesenta y siete. (Pérez 182)

La fusión Maya/Feliciana permite a la poeta sevillana construir su propia geneaología a lo largo de la *Tragicomedia* en la que mezcla sus orígenes con los de la mítica princesa de España, asociando sus antepasados a la mitología clásica, la leyenda heroica y la historia de España. En el texto dramático de la segunda parte de *Los jardines y campos sabeos*, el rey Atlante, reconocido en la mitología por sus conocimientos en astrología[57], es capaz de predecir el futuro: "Si los astros no me mienten, / y mi ciencia no me engaña" (1266–67, Soufas 245*a*), a la vez que se presenta como visionario capaz de leer la línea genealógica de Maya/Feliciana trazada en las estrellas.

Como se ha mencionado anteriormente, diferentes textos al margen del drama coinciden en mencionar la hazaña de las doncellas de Simancas pero, incluso en el interior de la fábula de la segunda parte, Atlante acude a la misma leyenda para construir la carta astral de Feliciana a la que denomina la "segunda Maya". Él mismo se coloca a la cabeza del árbol genealógico, en el que de su hija Roma y su consorte ve salir "... ramos y ramas, / que darán felices frutos, / de claro renombre y fama" (1287–89, Soufas 245*b*); vástagos que serán no sólo varones:

> mas ilustrísimas hembras,
> y entre ellas las de Simancas,
> descendientes de mis líneas,
> que serán su honor y fama. (1294–97, Soufas 245*b*)

---

nombre (O C S I C N A R F N O **D** O N F R A N C I S C O) en la línea horizontal central, mientras los apellidos están en los cuatro lados. La letra D, de Don y de Dios, se sitúa en el centro del laberinto, a partir del cual hay que empezar a leer hacia los extremos (derecha e izquierda, arriba y abajo, pero no al revés), y al ir trazando los nombres puede verse incrustada el diagrama de dos diamantes. No parece casual la figura del diamante al que sólo se asocian propiedades positivas, y es "símbolo de *luz* y vida, de constancia en el amor y en el sufrimiento, de inquebrantable sinceridad y pureza suprema" (Biedermann 151). El poema y el laberinto de letras que Feliciana incluye en su obra, están en consonancia con el gusto por el juego y el entretenimiento que caracteriza a las ociosas clases aventajadas.

[57] Pérez de Moya en su *Philosophia secreta* anota al respecto que: "San Agustín afirma que este Atlante fue famoso astrólogo, y por el sudor y trabajo que pasó, tratando y ocupándose en ello, se dio lugar a decir que sustentaba los cielos con los hombros" (2: 169).

Atlante además, emparenta a las doncellas y a Maya/Feliciana con el linaje de don Pelayo y Ramiro, héroes de la Reconquista[58], y menciona también a Mariana y Leonor como protagonistas de la hazaña de Simancas, en alusión a las manos cortadas y la sangre derramada por éstas como prueba de la nobleza de sus descendientes, Feliciana y Francisco:

> Dolor me dan vuestra manos,
> y su sangre derramada,
> mas ellas y ella srán
> nobleza de vuestras patrias.
> Consolaos, que será riego
> de felicísimas plantas,
> sangre tan ilustre y noble,
> sangre tan fina y preclara.
> En sus venas la tendrán
> dos en la grande Vandalia,
> que también procederán
> de descendendientes de Maya. (1314–25, Soufas 245*b*)

Ni qué decir tiene que Atlante ofrece una lectura muy particular de los astros, y ni Roma aparece como hija suya en la tradición mitológica, ni las doncellas de Simancas, a las que nunca se las menciona por el nombre, tuvieron descendencia, según cuenta la historia de Cabezudo:

> Las siete Donzellas que se hicieron mancas, es común tradición de padres a hijos, que conservaron su virginidad, y se metieron Monjas en el Monasterio de Sta. Olalla, ... y en el que están sepultadas con fama de mucha virtud, haviendo hecho mudar el antiguo nombre de Bureba o Gureba en el de Septimancas con que nombraran a esta villa el Arzobispo don Rodrigo, Nebrija, Vasseo, Sepúlveda y otros, y del que ha quedado el de Simancas que hoy tiene. (Menéndez Pelayo 62)

Atlante, sin embargo, sí atina al predecir que Sevilla "de los dos será la patria / en la cual celebrarán / sus bodas y las de Maya" (1335–37, Soufas 246*a*), en clara referencia a Feliciana y su esposo don Francisco. Felicidad González Santamera y Fernando Doménech en su edición de los "Entreactos" sugieren una interpretación alegórica de la *Tragicomedia* y añaden que, probablemente "se trate de una glorificación de sus amores en el mundo idealizado de la Arabia Feliz" (179). Feliciana, en cierto modo, asume tam-

---

[58] O glorioso Pelayo,
que de su real prosapia
Ramiro procederá,
ellas y segunda Maya. (1302–05, Soufas 245*b*)

bién el papel de mujer *parlera*, y utiliza la segunda parte de la *Tragicomedia* como anuncio y vehículo de celebración e inmortalización de su propio matrimonio, que quedará inscrito para la posteridad.

La misma poeta anticipa en la dedicatoria a sus hermanas, Carlota y Magdalena, monjas en el convento de Santa Inés de Sevilla que, "la Fábula, si assí se puede llamar la historia tan verdadera, quanto peregrina" sucedió "en los Campos Elysios de nuestra Andaluzía, dissimulados en los Sabeos" (Pérez 176), desvelando, en cierto modo, el aspecto autorreferencial que contiene la obra. Según los datos biográficos documentados por Santiago Montoto, a la muerte de su marido tras tres años de matrimonio, Feliciana se apresura a contraer segundas nupcias con León Garavito, mediando escasamente cuatro meses entre entierro y boda[59]. Por este detalle, no parece que la autora, entretenida en poetizar y ensalzar su unión con don Francisco, se ajustara al modelo de viuda enlutada y doliente que marcaban las pautas sociales del momento. Cabe suponer que, debido al escaso tiempo de duelo que guardó tras la muerte de su primer marido, probablemente hubo de realizar sus segundas nupcias de forma silenciosa y discreta; discreción a la que no se adscribe al estampar en letras de imprenta claras referencias a su segundo esposo.

La insistencia en el tema de los ancestros conduce a cuestionarse el porqué del empeño de la poeta sevillana en presentar una genealogía ficticia, por no decir disparatada. Según los datos de Santiago Montoto sobre Feliciana Enríquez, ésta declara haber nacido en Sevilla (sin fecha) y ser sus padres don Diego García de la Torre y doña María Enríquez de Guzmán. Tanto ella como sus hermanas toman el apellido materno, y como añade Montoto, esto era:

> cosa frecuentísima en su época, quizás, y sin quizás, porque sonaba mejor al oído, por ser de probada nobleza en la capital andaluza; y doña Feliciana fué mujer que en vida se pagó mucho de semejantes convencionalismos, haciendo en diversos escritos

---

[59] No existe certificado de defunción de Ponce de Solís pero sí documento notarial del testamento fechado el 15 de mayo de 1619 y expediente matrimonial de don Francisco y Feliciana. No deja de ser interesante el razonamiento de Montoto: "Porque no fué muy grande la pena de la poetisa al morir su primer marido, ó quizás para distraer lo amargo de su duelo, á 16 de Julio de aquél año continuó la segunda parte de "Los Jardines y Campos Sabeos" que terminó en 9 de Octubre. Y no fué muy grande el pesar que doña Feliciana sintió con la muerte de Ponce Solís, porque á los "cuatro meses que el susodicho murió", en 27 de Septiembre del mismo año, comparece de nuevo en la Audiencia Arzobispal para contraer segundas nupcias con don Francisco León Garabito" (12–13).

alusión muy directa á los castillos, leones y barras que decoraban su escudo heráldico. (8)

Montoto no anda muy desatinado en sus comentarios respecto a las ínfulas de grandeza de la autora. Feliciana da muestras de dicha arrogancia al dedicar su obra a dos de sus ilustres antepasados: don Léon Enríquez y su hermana Ysabel Enríquez, marquesa de Montemayor, emparentados con la realeza castellana y portuguesa, y enterrados en el convento de santa Paula de Sevilla. La autora los convierte en "descendientes de Atlante por la línea de Pelayo" (Pérez 40), y se presenta a sí misma como "Otra de su sangre", quien ha "carteado y juntado" con las de su progenie otras insignias: "Leones, Barras, Vandas, Armiños, y Calderas... que todas son insignias Reales, y Ramas del mismo Tronco, y de la misma Línea" (Pérez 40). Cayetano de la Barrera y Leirado en el *Catálogo bibliográfico y biográfico del teatro antiguo español, desde sus orígenes hasta mediados del siglo XVIII*, apunta que en "los escudos que ornan las portadas... van reunidos á los timbres de Enriquez y Guzman los de su esposo, cuyo apellido era Leon" (143)[60].

En el conjunto de la *Tragicomedia* se atisban rasgos de ironía en la presentación de la genealogía mitológica, aunque, desde el inicio de la obra se advierte el orgullo de clase del que la poeta hace alarde. El hecho de acudir a sus supuestos gloriosos antepasados y estampar el escudo heráldico en la portada, le permite realzar sus apellidos de prosapia y alto linaje. No es de extrañar que Feliciana, deslumbrada por el boato del mundo cortesano y el esplendor de la élite aristocrática e intelectual a quien dirige sus finezas, se empeñe en imitar el gusto de la época en crear parentescos inexistentes e inventar linajes ficticios; gusto al que ella se suma sin inhibiciones, fraguando no sólo su propia parentela en unión con la de su marido, sino enmendando la ya embarullada familia mitológica. Cabe insistir en las demostraciones generalizadas de ostentación y vanagloria a las que el mismo Lope no pudo sustraerse, como demuestra el escudo de Bernardo de Carpio que aparece en la edición de la *Arcadia*, y que confirma las apiraciones de grandeza de Lope

---

[60] En los escudos aparecen ocho cuarteles (divisiones del escudo trazado con cuatro perpendiculares cortadas por una horizontal) con las diferentes figuras heráldicas pertenecientes a los distintos apellidos. Según las convenciones de la heráldica las mujeres casadas añaden sus armas al escudo de sus maridos, y así parten el escudo longitudinalmente colocando en el lado diestro las armas del varón y en el siniestro las de la mujer (Andrade 29). Las figuras pertenecientes a los apellidos Enríquez y Guzmán que aparecen en el escudo son: calderas, armiños, torres, leones y quinas; leones y pendones corresponden al apellido León, mientras las bandas se unen a la rama de los Ribera, apellido de la madre de don Francisco de León (Mena 103, 116, 128,166).

al pretender ser su descendiente (Riquer 1:22). Ya Baltasar Gracián hacía un comentario respecto a las actitudes presuntuosas en *El Criticón*:

> La Soberbia, como primera en todo lo malo, cogió la delantera, topó con España, primera provincia de la Europa. Parecióle tan de su genio que se perpetuó en ella; allí vive y allí reina con todos sus aliados: la Estimación propria, el Desprecio ajeno, el Querer mandarlo todo y servir a nadie. Hacer del don Diego y vengo de los godos, el Lucir, el Campear, el Alabarse, el Hablar mucho, alto y hueco, la Gravedad, el Fausto, el Brío, con todo Genero de Presunción; y todo esto desde el noble hasta el más plebeyo. (645)

Feliciana no parece que tuviera problema en encontrar impresor en Coimbra y Lisboa que se hiciera cargo de los costes de la impresión, aunque no es posible averiguar las motivaciones de la elección de las prensas portuguesas. El período de suspensión de licencias para imprimir comedias y novelas que ordenó el Consejo Real de Castilla entre los años 1625 y 1634[61], no había entrado en vigor cuando el impresor portugués solicitó las licencias eclesiásticas, como indica la fecha de 1623 en el apartado de "Licenssas" de la primera edición:

> Diz Gerardo de la Vinha Impressor de liuros nesta Cidade, que elle quer imprimir a sua custa o liuro intitulado: Tragicomedia de los Iardines y Campos Sabeos, composto por dona Feliciana Enríquez de Guzmán. Pede a V.S. Ilustrissima lhe de licenca para opoder imprimir, etc. Ao Padre Mestre frey Thomas de Saon Domingos, que veja esta Tragicomedia, a informe com seu parecer. Lisboa dos 14.da Novembro de 1623. (Pérez 127)[62]

Por otra parte, Feliciana se distancia de la práctica común de muchos escritores de la época, a menudo ocupados y preocupados por buscar la protección económica de los grandes a quienes dirigen sendas dedicatorias[63], o por

---

[61] En 1625 la Junta de Reformación decide: "Y porque se ha reconocido el daño de imprimir libros de comedias, novelas ni otros deste género, por el que blandamente hacen a las costumbres de la jubentud, se consulte a su Majestad ordene al Consejo que en ningua manera se dé licencia para imprimirlos" (Moll 98).

[62] En la edición de 1627 se suprime esta información y se pasa directamente a los permisos y aprobaciones de rigor otorgados para su impresión. Para estos preliminares ver la edición de Louis C. Pérez 39–41.

[63] Por citar algunos autores y obras famosas: Cervantes dedicó la primera parte del *Quijote* al duque de Béjar y la segunda parte, además de las *Novelas ejemplares*, las *Comedias y entremeses*, y el *Persiles*, al conde de Lemos. Mateo Alemán dirigió la segunda parte de la *Vida de Guzmán de Alfarache* al marqués de San Germán. Fancisco de Ubeda dedicó la *Pícara Justina*

utilizar sus nombres como escudo protector contra contra las pullas enemigas. El mismo Quevedo en su obra *Juguetes de la niñez y travesuras del ingenio* (1631), alude a dicha práctica y la critica: "todos dedican sus libros con dos fines, que pocas vezes se apartan: el uno, de que la tal persona ayude para la impressión con su bendita limosna; el otro, de que ampare la obra de los murmuradores" (Simón Díaz 95). Incluso Sor Juana en la dedicatoria del "Segundo volumen" de sus obras a don Juan de Orve y Arbieto indica que: "La intención ordinaria de nuestros españoles en dedicar sus obras, expresa que es tener Mecenas que las defienda de las detracciones del vulgo". Sor Juana tiene tiene muy distinto fin, puesto que considera dicha defensa "imposible empresa", y además no quiere "coartar la libertad a los lectores en su sentir", aunque no pone reparos en elogiar su linaje vasco: "porque siendo, como soy, rama de Vizcaya, y V.m. de sus nobilísimas familias de las Casas de Orve y Arbieto, vuelvan los frutos a su tronco, y los arroyuelos de mis discursos tributen sus corrientes al mar a quien reconocen su origen" (Salceda 4: 411). A su vez, en la dedicatoria de la segunda parte de la *Tragicomedia* a su cuñado don Lorenzo de Ribera Garavito, Feliciana solicita de éste su benévola protección: "Por ser obra de mis manos, obliga las de v. m. a que la reciban benignamente, y la amparen y defiendan con su mucho valor", aunque más adelante la autora sevillana indica su disposición a defenderse ella misma de sus críticos: "no queda tan mal cortada, o tan cansada mi pluma que con ella no puedan defenderla de los muchos que con envidia serán sus émulos" (Soufas 229*a*); defensa que llevará a cabo ella misma en la segunda edición de 1627 a la cual añade la "Carta ejecutoria".

La leyenda mitológica, lugar común en la literatura y las artes, se repite como motivo dramático en la *Tragicomedia* y, como se ha mencionado anteriormente, se entreteje con la misma fábula de los jardines sabeos. A su vez, el afán por *contar* no se constriñe a los personajes que aparecen en el drama, sino que Feliciana también aparece como un personaje más, cuya ansiedad se traduce en el deseo de transmitir su propia historia, y que ésta se convierta, en cierto modo, en leyenda y mito literario[64]. Por una parte, las referencias

---

a don Rodrigo Calderón, así como conocida es la asociación de Lope de Vega con el duque de Sessa.

[64] El aspecto narrativo del drama queda subrayado por las historias que los personajes relatan. Desde el primer acto Venus cuenta las desventuras de Clarisel al abandonar Arabia y la inconstancia de Belidiana, quien, tras tres años de silencio se casa con el príncipe de Fenicia. Recuérdese cómo Yleda goza en su relación de los acontecimientos ocurridos en los ocho años que median entre ambas partes. A su vez, en el plano mitológico, los mismos dioses recuentan su propia historia y se repiten los sucesos mitológicos. Venus narra la leyenda de Atalanta e Hipómenes para advertir a Adonis que no se acerque a los animales fieros por el

directas que asocian a Maya con Feliciana permiten la identificación de la poeta sevillana como *dramatis personae*. Por otra, la misma autora se convierte en una suerte de *persona* literaria, cuya máscara simbólica le permite construirse una identidad poética con autoridad para reivindicar su origen noble, y para crear un mundo figurado que modifica y adorna a su antojo.

Toda la acción de la segunda parte de la *Tragicomedia* va dirigida a premiar al príncipe Clarisel por su bizarría y entereza ante la adversidad, como demuestra el premio que le otorgan los dioses por encima de la autoridad paterna: "Porque su valor merece / le hagamos donativo / de Maya, y reinos hispanos" (326–28, Soufas 234*b*). De hecho, el rey Atlante tiene otros planes casamenteros para su hija, que se verán truncados por el respaldo de los dioses a la voluntad de la pareja Maya-Clarisel: "Ella lo ama, y él la adora; / amor, Himeneo, Juno / los desean ver en uno" (350–52, Soufas 235*a*). Análogamente, el conjunto de la obra parece estar gobernado por el afán de galardonar a don Francisco de León Garavito con su Maya/Feliciana. La conexión entre el texto dramático y la dedicatoria de Feliciana a sus hermanas conforma una red intratextual que subraya la fusión del mundo ficticio de la fábula con la realidad particular de la poeta. En dicha dedicatoria la autora sugiere que Carlota y Magdalena, monjas en el convento de Santa Inés, festejen con su obra el día de la Inmmaculada, "festiuidad deste año tan propria vuestra, de quien vuestro hermano[65] es tan deuoto, y a quien reconoce el bien, de que Maya hizo dueño; y a cuya solemnidad ambos ofrecemos la plancha de oro, y plata celebrada por Apolo en el Plaudite della" (Pérez 175). La obra termina con el arreglo satisfactorio para todas las parejas, y en el Plaudite al que Feliciana alude anteriormente Apolo canta "el romance que el amante / cantará estirpe de Atlante / en la bética campaña" (2271–73, Soufas 257*a*). La identidad del *amante*, a pesar de que nunca se menciona su nombre, se asocia con la persona de León Garavito, quien reconoce: "Mi hermosa y discreta Maya, / sois vos Feliciana mía" (2298–99, Soufas 257*a*), y cuyo

---

peligro que corre con su afición a la caza. Más adelante en la escena cantada por Apolo "... que el caso lastimoso / vio y oyó ..." (1034–35, Soufas 242*b*), cuenta el triste destino de Adonis, quien "yace desangrado y muerto / en los brazos y regazo / de la diosa de Citero" (1038–40, Soufas 242*b*), y narra la reacción de Venus, desesperada y herida por el dolor ante la muerte de su amado.

[65] Huelga decir que el *hermano* a quien alude la poeta sería en realidad *cuñado*, ya que se refiere a su segundo marido, don Francisco de León Garavito, con quien ya había contraído matrimonio cuando termina la *Tragicomedia* en fecha de 9 octubre de 1619. La devoción del letrado sevillano a la Inmaculada Concepción queda autentificada por la obra que publicó en 1625, *Información en Derecho por la Purísima y Limpísima Concepción de la Virgen María*, en la que incluyó dos décimas de doña Feliciana dedicadas a las doncellas de Simancas.

romance en boca de Apolo pone punto final a la *Tragicomedia* a modo de colofón en honor y acción de gracias a la Inmaculada:

> Y porque mi buena suerte
> debo al Arbol de la vida,
> y a la que en su Concepción
> y nacimiento fue limpia;
> de plata y oro esta plancha,
> Arbol, celebre y Concepción sin mancha. (2326–31, Soufas 257*b*)

Así, los dioses aprueban la unión Maya y Clarisel, y la intercesión a la Inmaculada revalida la de Maya/Feliciana con Francisco de León Garavito.

Para concluir, sólo recordar que los aspectos relevantes de la *Tragicomedia de los jardines y campos sabeos* se evidencian en la ruptura de las convenciones dramáticas dominantes para erigirse en modelo a contracorriente del *arte nuevo*. La obra se presenta como un *monstruo hermafrodito* —alusión al apelativo que Cascales utiliza para denominar el género híbrido de la tragicomedia— cargado de elementos atípicos que la convierten en un texto único y singular en el panorama canónico del teatro áureo. La segunda parte mantiene el anacronismo de presentar personajes e historias mitológicas conviviendo con los protagonistas de un mundo caballeresco, e introduce otras peculiaridades que contribuyen a crear una fábula muy particular con claras referencias autobiográficas al mundo privado de doña Feliciana. En definitiva, la obra revela las ansiedades de la propia autora que se articulan en su deseo de contar y transmitir una historia —la de Maya y Clarisel cifrada en la suya propia— comparable ahora a las historias ya conocidas y repetidas de la leyenda mitológica. En última instancia, el texto literario se convierte en el vehículo que traza las pautas del mundo de la poeta sevillana, la cual se convierte en personaje y protagonista del mismo drama, además de construir la persona artística y literaria que revela sus anhelos en glorificar su obra, su labor como poeta y su vida.

Capítulo 3

Entreactos

Feliciana Enríquez de Guzmán denominó *entreactos* a las piezas breves insertadas al final del segundo y cuarto acto de su única obra: *Tragicomedia de los jardines y campos sabeos* (1624 y 1627). Por tanto, los entreactos, entremeses de la comedia convencional, están relacionados con los llamados *géneros menores* —entremés, loa, jácara, baile, comedia burlesca—, géneros caracterizados por su marginalidad y categorizados como inferiores en el contexto poéticodramático del período aurisecular. Con la excepción de los, siempre loados, entremeses de Cervantes y las escasas alusiones a las piezas de Quiñones de Benavente —entremesista profesional— el género apenas ha gozado del interés general de críticos y especialistas, quienes, a menudo, han menospreciado estas formas teatrales. Javier Huerta Calvo declara que durante mucho tiempo se ha marginalizado el género breve y "ha sido considerado un esqueje menor, casi insignificante, del gran teatro del Siglo de Oro" (17), ocupando un lugar irrelevante en historias de la literatura y del teatro[1]. Desde la gran labor recopiladora de Emilio Cotarelo y Mori en la *Colección de entremeses, loas, jácaras y mojigangas desde fines del siglo XVI a mediados del XVIII* (1911), el estudio de Eugenio Asensio sobre el género, *Itinerario del entremés* (1965), y la obra de Hannah E. Bergmann, editora de los entremeses de Quiñones de Benavente, en los últimos años se ha dado un viraje importante en el panorama crítico del teatro breve, que ha visto la aparición de nuevos investigadores interesados por dichos géneros: A. Tordera y E. Rodríguez, A. de la Granja, M. Luisa Lobato, G. Merino Quijano, Celsa García Valdés, F. Serralta y L. García Lorenzo, entre otros (Huerta Calvo 17–18). No sólo se han desempolvado piezas escasamente conocidas o inéditas, sino que además se ha abierto el debate a la reflexión de temas de interés comunes al género, y al estudio de un tipo de teatro marcado por su finalidad de entretener y provocar la risa del espectador.

Desde un punto de vista teatral, cabe destacar la importancia de los entremeses como parte de la puesta en escena de las comedias como espectáculo integral. La mayoría de entremeses representados en la época formaban un

---

[1] Ver su artículo: "Poética de los géneros menores" en *Los géneros menores en el teatro español del Siglo de Oro* (Madrid: Ministerio de Cultura, 1988) 15–31.

corpus separado e independiente de las comedias en cartel. Flecniakoska ha anotado que no se tienen noticias de los entremeses que acompañaban a las distintas comedias, y éstos se intercambiaban sin rigor temático o ideológico con el fin de entretener al público en los intermedios entre jornadas[2]. Sin embargo, no debería concebirse la existencia del entremés únicamente como satélite de la comedia, subordinado a una representación principal. Existen programas de espectáculos en los que bailes y comedias protagonizaban el plato fuerte del día. Así lo evidencia la crónica de los festejos organizados en los salones del Alcázar de Sevilla en 1631 en honor de la visita del embajador de Inglaterra a quien se ofrecieron cuatro comedias y una velada completa dedicada a "divertidos entremeses y sainetes" (Sentaurens 85)[3]. A su vez, para satisfacer al llamado *público popular*[4] de los corrales, los autores de comedias se aplicaban en ampliar su repertorio de entremeses, y atraer con ansias renovadas el interés de los insaciables *mosqueteros* que, a menudo, acudían a diario a la comedia. Respecto al público que asiste al teatro en Sevilla, en una petición presentada en 1580 varios cómicos comentan:

> Los que van a oír comedias son de tres géneros de gentes, que son eclesiásticos, no solamente clérigos e personas graves, pero frailes e para un poco de descanso, después de haber cumplido con sus oficios huelgan de oír una comedia, y también mercaderes y caballeros e personas de espada y capa que no tienen oficios y viven de sus rentas (...) Los que van a oír las representaciones es gente que no tiene en que entender, e, de cualesquier suerte, que oiga o deje de oír las dichas comedias, siempre anda holgando. (Sentaurens 77)

Las mujeres, aunque confinadas al espacio de la *cazuela*, no estaban excluídas del entretenimiento y también formaban parte de la horda popular

---

[2] Flecniakoska recuerda que: "Desgraciadamente, no poseemos ningún programa completo y detallado, no sabemos qué loa, qué entremés y qué baile acompañaban tal o cual comedia de Lope de Vega o de Mira de Amescua" (10), en su obra *La loa* (Madrid: Sociedad General Española de Librería, 1975).

[3] Ver ensayo de Jean Sentaurens: "Bailes y entremeses en los escenarios teatrales sevillanos de los siglos XVI y XVII: ¿Géneros menores para un público popular?" *El teatro menor en España a partir del siglo XVI* (Madrid: CSIC, 1983) 67–87.

[4] Sentaurens marca una interesante separación entre el público que llena los corrales los días de diario y el público de los días de fiesta: artesanos, tenderos y trabajadores de oficios varios. El verdadero *vulgo* es, en realidad, un público medianamente cultivado, perteneciente a la burguesía y a la aristocracia, únicos desocupados que disponen del tiempo para acudir al teatro, como son "el clero secular ordinario; los estudiantes y colegiales; los ociosos de todo tipo; los mozos de las familias ricas y nobles, llamados "mozos de barrio"; los soldados; los rufianes; los rentistas; los funcionarios y letrados" (77).

que gustaba de *oír* comedias; su presencia en los corrales era siempre numerosa cualquiera que fuera el día de la semana (Sentaurens 78).

De acuerdo al contexto social de la época, cabe suponer que Feliciana aprende su oficio, primero y, por su posición social, de la lectura de obras dramáticas, y de las academias y salones privados en los que se representaban y se leían comedias en voz alta. Segundo, del teatro popular representado en los corrales; teatro que conoce bien pero del que intenta distanciarse. Así lo especifica en el discurso "A los lectores" en el que discrepa del estilo de los entremeses en cuanto a "la enseñanza, que ordinariamente éstos suelen tener, pervirtiendo los ánimos y buenas costumbres" (Soufas 271b). La censura de los bailes y entremeses en las comedias fue caballo de batalla de los moralistas de la época empeñados en prohibir espectáculos que, de acuerdo a sus provisiones, fomentaban los vicios y perversiones en el público, y atentaban contra la moral y las buenas costumbres. El informe de 1672 que realizó la comisión encargada de la posible prohibición de las comedias así lo evidencia:

> Es también cierto que los entremeses, bailes, danzas y canciones que se mezclan en las comedias, están llenos de palabras, acciones y representaciones que ofenden la pureza de las buenas costumbres, y que por lograr en ellos la viveza del buen dicho o la representación agradable al pueblo, se desprecian todas las atenciones de decencia y modestia que debieran tener primer lugar, y con el compuesto de todo esto se introducen en los oyentes blandamente los vicios. (Sentaurens 70)[5]

Los críticos han coincidido en calificar los entreactos de la *Tragicomedia* como la parte más creativa y lúdica de la obra dramática de la poeta sevillana. En éstos despliega sus dotes imaginativas haciendo gala de su capacidad para la parodia, el dominio de lo grotesco y la agudeza en el uso del lenguaje. Las desabridas aventuras de los personajes principescos de la región sabea quedan ensombrecidas ante la energía y vitalidad verbal que emana de los protagonistas de los entreactos, y que imprimen el sello de originalidad a la obra de Feliciana Enríquez. Ya en 1871 Lasso de la Vega y Argüelles encomia la labor de la autora, y no duda en colocar a "esta hermana de las musas, tan instruida como sobresaliente" en lugar señalado "entre los ingenios con que se honra Sevilla" (232), aunque critica su engreimiento y falta de modestia. Santiago Montoto en su estudio monográfico dedicado a doña Feliciana

---

[5] Citado por Sentaurens de la obra de Emilio Cotarelo y Mori, *Bibliografía de las controversias sobre la licitud del teatro en España* (Madrid, 1904), en su artículo: "Bailes y entremeses en los escenarios teatrales sevillanos de los siglos XVI y XVII: ¿Géneros menores para un público popular?".

Enríquez (Sevilla, 1915) menciona el valor literario de los entreactos "justamente elogiados por la crítica, y en los cuales la insigne sevillana alardeó de su donaire andaluz en elegante prosa" (29). Méndez Bejarano incluye a la poeta sevillana en el *Diccionario de escritores, maestros y oradores naturales de Sevilla y su actual provincia* (Sevilla, 1922), y anota respecto a su obra: "Avaloran mucho esta obra los *Entreactos*, donde se burla de la antigüedad clásica y de sus divinidades" (180). El lenguaje de los entreactos, como G. Santamera y Doménech indican, libre de todo decoro y convención social y literaria se convierte en el protagonista de estas piezas, verdadera "orgía de palabras" (181) en la que los juegos de palabras, mezclados con cultismos, latinismos y demás invenciones lingüísticas conviven con el lenguaje popular de los refranes y otras vulgaridades a las que se suman todos "los recursos de la retórica barroca puestos al servicio del absurdo" (182)[6].

Los entreactos son las piezas que suscitan mayor interés dramático y literario en el conjunto de la obra de Feliciana Enríquez. Por su originalidad y agudeza satírica, éstos se desplazan de la zona de marginalidad a la que generalmente se relega al género entremesil hacia el centro, punto de atención en este estudio crítico. Los cuatro entreactos, aunque carecen de título, tienen afinidades con cada una de las partes de la *Tragicomedia*, por lo que he mantenido dicha separación para su análisis.

Entreactos de la primera parte de la **Tragicomedia** *

* Agradezco a los editores de la revista *Hispania* el permiso de reimpresión, con ciertas variaciones, del artículo titulado: "Entreactos de la *Tragicomedia de los jardines y campos sabeos*: galería cómica de monstruos y deformes" 87.4 (2004): 665–74.

Seis *caballeros mendigos* y tres *gracias mohosas* componen el elenco de cuerpos tullidos y deformes que protagonizan los entreactos de la primera parte de *Los jardines y campos sabeos*. El amor es el hilo conductor del argumento de estas piezas breves, mientras las transgresiones que llevan a cabo los personajes en torno a un matrimonio poliándrico forman el núcleo a partir del cual se desarrolla el atrevido discurso. *Damas* y *galanes* monstruosos pertenecen al submundo de la miseria y la pobreza, y aun con sus taras físi-

---

[6] Felicidad González Santamera y Fernando Doménech, *Teatro de mujeres del barroco* (Madrid: Asociación de directores de escena de España, 1994). Utilizo esta edición para las citas de los entreactos de la primera parte de *Los jardines y campos sabeos* (187–217).

cas e imperfecciones morales tratan de imitar los modos caballerescos. La parodia, a modo de espejo distorsionado, provoca la risa en el público cortesano al que la autora dirige su obra, mientras en el discurso audaz de sus protagonistas subyace una sátira del mundo superior al que pretenden emular.

El eje central de mi lectura y aproximación a los entreactos se centra en el aspecto de lo *monstruoso*, entendido como todo aquello "que es contra el orden de la naturaleza" (*Aut.* 2:599*a*). Harry Vélez-Quiñones incide en este tema señalando que lo monstruoso se erige por encima de todo como un signo —ya sea un ser, un acontecimiento o artefacto— que requiere ser visto e interpretado a la vez (ix–x). El monstruo no aparece sólo como objeto visual capaz de provocar sentimientos opuestos, tanto de rechazo como de admiración, sino que además es sujeto productor de un discurso transgresor cargado de ambivalencias que el receptor debe descifrar. El carácter monstruoso de los entreactos se identifica en la imagen exagerada de los cuerpos deformes de los protagonistas, que junto a su competencia verbal conforman un signo susceptible de interpretación que supera la lectura superficial de sus imperfecciones físicas para concentrarse en la producción de su discurso. La ruptura del *orden de la naturaleza* se manifiesta en la visión esperpéntica del elenco de disformes y harapientos que protagonizan estos entreactos, y cuyas habilidades retóricas pueden asociarse a las de los bufones de la corte y hombres de placer, dedicados al entretenimiento y solaz de nobles y reyes. Estos personajes, a pesar de las taras e imperfecciones que acentúan su aspecto monstruoso, no vacilan en imitar los modos caballerescos, ofreciendo una parodia del mundo cortesano y de las fábulas de la mitología clásica. A su vez, las protagonistas de la acción, las Gracias mohosas[7], tocayas de las Gracias de Venus pero opuestas en atributos de belleza, presentan otro guiño paródico al empeñarse en convertirse en esposas de los seis pretendientes, y perpetuarse en sus relaciones poliándricas; transgresión flagrante de las leyes patriarcales y eclesiásticas.

La acción de los entreactos está íntimamente ligada al desarrollo de la fábula de la *Tragicomedia*, y según indica la autora, "está guardado el mismo estilo en ellos que en la acción principal" (Soufas 271*b*). El nexo de unión entre ambas fábulas se basa en la prolongación del mundo caballeresco, cuyos protagonistas —héroes y esforzados caballeros— pretenden a las damas de rigor, y llevan a cabo los torneos y justas propios del esparcimiento cortesano. En este juego barroco los personajes de los entreactos, en su afán de imita-

---

[7] Baco Poltrón, padre de las damas, explica: "a todas tres las parió su madre con tantas gracias, que son llamadas, desde el instante en que nacieron, las tres Gracias mohosas" (G. Santamera y Doménech 199).

ción, toman como espejo referencial las formas y modos de los protagonistas de la primera parte de *Los jardines y campos sabeos*, además de convivir en un mismo tiempo cronológico. Lo extraordinario estriba en que las taras físicas no constituyen un obstáculo para reproducir los modelos caballerescos, sino que se presentan como un pretexto y justificación para crear sutilezas conceptuales de alto grado cómico y paródico. Como anota Aurora Egido en torno al Barroco, el siglo XVII "representó el auge del relato en refranes, la genealogía paródica y el inventario heteróclito junto al desfile incoherente de personajes, siendo el teatro breve terreno propicio para tales jocosidades" (19). El mundo de los entreactos se convierte, a modo de galería de retratos ilustres, en un desfile distorsionado de cuerpos monstruosos, quienes, además de ser conscientes de sus propias imperfecciones físicas, son capaces de sublimarlas y elevarlas a una categoría heroica rayana en lo divino.

El elenco de *galanes*, tal como especifican las acotaciones al texto, incluye: un tuerto, un ciego, un corcovado —todos con muletas— y un contrahecho sin piernas que se arrastra por el suelo sobre una espuerta y chapines en las manos, además de los músicos: uno ciego y el otro tuerto también con muletas y cicatrices de oreja a oreja. Por su parte, las *damas*, las Gracias mohosas, se presentan como contrapunto a las Gracias de la mitología clásica, tocayas burlescas —Aglaya, Talía y Eufrosina—, comúnmente denominadas por sus apelativos familiares: Aglayca o Aglayuela, Taliyca y Eufrosinica. Las acotaciones también subrayan sus *gracias* —una tuerta y las otras dos ciegas— que, junto con su disfraz de harapos y muleta subvierten la imagen clásica asociada a la belleza[8]. En este sentido, lo femenino se presenta degradado, clara desviación del canon sublime pero que funciona de modo adecuado en el contexto de lo deforme, lo feo y casi repugnante, y que representa un mundo cargado de imperfecciones, de elementos monstruosos que se convierten en auténticos protagonistas de estos entreactos. Por otra parte, el significado literal de *gracia mohosa*: "dicho frio y sin substancia" (*Aut.* 2: 67*b*), alude indirectamente a la caracterización de las tres hermanas, es decir a su poca gracia, que se contradice precisamente con el gracejo, el desenfado y la originalidad que despliega el diálogo de los personajes que protagonizan los entreactos.

En consecuencia, el mundo de los entreactos se asocia al mundo al revés del carnaval, en el que la risa y las transgresiones morales y sociales se presentan como la base principal sobre la que se asienta la fiesta. Mijaíl Bajtín

---

[8] El padre de las Gracias mohosas se precia de que: "aunque es verdad que todas tres gozan un ojo matador en una de las cuencas de Aglayca, como Medusa y sus hermanas, en todas las otras gracias no le son inferiores" (G. Santamera y Doménech 201).

en su obra *La cultura popular en la Edad Media y Renacimiento*, indica que la visión de lo carnavalesco se caracteriza: "por la lógica original de las cosas "al revés" y "contradictorias", de las permutaciones constantes de lo alto y lo bajo (la "rueda") del frente y el revés, y por las diversas formas de parodias, inversiones, degradaciones, profanaciones, coronamientos y derrocamientos bufonescos" (16). Los personajes de los entreactos se asocian a ese mundo del carnaval en el que se eliminan las diferencias jerárquicas, las reglas y los tabúes cotidianos, que posibilitan un tipo de comunicación especial —ideal y real— entre la gente, imposible de conseguir en la vida ordinaria (Bajtín 20–21). Por tanto, el escenario se transforma en puente de comunicación entre los personajes y un público cortesano que presencia un orden invertido, la ruptura de las reglas morales, y la supresión del orden social y las categorías jerárquicas. En este sentido, Felicidad González Santamera y Fernando Doménech apuntan acertadamente:

> El mundo de estos entreactos es, literalmente, un esperpento. El mundo de lo ideal y lo perfecto reflejado en espejos deformantes. Allí triunfa lo monstruoso, lo disparatado, la fealdad, la grosería, es decir, los contravalores del mundo en que se movía la autora. . . . Precisamente porque se está en este mundo fuera de toda norma, donde todo es lo contrario de lo que debe ser, surge la más pasmosa libertad. (180)

Precisamente, al realzarse el triunfo de lo monstruoso en estos entreactos, Feliciana no ofrece una visión crítica de la realidad y de los problemas de marginalización social de los individuos aliados al submundo del hampa y la mendicidad. La autora sevillana juega con estos personajes —lisiados, tullidos, impedidos, ciegos, contrechos— y los convierte en los reyes de la fiesta en la que el humor y la ironía, el aspecto lúdico y regocijante constituyen la base del entretenimiento que busca su refinada audiencia. Cabe recordar que en el discurso "A los lectores" Feliciana señala:

> es de tan buen parecer mi tragicomedia que puede salir en público, a ver no los teatros y coliseos, en los cuales no he querido, ni quiero, que parezca; mas los palacios y salas de los príncipes y grandes señores y sus regocijos públicos y de sus ciudades y reinos; y asimismo, con menos ruido, visitar en sus casas a los aficionados a buenas letras. (Soufas 271*ab*)

Lo feo, lo grotesco y distorsionado del mundo de los entreactos no provocan la empatía del público, que no participa emotivamente de una realidad despiadada ajena a su mundo superior. El efecto buscado es el de la risa y el deleite del espectador que olvida la realidad social de estas gentes para atender a su imagen grotesca, y regocijarse en la agudeza de sus juegos de palabras e ingeniosas ocurrencias. Por tanto, la ruptura del *pathos*, es decir, la ausencia del sentimiento de piedad y compasión en el público se realiza por medio de las inconsistencias que adornan a los personajes; inconsistencias que subrayan lo cómico y disparatado de la acción. La imagen física y visual de estos cuerpos deformes y andrajosos no está en consonancia con las historias de sus valerosas hazañas, así como tampoco es coherente la evocación de temas cultos y alusiones mitológicas que mezclan con gran profusión de refranes y elementos del habla popular.

La contienda verbal en la que algunos de los pretendientes se ven envueltos por competir por su dama, se recrea en la glorificación de sus deficiencias físicas para las que inventan desaforadas gestas que explican con orgullo la pérdida voluntaria de sus miembros y enfatizan el origen heroico de sus taras físicas. Así, recurren al mundo mitológico y refieren escenas de las fábulas clásicas en las que intervienen como protagonistas en sustitución de los héroes mitológicos. Uno de los galanes, Anga, contrecho que se arrastra con las rodillas sobre una espuerta relata ogullosamente:

> una hazañuela sola destos brazos, contar quiero . . . Dícese vulgarmente, que en las bodas de Piritóo y su Hypodamia, los medios hombres y medios caballos, de los cabellos la novia y sus doncellas asiendo, se quisieron ir con ellas; y que saliéndoles al encuentro Peleo, Hércules y Teseo, las vidas les quitaron. Esto dice el vulgo incierto y parlero, que ordinariamente viste las verdades con varios ropajes de mentiras. (G. Santamera y Doménech 193–94)

Anga se presenta como experto en contar historias, y recurre a los llamados de atención de su público, mezclando el lenguaje pseudoculto con el vulgar para convertirse en héroe de la historia mitológica:

> Y como no es todo vero lo que dice el pandero, así no fue que este fuese triunfo del pelón y consortes, sino mío, que a todos los centauros que allí se hallaron envié a la cimba aquerónica. Noten el esdrújulo poético. Entendían que me mamaba el dedo o que era algún pisaverde como ellos. Prestadme orejas benévolas, y oiréis la mayor hazaña que mortal alguno hizo. (G. Santamera y Doménech 194)

La hazañosa historia de la pérdida de sus miembros inferiores, que como un mutilado de guerra rememora con orgullo en su brillante y disparatada gesta prosigue así:

> *Entrambas espinillas con mi propia espada me quebranté*, por no tenerles ventaja de piernas humanas, quedando estribado el cuerpo valeroso en los hinojos, del grandísimo dolor debilitados. Y con denuedo de equitante ibero, aprentándolos bien al suelo, a ellos enderecé, diciéndoles: "Atrevidos medios hombres con el denodado Anga osáis con

Monstruos, mujer y teatro en el Barroco 125

vuestras ancas tener rencilla, que por daros muerte sin disparidad, *viéndoos sin piernas de hombres, se quebrantó las suyas*, y no quiso tomar otras como las vuestras, prestadas de un caballo, por no parecer centasno como vosotros.
Porque su fama vuele a las alturas,
Veníos, veníos a mí, cabalgaduras". (194, la cursiva es mía)

Por su parte, el tuerto Sabá relata la valerosa batalla contra el padre de los arimaspos, pueblo mítico de un solo ojo en la frente, en la que participa y se convierte en protagonista de la misma:

queriendo reportar victoria sin ventaja alguna, viéndole sólo un ojo en la frente, aunque era tan grande como un escudo, este garfio, con que le tenía asidas la escápulas, volví el rostro, *y sacándome este derecho*, donde más vista alcanzaba, con tal enojo al jayán arremetí, que asombrado de mi incendio no me osó atender y se entró en su cueva, huyendo como gato escaldado. (192–93, el énfasis es mío)

A su vez, el ciego Pancaya no les va a la zaga y fabula con ingenio el origen mítico de su ceguera asociándolo a la leyenda de Medusa que recrea a su antojo para pavonearse de sus dotes de galán:

Pues han de saber, que me vieron ambas hermanas con aquel único ojo tan amartelador, como de los míos amartelado. Guiñóme la una con él, y después me guiñó la otra por irse con la primera cabra. Mostréme agradecido a ambas; pero díjeles que no respondería a la afición de ninguna, si no me introducían a su hermana Medusa. Fueron contentas, tratáronlo con ella, y vino en ello por la razón dicha. Solamente dificultaron todas tres el evidente peligro de mi muerte, convirtiéndome en piedra, luego que mis ojos viesen a Medusa. *Yo entonces eché mano a mis garzos ojos*, amarteladores de todas tres; de las dos, por la vista, y de la bellísima Medusa, por la fama. *Y sacándomelos de la cara, se los arrojé a un pavón que allí estaba, y le acerté con ellos en la cola*. Donde con los de Argos se le quedaron pegados para siempre, resplandeciendo como entre las estrellas las dos luminarias mayores. Y entrando a ella sin peligro alguno, celebré con ella y sus dos hermanas tergéminos matrimonios, quedando con amor trompero, hecho perrillo de muchas bodas. (195–96, la cursiva es mía)[9]

---

[9] El disparatado relato de Pancaya alude a las tres Grayas, conocidas como *las viejas*, quienes dotadas de un sólo diente y un sólo ojo, comparten la labor de guardianas del camino de acceso a sus hermanas las Gorgonas (Esteno, Euríale y Medusa). Perseo consigue arrebatar a las Grayas el único ojo con que vigilan el paso y logra realizar la hazaña de dar muerte a Medusa cortándole la cabeza (Grimal 217–19). Nótese que el personaje de los entreactos en lugar de emular a Perseo, sacrifica sus propios ojos para celebrar un matrimonio triple y convertirse en polígamo.

Pancaya, al igual que sus rivales, añade su versión a la leyenda mitológica de la que se convierte en héroe, y explica su ceguera voluntaria como parte de su gesta amorosa. Por otra parte, el aparatoso desenlace polígamo de su relación con las hermanas, anticipa los acontecimientos del segundo entreacto que culmina con las bodas múltiples de *todos con todas*, es decir, seis galanes para tres damas.

Atentiendo a la relación de sus hazañas, las deficiencias físicas de Anga, Sabá y Pancaya no se presentan como un producto de las imperfecciones de la naturaleza, sino como amputaciones voluntarias que prueban la gallardía y el talante heroico de los mismos. Singularmente, las automutilaciones de los héroes de los entreactos se presentan como contrapunto burlesco a la hazaña de las doncellas de Simancas, quienes se cortaron la mano derecha antes de ser entregadas como tributo a los moros. La poeta sevillana alude reiteradamente en diversos puntos de su obra a la leyenda de las valerosas doncellas mancas de quienes se precia ser descendiente, y a las que emula en la heroicidad que supone para una mujer el hecho de escribir una tragicomedia. En la "Carta ejecutoria", discurso alegatorio en defensa de su condición de mujer y poeta, Feliciana expone que:

> su tragicomedia era muy util y provechosa para desterrar de España muchas comedias indignas de gozar los Campos Elíseos; y para libertarla y libertar a sus ilustres y nobles poetas del tributo que por tener paz con el bárbaro vulgo, le han pagado hasta su tiempo, como la misma España y sus perseguidos moradores lo pagaron de cien doncellas en cada un año por tener treguas con el paganismo, hasta que las siete doncellas mancas, con su valerosa hazaña, dieron causa a su redención; a las cuales *ella, como generosa parienta suya, había imitado*, libertando a la misma valerosa España y a sus muchos ilustrísimos poetas que, compulsos y apremiados, habían rendido semejantes parias. (Soufas 268b, la cursiva es mía)

Por otra parte, la sublimación de las deficiencias físicas de los héroes mendigos de los entreactos se articula como otra distorsión de la realidad social a la que pertenecen. A menudo, dichas taras no son fruto de las imperfecciones de la naturaleza, sino de la mutilación a la que se les somete desde niños para poder venderlos o para dedicarse al oficio de la mendicidad. Moralistas como Cristóbal Pérez de Herrera en *Amparo de pobres* revela esta realidad execrable y denuncia a los mendigos: "que se ha sabido, que a sus hijos e hijas en naciendo los tuercen los pies o manos; y aun se dice que los ciegan algunas veces para que, quedando de aquella suerte, usen el oficio que ellos han tenido, y les ayuden a juntar dinero" (Roncero 118). Sin embargo, la galería de cuerpos deformes —*mendigos caballeros* y *Gracias mohosas*— protagonistas de los entreactos, no se presenta como una truculenta acumulación de horrores evocadora de una realidad marginal. La exageración, la parodia y el humor despojan de cualquier tinte de crítica social a ese pelotón de lisiados y contrechos. Irónicamente, los personajes no se lamentan de su problemática social, sino que convencidos de su condición galana, se limitan a remedar los rituales caballerescos de rigor como el pretender a la dama, el justar y tornear, o el competir en agudezas. A diferencia de los "caballeros de rapiña" (238) de *El Buscón*, empeñados en una lucha vana de apariencias, los *mendigos caballeros* de los entreactos no esconden sus harapos, sino que los visten con la bizarría que su papel les confiere, a la vez que ensalzan sus deficiencias para convertirlas en motivo de honor y gloria. Por el contrario, Pablos de Segovia y sus compañeros de contubernio presentan una imagen cruda de su pretensión a una hidalguía inalcanzable, y ofrecen una visión mordaz del mundo de apariencias en el que intentan sobrevivir, señalándose el afán exagerado por fingir lo que no son:

> traía una valona por no tener cuello, y unos frascos por no tener capa, y una muleta con una pierna liada en trapajos y pellejos, por no tener más de una calza. Hacíase soldado, y habíalo sido, pero malo y en partes quietas. Contaba estraños servicios suyos, y, a título de soldado, entraba en cualquier parte. (222)

En este caso los harapos encubren una falsa identidad y una fingida invalidez que constriñen al personaje en su papel de impostor, mutilado de guerra. Sin embargo, los personajes de los entreactos se muestran libres de todo fingimiento. Ellos se representan a sí mismos y, no sólo no tienen necesidad de velar su realidad, sino que carentes de toda pretensión descubren sus cuerpos deformes y exiben sin pudor sus andrajos y deficiencias. Su mundo quimérico caballeresco es más auténtico, precisamente por ser mucho más inverosímil, mientras la conducta de estos *pícaros ilustrados* cargada de exceso verbal y exageración, se acerca más al gobierno desenfadado del patio de Monipodio, que a las trapacerías inútiles de Pablos de Segovia en su ansia por "negar la sangre" (206).

Los personajes de los entreactos realzan su papel de imitadores de otra realidad, mientras se diluye su papel de mendigos pedigüeños. Estos nunca luchan por la supervivencia ni muestran una preocupación constante por las necesidades vitales primarias subrayadas en las convenciones de la vida picaresca. No esconden sus cuerpos defectuosos, no transforman sus harapos en ilusiones ópticas por conseguir una apariencia fingida, y no se lamentan de su situación, sino que se precian de su calidad de *pícaros ilustrados* o *mendigos caballeros* con la libertad y el desparpajo que su posición marginal les permite. Ellos, damas y galanes honorables y horribles, se limitan a evocar un mundo superior que se convierte en espejo distorsionado de los modos y conductas de una época pasada en la que el público presente se reconoce, mientras el aspecto monstruoso de los personajes logra el efecto de revalidar en el espectador su superioridad y exaltar su perfección. En este sentido, Fernando Bouza argumenta con lucidez respecto a las criaturas deformes, bufones y truhanes que habitan la corte de los Austrias:

> Como en un juego de espejos, estos seres descomunales, faltos o excesivos, afirman en los otros la normalidad que su cuerpo o su mente están negando. Con su descompostura son, involuntariamente, símbolos, emblemas, anagramas de la perfección de que carecen y que, sin embargo, adorna a los *meliores terrae*, reyes, nobles y cortesanos que, a su lado, parecen aún más majestuosos y pulidos. (20)

La emulación del mundo caballeresco se presenta de forma metadramática en la celebración de un torneo, un espectáculo de lucha y una justa literaria; competiciones en las que cada una de las Gracias mohosas elegirá como marido al mejor en dichas lides. La imagen burlesca del torneo se articula en las direcciones escénicas según las cuales los seis pretendientes salen "*con broqueles de corchos y espadas de palo, y lanzas de cañas verdes armados a lo ridículo; tres, con sus padrinos, por una parte, y tres, con los suyos, por otra. Y hacen sus galanterías cojeando y dando caídas*" (G. Santamera y Doménech 204). La comicidad del espectáculo está asegurada mediante los ingredientes que lo componen: lo grotesco, lo feo, las caídas y las armas *a lo ridículo*; recursos histriónicos que sirven para provocar la risa en el espectador. El Pinciano comenta al respecto en la epístola "De la comedia", de la *Philosophia Antigua Poética*:

> la risa está fundada en vn no sé qué de torpe y feo, de lo qual ay en el mundo más que otra cosa alguna . . . y ansí vn cuerpo o vn rostro naturalmente feo y con[n]trahecho causa risa, lo que no haze causado por enfermedad, porque entra en la co[m]passión del dolor y no consiente entrada a la risa". (3: 33)

La autora especifica ampliamente en las acotaciones escénicas cómo se debe llevar a cabo el torneo presentándolo como abierta parodia caballeresca que realza el aspecto jocoso de la escena: "*Corren sus cañas, y quiébranlas, y sacan sus espadas, y danse sus cinco golpes, cayendo todos en el suelo. Y los padrinos los levantan*" (G. Santamera y Doménech 205). Las caídas y golpes de rigor en este caso, tampoco mueven a la compasión del espectador, como argumenta el Pinciano, porque "si el caydo se alça sin daño, ¿quién aurá que se pueda contener la risa?", mientras que si alguien se cae y "se hizo daño notable a su persona, nadie ay tan maligno que se ria" (3: 33). Por otra parte, Feliciana no sólo presenta una escena cómica, sino que convierte a los entreactos en parodia de la *Tragicomedia* misma, al repetir de forma burlesca algunos de los festejos celebrados en la primera parte de la obra como el torneo y el ejercicio de lucha. La relación entre ambos textos se especifica directamente cuando Baco Poltrón acomoda a sus hijas para que disfruten del espectáculo: "Ocupad, hijas queridas, mis Gracias mohosas, ese balcón, que aunque pobre, no da la ventaja en integridad y castidad al de vuestra princesa Belidiana" (202). De nuevo, el mundo inferior de los entreactos alude a un ámbito referencial superior, con el que convive y con el que, además, intenta competir. Baco Poltrón no vacila en poner en entredicho el honor de la princesa por defender y enaltecer la virtud de sus hijas, mientras al final del torneo la virtuosa Aglaya dicta su veredicto sin empacho: "En igual grado os quiero a todos. . . . A todos seis os admito por míos por semanas, porque ninguno pueda quedar quejoso" (205). Aglaya introduce sin pudor el tema de la bigamia o mejor, poliandria, aunque ni su padre ni sus hermanas están dispuestas a consentir que ella sea la única beneficiada de tan asombroso arreglo:

BACO   No, hija mía, no es razón que vos introduzcáis en el mundo la bigamia en las mujeres; que seréis peor que la reina Semíramis, que aunque tuvo muchos hombres, no fueron muchos matrimonios.
TALÍA No, hermana mía; ni nosotras lo permitiremos si no consentís que también se casen todos con nosotras. (205–06)

El problema de la bigamia era asunto común en la época y delito perseguido por los tribunales de la justicia civil y eclesiástica[10]. Por otra parte, encontrar mujeres con dos maridos no era tampoco excepcional, especialmente teniendo en cuenta que, a menudo el marido desaparecía por causas de empleo o por servir al rey y, aun sin tener noticia de su fallecimiento, al cabo de los años se le tomaba por muerto y la supuesta viuda se volvía a casar. Ya en 1480, el arzobispo de Toledo don Alfonso Carrillo convocó un sínodo en el que se trató el tema del matrimonio y la poliandria:

Por que muchas mugeres casadas, seyendo ausentes sus maridos fingen ser muertos para se poder casar con otros, procurando fama o dicho de algunos que lo afirmen, no seyendo asi cierto ni teniendo dello certenidad, e despues dellos bueltos se siguen

---

[10] En las *Partidas* se condenaba a los bígamos a cinco años de exilio o a la confiscación de sus bienes. En 1532, Carlos I condenó a los bígamos a perder la mitad de sus bienes; en 1548 se aumentó la pena a cinco años en galeras, y con Felipe II los bígamos cumplían diez años en galeras además de sufrir el castigo público (Bennassar 274–77).

escandalos e otros muchos daños e incovenientes, ... hordenamos que las tales mugeres non sean osadas de se casar con otros, estando sus maridos absentes de la tierra, sin saber por verdadera información e ser cierto de la muerte de sus maridos, de la qual hayan de faser relación a nuestros vicarios, por que en aquella, avida su licencia, se casen, e si en otra manera se casaran, cayan en sentencia descomunión ... e paguen un marco de plata. (Bennassar 272)

Sin embargo, la solución que propone la autora sevillana para los personajes de los entreactos va más allá del delito o la herejía. El hecho de que las Gracias mohosas accedan a tomar como esposos legítimos a los seis pretendientes de forma simultánea se convierte en un motivo burlesco que provoca la risa en el auditorio en lugar del rechazo y la censura eclesiástica[11]. La situación, por lo desatinada, carece de credibilidad ya que, precisamente, son las mujeres las empeñadas en tomar diversos maridos de forma simultánea y no al revés. Cabe destacar que en el momento en que se publica la obra de Feliciana Enríquez (1624) las subversiones de la doctrina luterana están todavía en el punto de mira de la Iglesia y de la monarquía española, fiel mantenedora de la ortodoxia católica y defensora a ultranza de cualquier ataque herético al dogma y al catolicismo. De hecho, Lutero acepta que el hombre tome a más de una mujer por esposa, aunque no habla del caso contrario[12], e incluso la Biblia presenta casos de flagrante poligamia y promiscuidad como el de Salomón, quien tuvo "setecientas mujeres de sangre real y trescientas concubinas" (405)[13].

La tensión entre lo cómico y lo serio se halla representada en términos de parodia que ridiculiza incluso al tribunal de la Rota en el juego de palabras que el ciego Pancaya articula respecto a la situación: "cosa tan nueva y des-

---

[11] Debe tenerse en cuenta que doña Feliciana Enríquez dedica la primera parte de la *Tragicomedia* a sus hermanas monjas en el convento de Santa Inés de Sevilla: "Remítoosla para que la celebréis, y representéys dentro de vuestro recogimiento con vuestras amigas" (Pérez 176). Por otra parte, en las licencias eclesiásticas de impresión Fray Thomas de S. Domingo atestigua que la obra "nam tem cousa, que impida poderse imprimir, antes tem muita liçaon de humanidades, e poesias" (Pérez 40).

[12] Cabe señalar que Lutero no considera el matrimonio como sacramento y lo reduce a mero contrato civil, despojando al celibato del estado superior que la ortodoxia católica le otorga en relación al estado conyugal. Ricardo Feliu anota que en algunos sermones públicos "Lutero había dicho que no está prohibido a un hombre tener varias mujeres, ni se reconoce con derecho a condenarlo, aunque tampoco lo aconseja. El detesta tanto el divorcio, que prefiere la bigamia. En el caso de Enrique VIII, dice que, antes de repudiar a la primera esposa, es preferible que el rey viva con las dos" (581).

[13] En Samuel 5.13 se alude a la poligamia del rey David que tomó "concubinas y mujeres en Jerusalén, ... y le nacieron hijos e hijas" (365), y en Jueces 8.30 se menciona también a Gedeón, quien tuvo "setenta hijos, todos nacidos de él, pues fueron muchas sus mujeres" (302).

usada es justo se decida por las antiguas decisiones de Rota, tan rota como está madama Aglaya, su toca, gorguera y saya" (207). La apelación al tribunal de la Rota no deja de ser un asunto serio que rememora las dispensas otorgadas por la curia romana a la monarquía de la Casa de Austria que posibilitaron la legitimación de uniones y bodas reales, consideradas de otro modo incestuosas. En este caso la alusión a las decisiones de Rota, como G. Santamera y Doménech sugieren, marca "el notable atrevimiento de la autora al remitir a este tribunal del Papa la desvergonzada decisión de casar con seis hombres" (207).

Feliciana, en este sentido, subvierte las leyes canónicas y patriarcales al permitir a las Gracias mohosas transgredir toda normativa religiosa y social, a imitación de algunas conductas femeninas míticas. Por otra parte, no debe dejarse de lado el hecho de que estas pseudo-Gracias remedan la conducta licenciosa de Venus en la segunda parte de *Los jardines y campos sabeos*. En el drama se presenta el tema del adulterio de Venus con Adonis y la procreación de hijos bastardos, los Cupidillos, quienes justifican y ensalzan las prácticas adulterinas de la diosa citerea frente al esposo engañado:

> Si quiere muchos yernos
> con su hija mi abuelo;
> y quiere de mi madre
> muchos nietos su padre,
> y tú no se los das; di, vejezuelo,
> con tus brazos tiznados,
> ¿por qué no quieres tú muchos alnados? (965–71, Soufas 241*b*)

En cierto modo, se infiere la impotencia o esterilidad del viejo Vulcano, mientras el padre de Venus tolera el adulterio y la procreación de hijos ilegítimos. En los entreactos el padre de las damas, Baco Poltrón, se erige como dios y único juez del caso, y finalmente aprueba la resolución:

> Pues, bobillas y bobillos, ¿había yo de hacer ese agravio a ninguno, y esa injuria a ninguna? ¡Ea, dad os todas y todos las manos, con la bendición de los dioses y la mía. ¡Tened! ¡Con qué facilidad os queríades papar diez y ocho bigamias! Tres veces seis, diez y ocho: tantas son. (212)

Y si dieciocho son las bodas que cuenta Baco, dieciocho son también los nietos que espera de tan prolijas bodas, uno por matrimonio. El gusto por los números y el cálculo de la multiplicación de la *dinastía poltrónica* lo señala uno de los galanes:

> Los nietos diezyochabados
> Tendrán todos a tres madres
> Y a seis valerosos padres,
> Y ciento y ocho bisnietos,
> Seiscientos tataranietos,
> Y los seis, cinco compadres. (214)

Por otra parte, el canto a la fecundidad de los cuerpos deformes de las Gracias mohosas marca el contrapunto a la esterilidad de la princesa Belidiana; alusión que sólo aparece en la primera edición (1624) de la segunda parte de *Los jardines y campos sabeos*. En ésta Rogerio manifiesta abiertamente el error del concierto de su matrimonio y acusa ásperamente a Belidiana de su incapacidad para engendrar hijos:

> Con el dote me engañaron;
> Y con todo su saber
> Con vna estéril muger
> Mis padres me sepultaron.
> . . . .
> ¡Qué manifiestos engaños!
> Tan grande ventura ha sido
> Muger, que no aya parido
> Ni concebido en quinze años. (Pérez 270)[14]

De nuevo aparecen las transgresiones de lo alto y lo bajo. Es en el mundo inferior, en los bajos fondos de la sociedad poblados de seres imperfectos, donde se halla, sin embargo, el germen de vitalidad suficiente que permite su fecunda multiplicación. Por el contrario, en el ámbito superior, reyes y princesas con todo su abolengo y pureza de sangre muestran una total incompetencia para procrear nuevos vástagos. Irónicamente, la élite es estéril, mientras el pueblo bajo se recrea en el exceso y la procreación. A su vez, la imagen de las Gracias mohosas está relacionada con lo que Bajtín denomina *realismo grotesco*, concepto que se caracteriza por la *degradación*, es decir, "la transferencia al plano material y corporal de lo elevado, espiritual, ideal y abstracto" (24)[15]. Estas Gracias mohosas, feas y deformes, constituyen el

---

[14] Esta es otra de las intrigantes elisiones que Feliciana lleva a cabo en la segunda edición corregida (Lisboa, 1627) en la que suprime la parte del diálogo referente a la esterilidad de Belidiana. El detalle llama la atención, teniendo en cuenta que no hay datos que ratifiquen que la autora sevillana tuviera descendencia de ninguno de sus dos matrimonios.

[15] Bajtín anota que "uno de los procedimientos de la comicidad medieval consiste en transferir las ceremonias y ritos elevados al plano material y corporal; así hacían los bufones durante los torneos, las ceremonias de los nuevos caballeros armados y en otras ocasiones solemnes" (24–

contrapunto de la belleza soberana que adorna a las Gracias que acompañan a Venus en su cortejo, y se asemejan a las figuras de terracota de Kertch, *ancianas embarazadas* que ríen y a las que Bajtín alude para ilustrar la idea del realismo grotesco:

> No hay nada perfecto, estable ni apacible en el cuerpo de esas ancianas. Se combinan allí el cuerpo descompuesto y deforme de la vejez y el cuerpo embrionario de la nueva vida. La vida es descubierta en su proceso ambivalente, interiormente contradictorio. No hay nada perfecto ni completo, es la quintaesencia de lo incompleto. (29)

El cuerpo imperfecto e incompleto es lo que caracteriza a las Gracias de los entreactos, quienes además no dudan en celebrar sus rancios encantos y burlarse del mundo y de sus normas para tomar a los seis pretendientes por esposos, infiriéndose su total desinhibición y descarada promiscuidad, tolerada por la legitimidad que Baco Poltrón confiere a los matrimonios múltiples de sus hijas. Si los dioses de la gentilidad gozan de privilegios tácitos que les dispensan de sus tachas morales y les consienten todo tipo de perversiones, en los entreactos las Gracias mohosas usurpan con total naturalidad dichas prerrogativas reservadas a una orbe superior, regocijándose en el descabellado arreglo conyugal del *todas con todos*.

Las audacias de la poeta sevillana, sin embargo, no se limitan al espacio de los entreactos. De hecho, su empeño en bogar a contracorriente de los dictados del *arte nuevo* la convierten en una suerte de insurrecta dentro del panorama dramático de la época, además de incidir en el carácter *quasi* monstruoso de la *Tragicomedia* misma. De este modo, los elementos no convencionales de la obra, es decir, el uso del género híbrido de la tragicomedia, la adopción de los cincos actos del teatro clásico grecolatino, y la natural convivencia del mundo caballeresco medieval con personajes del ámbito mitológico, contribuyen a formar un ente único y singular, otro *cuerpo anómalo*, más cercano al teatro cortesano, que verá su apogeo posteriormente con Calderón, que a las comedias seguidoras de las convenciones lopistas, triunfadoras en los corrales de la época. Lo monstruoso se convierte en un procedimiento retórico más que, al modo de la libertad y exceso verbal de los bufones y truhanes de la corte, opera para el entretenimiento de nobles y reyes. El público no sólo se ríe de las incongruencias de los personajes deformes de los entre-

---

25). La conducta degradante de los personajes de este entreacto ilustra claramente el comentario de Bajtín. Los personajes pertenecientes al mundo inferior —mendigos caballeros y Gracias mohosas— se valen de elementos superiores, rituales caballerescos y conductas honorables, que terminan distorsionando y rebajando para retornar al mundo superior —el espectador cortesano— de forma renovada, cargados de la burla y la risa que pretenden provocar.

actos, sino que, en última instancia, termina ríendose de sí mismo y del mundo cortesano que el escenario evoca. Por otra parte, los niveles de interpretación de los entreactos son múltiples y, por consiguiente, la risa inocente de una primera lectura se torna en una sátira dirigida a esa misma sociedad.

Los monstruos de los entreactos representan las ansiedades de la autora misma respecto a su obra, a su condición de mujer y su posición social. Como mujer, se sitúa al margen del canon y la producción literaria patriarcal de la época; margen desde el cual critica el *arte nuevo* y a los poetas cómicos seguidores de dichas convenciones. Los demonios íntimos de Feliciana se reflejan en sus personajes deformes, quienes se convierten en otro espejo distorsionado de las propias inconsistencias de la poeta sevillana. Por una parte satiriza la sociedad a la que pertenece, pero a la vez glorifica hasta la saciedad ese mundo superior magnificando su propia genealogía y su pureza de sangre[16]. En definitiva, el conjunto de la obra *Los jardines y campos sabeos* emerge dentro del parnaso poético-dramático de la época como un cuerpo monstruoso, que marca la presencia de la mujer como otro monstruo "contra el orden de la naturaleza".

Entreactos de la segunda parte de la **Tragicomedia***

* Agradezco a los editores de la revista *Bulletin of the Comediantes* el permiso de reimpresión, con ciertas variaciones, del artículo titulado: "De orgía y bacanal a sátira política: entreactos de la segunda parte de la *Tragicomedia de los jardines y campos sabeos*" 57 (2005).

En los entreactos de la segunda parte de *Los jardines y campos sabeos* se observan ciertos cambios respecto a los anteriores. Lo primero que llama la atención es el uso del verso en lugar de prosa, y el tipo de personajes — comitiva de mitos y dioses de la gentilidad— que contrasta con la cohorte de tullidos que protagonizan la primera parte. Si anteriormente, habíamos incidido en la parodia del mundo caballeresco y los rituales del amor cortés, en la segunda parte se presenta la burla del ámbito mitológico, cuyos protagonistas se ríen de sus defectos morales y exageran sus debilidades. Sin embar-

---

[16] Cabe incidir en la exaltación del linaje al que pertenece doña Feliciana. El escudo de armas impreso en ambas ediciones enfatiza el afán de la poeta sevillana por ensalzar el rancio abolengo de sus apellidos, Enríquez de Guzmán, y los de su segundo marido, León Garavito. En la dedicatoria a don León y a doña Isabel Enríquez, sus antepasados portugueses enterrados en el convento de Santa Paula de Sevilla, alude al origen mítico de éstos: "generosos descendientes de Atlante por la línea de Pelayo" (Pérez 40).

go, si la burla de la antigüedad mitológica parece un mero instrumento de diversión de las clases privilegiadas a quien la autora dirige su obra, una lectura más profunda revela la sátira dirigida a esa misma sociedad y las corruptelas del poder y la política. Las distorsiones de la historia mitológica se tornan en una parodia del mundo cortesano cargada de insinuaciones críticas dirigidas a la política y la sociedad contemporánea a la autora. La conducta exagerada de los personajes mitológicos rememora el comportamiento de las clases privilegiadas entregadas a la holganza y, al final, la serie de consejos y consejeros que se van multiplicando en escena evoca el sistema de valimiento de la monarquía española y los abusos de poder que se llevan a cabo en ella.

En ambas partes de la *Tragicomedia* los entreactos componen un juego especular que ofrece una imagen deformada del mundo en el que se refleja el mismo espectador. En los entreactos de la primera parte la presencia de cuerpos defectuosos supone una forma de reafirmar la supuesta majestad y nobleza cortesana, mientras en los de la segunda parte, el exceso y el disparate del mundo mitológico conforman una imagen exagerada de los juegos cortesanos y el gusto desaforado por el entretenimiento. Los entreactos encarnan una representación paródica de la nobleza cortesana; representación que, por defecto o por exceso, muestra una imagen distorsionada de la realidad. Dicha perspectiva permite la crítica indirecta y el distanciamiento necesario para que el espectador pueda reconocerse en las mismas faltas que adornan a los personajes en escena, y a la vez pueda reírse de sus vicios y perversiones, e indirectamente de sí mismo. La ruptura del *pathos* se imprime por medio de la distancia espacio-temporal del mundo mitológico, y por el tono de burla y exageración que contribuyen a la recreación paródica del espacio mitológico.

La situación inicial a la fábula del primer entreacto alude, siguiendo la leyenda mitológica, a un gran convite de diez días que Midas organiza en honor a Baco. La acción comienza el último día del banquete y representa el fin de fiesta y reparto de premios de los certámenes organizados para recreo de los asistentes: una justa de bebedores, un concurso de flecheros y un certamen musical. Ya desde el inicio el vino se presenta como el rey de la fiesta en una escena de total decadencia en la que, tras nueve días de sarao y francachela, se evidencian los efectos de los vapores etílicos. Los dos primeros versos introducen el tono burlesco que caracteriza a todo el entreacto en el que Apolo y Pan cantan: "En convite de Midas, hecho al dios Baco, / beba hasta que caiga todo borracho" (Soufas 259*a*)[17]; estribillo que todos los comensales repiten a coro.

El entreacto ofrece a la vista del espectador un cuadro viviente de borrachos mitológicos, mientras se enfatiza el aspecto profano y sagrado del convite. Las acotaciones al texto indican los elementos —dispuestos como en el lienzo de un bodegón— que forman parte de la utilería y la composición escénica: *"mesas con vasos, picheles, frascos y cantimploras, pan y algunas viandas, tres sillas en cabecera y bancos a los lados"* (Soufas 259*a*). Curiosamente, vasos y vasijas —picheles, frascos y cantimploras— que tienen la función de contener líquidos, enfatizan la escena báquica y el triunfo del vino[18], aunque la presencia de cantimploras para el agua señala la corrupción de lo puro, es decir el vino aguado, y es una forma de simbolizar la degradación de los personajes y sus perversiones. El agua es un elemento puro, pero a la vez sirve para adulterar el vino, y por tanto convertirse en un medio contaminante[19]. De hecho, las alusiones a la mezcla del agua y el vino son diversas y el tema se presenta como el motivo que algunos personajes utilizan para sus motes:

TIMOLO	Puro no puedo beberlo,
	porque he de ser hoy juez;
	haré la razón después.
GUASORAPO	No soy gusarapo de agua
	sino Guasorapo fino,
	de las surrapas del vino.
VERTUNO	En mis huertas las lechugas
	beben agua, mas mi pancho
	vino tinto y vino blanco.

. . . .

---

[17] Para los entreactos de la segunda parte utilizo la edición de Teresa Soufas, *Women's Acts: Plays by Women Dramatists of Spain's Golden Age* (Lexington: UP of Kentucky, 1997) 259-67.

[18] Según el *Diccionario de Autoridades* el pichel suele ser de estaño, con tapa adosada al asa, y se usa para "ministrar el vino o agua" (3: 258*b*); los frascos sirven para "tener y conservar los licores", y pueden ser de "vidrio, plata, cobre, estaño u otra materia" (2: 791*b*); la cantimplora es el único recipiente que se utiliza sólo para enfriar el agua y es siempre de metal (1: 125*a*).

[19] Recúerdese la ambivalencia del agua como elemento puro en las seguidillas que las Gracias cantan en la segunda parte de *Los jardines y campos sabeos*. La canción muestra cómo el elemento líquido también tiene la capacidad de contaminar y manchar: "Por ti, o claro río, se entró un arroyo, / que ahogó mis glorias y te enturbió todo" (178–79, Soufas 233*a*). Las sutiles evocaciones del verbo *entrar* y *enturbiar* sugieren la referencia sexual al acto de penetración y a la asociación del agua con el semen.

DAFNE	Como soy hija de río,
	también lo beberé aguado
	por las flemas del pescado.
SIRINGA	A lo pastoril yo puro
	lo quiero, porque la leche
	no quiere que agua se le eche.
POMONA	Sobre la fruta relaja
	mucho el agua, y la madura
	quiere la bebida pura. (92–100, 104–12, Soufas 260*ab*)

La descripción del aspecto de los personajes también contribuye a crear el ambiente orgiástico a tono con la escena. La imagen de Baco y su ayo Sileno con "*máscaras de borrachos, coronados de pámpanos con racimos de uvas*" (Soufas 259*a*), evoca el cuadro de "Los borrachos" de Velázquez en el que Baco aparece semidesnudo coronado con hojas de parra y rodeado de mendigos de ojos chispeantes con claros signos de ebriedad. Si la imagen de Velázquez es una representación humanizada del mito, en los entreactos aparece como una caricatura del mismo, es decir, como una representación paródica del mundo mitológico apoyada en la caracterización grotesca del resto de personajes mitológicos que intervienen en la acción. Las acotaciones indican los detalles del vestuario, máscaras, utilería y accesorios importantes que identifican a los personajes:

Apolo con su cabellera y pellico de pastor; Pan y Guasorapo con sus cuernos y piernas de cabras . . . Cupido Poltrón, hombre con máscara de grandes bigotes, y un arco de un cuerno de buey y virotes de carrizos; y el rey Midas con corona, máscara y vestido todo dorado; Dafne, Siringa, y Pomona con mascarillas feas y ridículas; Apolo y Pan con sus instrumentos músicos. . . (Soufas 259*a*)

La celebración del banquete y la disposición de los personajes establece un punto de referencia con el simbolismo sagrado de la comida y la bebida asociado al ritual de la Eucaristía que evoca la escena de "La última cena", motivo religioso habitual del arte pictórico. Pan es el encargado de aposentar a los asistentes al sarao, y como maestro de ceremonias ordena la composición del cuadro mientras canta:

Baco rey de bebedores
presida la cabecera.
　Siéntense a sus lados Midas,
y Timolo; porque puedan
pro tabernali ser árbitros
de todas nuestras contiendas.
　Dafne, Siringa, Pomona

> ocupen una ladera;
> Guasorapo con Vertuno
> y el Poltrón Amor la izquierda.
>   Sileno, que ha de brindar
> a todos esta testera,
> como más buen testarudo,
> puede ocupar con su testa.
>   Yo y Apolo nos quedamos
> por músicos y poetas,
> sobresalientes cantando,
> por más alegrar la fiesta.
>   Y por principio más glorioso de ella,
> la bendición de Baco eche la diestra. (57–76, Soufas 260*a*)

Cabe mencionar que los comensales de este banquete profano son doce en lugar de los trece convencionales de los Cenáculos. El ademán de Baco bendiciendo el banquete rememora el gesto de Jesucristo en el ritual de la Consagración en *La Última Cena*, e incluso Sileno utiliza el registro sacrosanto cuando sentencia: "Ya pues estamos benditos" (77, Soufas 260*a*). Por otra parte, la atmósfera de orgía o "ardiente bacanalla"[20], como la denomina Pan por corrupción del término *bacanal*, nos remite al libertinaje con el que los caracteres míticos se abandonan a los desórdenes del estómago y la carne. El descomedimiento se manifiesta desde el concurso de bebedores inicial que disputan todos los asistentes al banquete, presentando en escena un cuadro paródico de beodos que además da cabida a las féminas presentes en el sarao: las ninfas Dafne, Siringa y Pomona que también participan en la contienda.

El rey Midas, organizador del sarao, es el personaje que sale peor parado, blanco constante de las burlas y risas de sus invitados:

> O desdichado de mí
> que todos comen y beben,
> todos brindan, todos ríen
> y conmigo se entretienen.
> . . . .
> . . . no basta
> mi desventurada suerte,

---

[20] Pan brinda con su mote aludiendo a la competición musical que tiene con Apolo, y que no deja de lado su participación en el concurso de bebedores: "Nuestra contienda en la música / no ha de excluir la batalla / de la ardiente bacanalla" (113–15, Soufas 260*b*). Nótese el uso de la invención del término *bacanalla* por su rima con *batalla*, que a su vez, sugiere la composición de los términos *Baco* y *canalla* en relación al significado de "gente baja y ruín, de viles procederes, y propria para causar daños y alborotos" (*Aut.* 1: 106*b*).

> que se me convierta en oro
> el pan, agua, los manteles,
> cuchillo, sal, vino, frutas,
> carne, pescados, picheles,
> y de hambre esté rabiando,
> y de sed muera y me seque.
> ¿Chufletas a mí? O dios Baco,
> ¿por qué tal dolor consientes?. (126–129, 142-51 Soufas 260*b*)

Al final, como en la fábula mitológica, Baco se apiada de Midas y le concede que se lave en la fuente del Pactolo[21] para librarse de tan pernicioso don. Sin embargo, poco le dura a Midas la alegría, ya que por impugnar el veredicto del certamen musical en favor de Pan, Apolo, contrariado, le obsequia con unas admirables orejas de asno[22]. El entreacto termina con los silbidos y rebuznos que todos entonan a coro burlándose de Midas.

El segundo entreacto continúa como efecto de los excesos del anterior en el que el vino era protagonista de la escena de ebriedad en la que intervenían los asistentes al banquete de Midas. En la leyenda mitológica, según apunta Pérez de Moya, "los que se dan al vino sin medida son lujuriosos"[23], y en este entreacto se presentan los desórdenes de la carne de los lúbricos pretendientes —Apolo, Pan y Vertuno—, quienes heridos de amor por las flechas de Cupido Poltrón, acosan a las ninfas. Al final, Apolo y Pan se lamentan de las metamorfosis de Dafne en laurel y Siringa en cañaveral para librarse de sus hostigadores, y solamente se celebran las bodas de Vertuno y Pomona, motivo que servirá para el final festivo del entreacto, análogo al final feliz de la segunda parte de *Los jardines y campos sabeos*.

En este entreacto, escrito en prosa, al elenco de personajes que aparece en el anterior se suma Licas, esclavo del rey Midas. Su presencia no es gra-

---

[21] La leyenda de Midas cuenta que éste se lavó en las aguas del Pactolo y se vio libre del don, y desde ese momento las aguas "se llenaron de pajuelas de oro" (Grimal 357).

[22] Serás con todo tu oro
siempre grosero y durasno,
y tendrás orejas de asno,
Midas, por mayor decoro;
éstas serán tu tesoro,
y aunque las disimules,
porque con ellas no adules
más a tu querido Pan;
sus flautas las pintarán
de oro y azules. (304-13, Soufas 262*b*)

[23] Pérez de Moya en la *Philosophia secreta* anota además que "por esto dicen que Sileno y los Sátiros, que denotan la lujuria, acompañaban a Baco" (1: 272).

tuita ya que, justamente, uno de los aspectos burlescos de mayor interés del entreacto se apoya en la caracterización de Licas y la relación entre amo y criado, unidos en la adversidad. En el primer entreacto Apolo castigó a Midas con orejas de asno mientras a su esclavo le dio la cola "porque coleas detrás de él y estuviese entre los dos un asno repartido" (Soufas 265*a*). Orejas y cola de asno, cumplen así una función igualadora que permite, en algunos momentos, la inversión de papeles entre el rey y su sirviente.

Midas emparenta a su esclavo con el Licas compañero de aventuras de Hércules, y alude a la historia mitológica para comparar su benignidad con el criado:

> Licas, Licas, esclavo mío querido, y amado en lugar de hijo, que no lo fue tanto tu padre Licas de Hércules su señor, pues habiendo sido mi hambre más rabiosa que su venenosa rabia, no he hecho de ti lo que él hizo de tu padre; que tomándole por los pies y rodeándole como honda sobre el brazo, le arrojó en el mar, donde fue luego mudado en una peña que de su nombre hoy retiene el nombre de Licas. (Soufas 263*b*)[24]

El papel de Licas como bufón se señala desde el principio al iniciar el diálogo con su amo de forma descarada e irrespetuosa: "Pues ¿porque sor, rey Midas, orejas de asno, habías de hacer tú en mí tan grande desaguisado? Tomaréte yo por las orejas y haréte rebuznar tan fuertemente, que te oigan Pan y Apolo y vengan a hacerte otra vez joez, para acabarte de hacer toda la cabeza de asno" (Soufas 263*b*). Las insolencias de Licas remedan el comportamiento desvergonzado de los hombres de placer o truhanes de corte[25], personajes pertenecientes a la cohorte real y caracterizados por su ingenio verbal y trato familiar para con los soberanos. Don Francesillo de Zúñiga, iniciador

---

[24] Como los personajes de los entreactos de la primera parte, Midas también se refiere a la historia mitológica con la familiaridad del lugar común. Según algunos mitógrafos, Licas reveló a Deyanira que Hércules había tomado a Yole como nueva concubina. Los celos de Deyanira la condujeron a utilizar un filtro amoroso con el que impregnó la túnica que había de llevar Hércules en la ceremonia de sacrificio a Zeus. El veneno hizo su efecto y la túnica en contacto con la piel provocó un dolor tan agudo que Hércules, fuera de sí, tomó a Licas por un pie y lo lanzó al mar. Así, Licas se convirtió en roca y se formaron las islas Lícades, de las cuales es el epónimo (Grimal 256, 320). Sin embargo, en la leyenda del rey Midas, el criado conocedor de las orejas de asno de su amo, carece de nombre.

[25] Fernando Bouza indica que: "Las invectivas, cuentos y dichos sobre la que se basaba la fortuna de un truhán de corte se parecen mucho a la *parte* que los graciosos encarnaban en las comedias" (26). Por otra parte, el término *bufón*, aunque es más usado, puede crear confusión, ya que "algunas veces aparece en referencia a simples o a locos" (34). En el entreacto, el rey Midas grita a Licas: "¿Dónde te fuiste loco?" (Soufas 264*a*).

de los usos bufonescos de la corte de los Austrias se dirigía al marqués de Pescara en sus cartas con el título de *Ilustrísimo Señor Primo*, y Cristóbal Suárez de Figueroa en *El pasajero* (1617) comenta que entre las muchas insolencias de los truhanes figuraba el "cubrirse, sentarse y llamar de vos o borracho a un rey, duque o marqués" (Bouza 28). No hay que olvidar que entre los privilegios de los grandes de España, se incluía el de ser llamado *primos* por el monarca, como forma de reafirmar sus lazos de parentesco y linajudo origen, además de otorgárseles licencia para permanecer cubiertos en presencia del rey y permitírseles la entrada libre a Palacio hasta la antecámara real (Sanz Ayán 153).

En el segundo entreacto los apelativos jocosos, paronomosias y juegos de palabras relacionados con el nombre del rey, con los que el esclavo Licas se atreve a dirigirse a su amo son diversos —*Micas, Migas, Medidor, Midasno*—, y se percibe cómo el criado va incrementando el nivel de irreverencia hasta identificar a su señor con el animal del que lleva orejas. Al primer desliz intenta disculparse: "Noso rey asno, perdone que quise decir noso rey amo" (Soufas 264*a*); después se aventura a tratarle como "Noso rey amo, o asno, o como quisiere" (Soufas 264*b*), y en un exceso de confianza termina por otorgar a Midas, sin pudor, el título de *asno*: "Noso rey asno, sea ya éste su nombre, ¿qué le parece?" (Soufas 265*a*). Por otra parte, el rey trata al esclavo como *hijo*, y solicita la complicidad y el silencio de éste para que no revele el secreto de sus orejas de asno:

> Oyeme acá por tu vida, hijo Licas, que no estoy para gracias mohosas; ya mis ruegos fueron oídos de Baco, y bañándome en el río Pactolo, como él me mandó, escapé de tan rabiosa muerte y rabiosas congojas. Ahora que puedo ya comer y beber, tengo necesidad de tu fidelidad y taciturnidad. Bien sabes que al buen callar llaman santo. (Soufas 263*b*)

La recreación de la historia de Midas sigue los pasos de la fábula mitológica. Midas, tocado con las orejas de asno que Apolo le otorga por haber votado a favor del rústico Pan en la competición musical que ambos mantienen, intenta silenciar la vergüenza de sus orejas; secreto que su criado no es capaz de guardar y que termina depositando en un agujero en la tierra:

> La verdad es que yo *arrebataba y estaba de parto*. Yo moría por decir a todo el mundo que Su Jamestad dorada tiene orejas de asno. . . . Yo estaba *arrebentando*, yo escogí por paz y concordia de mis ansias y mando real no decir el secreto de sus orejas a todo el mundo, sino a sólo uno de sus alimentos. A sola la madre tierrra se lo dije, tan madre es suya como mía. Mi boca junté con sus bocas que allí tenía, y

me mostraba hiantes y abiertas. Solamente le dije en secreto: Midas tiene orejas de asno porque fue necio y durasno. (Soufas 264*ab*, el énfasis es mío)[26]

La torpeza de Licas y su incontinencia verbal remeda las funciones corporales del mundo inferior y el gusto por lo escatólogico, motivo común en el entremés y el teatro breve. Por otra parte, el hecho de que el esclavo sea el único depositario del secreto del rey, como ilustra el refrán: "A quien dices tu secreto, das tu libertad y estás sujeto" (Campos y Barella 319)[27], explica las relaciones de poder entre amo y criado, y la inversión de papeles que se lleva a cabo. El conocimiento del secreto concede a Licas la coyuntura propicia para ejercer su poder sobre Midas, lo cual le permite ciertas licencias y prerrogativas que se traducen en el trato insolente hacia su amo, mientras éste se lamenta del poderío del esclavo: "¿Qué haya llegado el atrevimiento déste a tanto con las alas que todos le habéis dado?" (Soufas 266*b*). De hecho, Midas acusa al esclavo de *ladrón, mal hombre*, e incluso *traidor*; improperios que señalan el sentido de pérdida de libertad del rey, y por consiguiente, el escaso poder y ascendiente que ejerce sobre el criado.

Por otra parte, el papel de Licas no se limita al de criado y bufón encargado de entretener con sus agudezas, sino que también está relacionado con la función del privado[28]. La extensa producción literaria de la época que trata de temas del buen gobierno y mando, inspirada en la corriente medieval y renacentista de los *espejos* de príncipes y políticos, enfatiza la preocupación por los asuntos que atañen a la corona y a la monarquía de los Austrias. José Laynez en su obra *El privado cristiano* (1641) define al privado como la persona "con quien a solas y singularmente se comunica [el rey], a quien no hay cosa secreta, escogido entre los demás para una cierta manera de igualdad fundada en amor y perfecta amistad" (Díaz Martínez 44). A su vez, los comentarios del cronista real de Felipe III y Felipe IV, González Dávila, res-

---

[26] En el relato mitológico el peluquero de Midas es el único que conoce su secreto, y no pudiendo guardar tan pesada carga para sí solo, abre un hoyo en la tierra a quien confía la información reservada y después lo vuelve a tapar. La *Philosophia secreta* de Pérez de Moya cuenta que, poco después "nacieron en aquel lugar cañaveras, y lo que el siervo había dicho, mi señor Midas, orejas de asno tiene, las cañas, hechas flautas, asimismo lo decían, por lo cual el secreto fue poco a poco descubierto y divulgado por el mundo" (1: 276).
[27] El *Diccionario de refranes* también registra el dicho de *La Celestina*: "A quien dices el secreto, das tu libertad" (319).
[28] El "Estudio preliminar" (46–166) de Eva María Díaz Martínez para la edición del *Discurso de las privanzas* de Quevedo, presenta amplia documentación sobre el tema. Quevedo utiliza los términos: criado, discípulo, consejero, privado o valido como sinónimos, y subraya que los ministros sirven como *criados* de los reyes (62).

pecto a la relación entre Felipe III y su valido, el duque de Lerma, ofrecen ciertas resonancias con la parodia que se lleva a cabo en los entreactos:

> Ya he dicho que el Rey declaró su gracia en el Marqués Duque llamándole al manejo de los negocios de toda su monarquía no menos que con título de amigo, que es o más con que un rey puede honrar a su vasallo. En todos los papeles, que son muchos los que he visto escritos de su real mano, respondiendo a otros del Duque, se firma *vuestro amigo*. Y el Duque *humíldisimo esclavo de V. M.,* dándole a conocer desde donde nace el sol hasta que muere. (Díaz Martínez 44, énfasis de la autora)

Licas tiene en común con los privados su condición de criado y confidente, depositario de los secretos del rey; funciones a las que se añade la facultad de incluir consejos y advertencias a su discurso burlesco:

> *toda nuestra vida no es otra cosa sino una comedia.* Los dioses son los que dan los dichos, y a uno mandan que represente un rey, como a él se lo mandaron hasta ahora; y a otro que represente un asno, como se lo han mandado ya, y a Licas también que colee con su cola, porque en la leche mamóla. (Soufas 266*b*, el énfasis es mío)

La referencia metateatral de tono burlesco en boca del esclavo marca el distanciamiento y la ruptura de la ilusión dramática que se efectúa en escena para emitir una reflexión moral sobre el tema del mundo como teatro; tema que será uno de los tópicos conocidos del Barroco y culminará con la representación en 1649 del famoso auto de Calderón *El gran teatro del mundo*. La alegoría mundo-teatro que se desarrolla en la literatura moralista y satírica de los estoicos, Epicteto y Séneca, aparece reiteradamente en la literatura desde mediados del siglo XVI. El prolífico Quevedo, además de escribir una traducción en verso del *Enquiridion* de Epicteto, incluye en una carta a don Antonio de Mendoza del año 1632 una traducción literal en prosa del mismo texto, inspirado por las traducciones anteriores del Brocense y de Gonzalo Correas:

> Hasta la vida propia (como dice Epicteto) es una comedia. Conviene a cada uno de nosotros hacer bien nuestro papel, sea el que fuere, pero a Dios toca dárnosle. No es de nuestro poder el escoger el de rey, o el de pobre, o el de ignorante, o el de discreto.... Sólo nos ha de consolar ver que el ser rey, papa, pobre y humilde, dura sólo mientras hacemos las figuras en el tablado de la vida; que en entrando en el vestuario de la sepultura, todos somos igualmente representantes. (Vilanova 485)

La función del criado como consejero está relacionada con la corriente del didactismo medieval. En *El conde Lucanor* el primer *exemplo*, "De lo que contesçió a un rey con un su privado", trata del tema del esclavo sabio que con sus consejos salva al privado del rey de la maledicencia de sus enemigos[29]. En los entreactos destaca el hecho de que el esclavo utilice un asunto serio para justificar la suerte del rey, y la suya propia en su condena a llevar cola de asno por apoyar las gracias de su amo: "aplaudid, consejeros, asesores y ministros, que no os faltarán colas de asno, con que os gratificarán vuestros aplausos" (Soufas 265*a*). A su vez, Timolo, personaje que se mantiene como árbitro de la situación y consejero de Midas, defiende a Licas de las iras del rey, quien quiere castigar las osadías y burlas del esclavo: "no merece pena Licas por decirte verdades y darte buenos consejos y castigos; y tú no los debes menospreciar, por ser de tu siervo, que los consejos que son útiles no pierden por la humildad del consejero" (Soufas 266*b*), y además recomienda a Midas resignación y paciencia ante la adversidad. Timolo recuerda al rey la importancia de representar bien cualquiera que sea el papel que se nos asigne: "Cuando fueres yunque, sufre como yunque", y conmina a Midas a no perder la compostura y comportarse como buen asno: "De los buenos asnos es no ser bravos, feroces y arrogantes, sino simples, benignos y humildes, no ariscos y vengativos, sino reportados, sufridos, templados y muy pacientes. Trabajos, rey Midas, hacen a los hombres filósofos" (Soufas 266*b*).

La comicidad de la escena va más allá de la mera risa para convertirse en una burla y crítica mordaz a la figura del rey y su gobierno. Las burlas dan paso a las veras y el tono del entreacto se torna un tanto sombrío por los paralelismos que pueden hallarse con la situación de la monarquía española. Las orejas del rey junto con la cola del siervo forman el cuerpo completo del asno, parodia del gobierno y del estado de dependencia entre el rey y sus consejeros. Uno de los tratadistas barrocos, Andrés Mendo, en su obra *Príncipe perfecto* (1657) indica que: "El oficio de rey es oficio de cabeza, no sólo porque es dueño, superior y primero, sino porque obra con los vasallos lo que la cabeza con los miembros" (Díaz Martínez 37). Sin embargo, la burla de la cabeza de rey Midas adornada con orejas de asno evidencia su inutilidad como *cabeza* de su reino, mientras la imagen del asno como símbolo de la monarquía —el rey a la cabeza, y su criado a la cola— conforma el principio y fin de la parodia de un buen gobierno. Pedro Portocarrero, uno de los escritores que ataca la figura del privado, anota: "Otra razón que corrobora esta

---

[29] En este *exemplo* el privado "avía en su casa un su cativo que era muy sabio omne et muy grant philósopho. Et todas las cosas que aquel privado del rey avía de fazer, et los consejos quél avía a dar, todo lo fazía por consejo de aquel su cativo que tenía en casa" (57).

opinión [que la privanza debe ser suprimida] es ser contra el gobierno más acreditado y seguro (como es el de la monarquía), el cual no permite más que una cabeza y con el privado tiene dos: una que goza el nombre de rey y otra que tiene el poder y la ejecución, con que es monstruosidad" (Díaz Martínez 45)[30].

A pesar de críticos como Portocarrero o Juan de Santamaría[31], entre otros, cabe destacar que la mayor parte de la literatura política de la época no censura la existencia de la figura del valido, sino que marca las pautas que éste debe seguir para llevar a buen término su oficio. El mismo Quevedo en el *Tratado de las privanzas*, dedicado a Felipe III, no disputa el papel del privado, sino que incluye diferentes argumentos para apoyar la necesidad del rey de confiar en sus validos[32].

En los entreactos, por otra parte, la alternancia entre lo cómico y lo serio se manifiesta en la burla a las orejas de asno de Midas que termina convirtiéndose en un manifiesto cargado de avisos dirigido al rey y sus vasallos. A lo largo de la acción se presenta como punto relevante el afán consejero de todos los personajes, cuyos juicios y advertencias se van multiplicando, desde el esclavo Licas, a Timolo, hasta llegar al ridículo Cupido Poltrón, que también interviene con sus predicamentos y exhortaciones dirigidos al rey Midas:

> Lo que a mí me pesa mucho, amigo Midas, y no puedo dejar de llorarlo, es que ya las caricias de la perrilla de falda no son para ti, que te molerán a palos, si usares dellas, y la reina te dará de chapinazos si te quisieres festejar en sus faldas. Mas un consuelo te puedo dar, que ya que eres asno, al fin eres asno mostrenco sin dueño, y te puedes andar perdido por las viñas y sembrados ajenos; por ventura algún guarda o viñadero te cortará las orejas por asno ladrón y te restituirá en tu primera forma. (Soufas 266–67*ba*)

---

[30] De su obra *Teatro monárquico* (1700). Portocarrero al emitir su juicio contra los privados, está rememorando la corrupción y los abusos que tuvieron lugar durante el gobierno de Lerma (Díaz Martínez 45).

[31] Santamaría en su obra de 1619, *República y policía cristiana*, plantea la duda sobre si el monarca puede tener amigos: "porque privado es lo mismo que amigo particular y, como la amistad ha de ser entre iguales, no parece que la pueden tener los que son vasallos o criados con su rey y señor, al cual han de mirar y tratar con gran reverencia, respetando siempre su real majestad" (Díaz Martínez 45).

[32] En el capítulo III, titulado "Si es necesario a un príncipe tener privados, y si ha de ser poderoso o humilde, rico o pobre", manifiesta las diferentes razones o "inconvenientes que se siguirían de no tener un rey privado" (Díaz Martínez 204).

La sugerencia de Cupido dirigida al rey-asno de convertirse en ladrón y vil desorejado, al estilo de los delincuentes de la época, como fórmula mágica para recuperar su forma anterior, no deja de ser peregrina, así como descarada es la alusión a las relaciones matrimoniales de Midas, despojado de las delicias del tálamo real e incapaz de ejercer sus derechos con la reina.

Al final, Midas, quien se lamenta de su destino: "no sólo me hallo comparado a los jumentos, mas me hallo hecho el más vil y humilde dellos" (Soufas 266*b*), termina convirtiéndose también en consejero:

> Pues *todo el mundo anda al revés*; yo que había de ser consolado, quiero consolar y leer cátedra a otros con buenos castigos; que bien puedo, pues de los escarmentados se hace los arteros reyes; reyes y príncipes de la tierra, quedad eruditos de mí, escarmentad en vuestro compañero. (Soufas 267*a*, el énfasis es mío)

La noción de *mundo al revés* que el mismo rey menciona, es importante en el contexto de risa y carnaval en el que se incluyen los entreactos. El teatro forma parte de ese mundo al revés en el que se da una inversión en los papeles asignados a los personajes. Las orejas de asno de Midas lo transforman en vasallo que termina desempeñando también el papel de consejero, plétorico de advertencias y sabios consejos. Resignado a su naturaleza de asno, él mismo reconoce la utilidad de las orejas grandes:

> tenedlas para oír a buenos consejeros. No deis oídos a lisonjeros, músicos y bufones, que si los dieredes, no os faltarán orejas de las mías. Los que aun no las tenéis, mirad los *amigos, privados y consejeros*, que admitís que solamente quieren vuestro pan, vino y oro y no os lo deja comer, beber ni gozar por comérselo, bebérselo y gozárselo ellos. ¡Qué amiguitos Pan, Baco, Sileno y la otra harria de mulos y mulas varias pécoras! Amigos todos de taza de vino, el pan comido, la compañía deshecha. (Soufas 267*a*, el énfasis es mío)

La adulación, un tema común en la literatura grecolatina, aparece también en la literatura medieval, renacentista y barroca. Diego de Saavedra Fajardo en sus *Empresas políticas* aduce que "A más príncipes ha destruido la lisonja que la fuerza" (565–66), mientras Quevedo también trata el asunto de las lisonjas y avisa que "no hay mayor destrucción de un Estado y de una privanza que aduladores, porque éstos suelen tener peregrinas de la verdad las orejas de los reyes" (Díaz Martínez 219). Por otra parte, en los entreactos la crítica de Midas dirigida a los *amigos, privados* y *consejeros*, remeda la monarquía de Felipe III y los abusos de Lerma y su protegido Rodrigo Calderón, más interesados en sus ambiciones personales y en la acumulación de riquezas que en el buen gobierno.

Finalmente, cabe mencionar que en los entreactos la sátira dirigida a las liviandades cortesanas y a la política de los privados y consejeros, se convierte en uno de de los mayores logros en el conjunto dramático de la poeta sevillana. La sabia utilización del lenguaje que combina lo culto y lo popular, la mezcla de agudezas cortesanas y dichos populacheros, la recreación paródica del mundo mitológico, y la mezcla de lo cómico y lo serio, forman los ingredientes esenciales que componen la sátira. Si bien Feliciana intenta huir de las enseñanzas que los vulgares entremeses ofrecen "pervirtiendo los ánimos y buenas costumbres" (Soufas 271*b*), son precisamente los vicios y perversiones de los personajes que aparecen en los entreactos, arropados por la leyenda mitológica, el reclamo paródico elegido para conseguir el deleite de los espectadores y el efecto didáctico que la poeta persigue. El dictado horaciano está servido —"Anhelan los poetas instruír con sus versos / o agradar, o ambas metas..." (Gerardo Ramos 38)— en estos breves pero incisivos entreactos.

Capítulo 4

Textos extradramáticos

Dentro del conjunto de la obra de Feliciana Enríquez de Guzmán, los dos textos añadidos a la segunda parte de la segunda edición publicada en Lisboa en 1627, la "Carta ejecutoria" y "A los lectores", tienen una notable significación. En ambos textos extradrámaticos[1] la autora promulga su ideario poético, glorifica su quehacer literario, y defiende su condición de mujer y poeta. La crítica ha coincidido en mencionar ambos textos en todas las referencias a la obra de doña Feliciana. Algunos estudiosos han aludido al carácter autolaudatorio de la poeta y su manifiesta falta de modestia[2] de forma acusatoria, mientras otros juzgan esta misma actitud como guiño irónico por parte de la autora[3]. Por otra parte, todos glosan las indicaciones que doña Feliciana dicta en torno al seguimiento de las convenciones del teatro clásico, a contraco-

---

[1] Al hablar de textos *extradrámaticos* me referiré especialmente a la "Carta ejecutoria" y al prólogo "A los lectores". Los preliminares, dedicatorias, licencias de publicación y tasas, poemas laudatorios, laberinto y otras notas de la autora, los incluyo también en dicha categoría. El texto *dramático* lo componen las dos partes de la *Tragicomedia*, el prólogo o loa, los coros y entreactos; textos que formarían el conjunto del epectáculo teatral en sí.
[2] En 1871 Angel Lasso de la Vega y Argüelles, en *Historia y juicio crítico de la escuela poética sevillana en los siglos XVI y XVII,* concluye: "los aplausos que hubo de recibir por su excelente modo de versificar, de las personas que la conocían, llegaron sin duda á engreirla y á sugerirle no escasos encomios de si misma, á expensas de su modestia" (231). En 1887, José Sánchez Arjona en sus páginas dedicadas a doña Feliciana en *El teatro en Sevilla en los siglos XVI y XVII*, comenta: "Como habrán notado nuestro lectores . . . no era la modestia la virtud que más resaltaba en nuestra escritora" (243). Santiago Montoto de Sedas, en su estudio dedicado a *Doña Feliciana Enríquez de Guzmán* (1915), anota que la autora "Profesaba grande amor a su obra; y esa pasión y sus deseos de impedir que las nuevas corrientes siguieran invadiendo la escena, hicieron que se dedicase, sin ninguna modestia, excesivos elogios" (26).
[3] Melveena Mckendrick en la reseña de la edición de Louis C. Pérez, *The Dramatic Works of Feliciana Enríquez de Guzmán* (Valencia: Albatros, 1988), declara al respecto: "the self-puffery is sometimes so inflated that one ends up convinced that it must have been written at least partly tongue-in-cheek" (344). Por el contrario, Ted E. McVay, Jr. opina que la intención humorística implícita por parte de la autora es inexistente (140). Ver su artículo: "Mythology in Enríquez de Guzmán's *Tragicomedia*" en la edición de Valerie Hegstrom y Amy R. Williamsen, *Engendering the Early Modern Stage: Women Playwrights in the Spanish* (New Orleans: UP of the South, 1999) 139-50.

rriente de las leyes del *Arte nuevo*, la fórmula lopista que triunfa en los escenarios urbanos de la época.

La extensión de la "Carta ejecutoria" es breve, si bien de contenido sustancial. En ésta se transcribe la relación de un pleito presentado ante el Consejo Real de Poesía, presidido por Apolo y las nueve musas. Los litigantes se presentan como "los poetas cómicos de España" (Soufas 268*a*)[4], quienes entablan una querella contra *una* poeta que ha tenido el atrevimiento de escribir una tragicomedia siguiendo los principios del teatro clásico grecolatino. La carta refiere los procedimientos que el tribunal lleva a cabo, los argumentos —acusaciones y apologías— que presentan las partes querellantes ante el Consejo, y la presentación de pruebas y deposiciones de los testigos que intervienen en el pleito. Al final, el tribunal falla sentencia a favor de la poeta, vencedora del *laurel,* y emite las provisiones a seguir después del juicio. Por medio de la "Carta ejecutoria" Feliciana Enríquez elabora un alegato de defensa y justificación de su obra, que filtra a través del discurso de su *alter ego,* una poeta "que decía ser descendiente de Maya[5], hija de Atlante, rey de las Españas" (268*a*). La posición de autoridad de Feliciana se manifiesta mediante la construcción del ingenioso litigio poético, y la elección del registro legal de la "Carta ejecutoria", que utiliza con el fin de legitimar la sentencia del "Consejo Real de Poesía" dictada a su favor.

Al iniciar el análisis de la "Carta ejecutoria" la primera cuestión a resolver es la de precisar qué es una *carta ejecutoria.* El término *carta* es definido en el *Tesoro de la lengua* de Sebastián Covarrubias como *provisión* (312*b*) en referencia a los acuerdos y disposiciones que se llevan a cabo en los tribunales de los Consejos reales y Chancillerías. El *Diccionario de Autoridades* determina el uso de la palabra *ejecutoria* como "instrumento legal de lo determinado en juicio por dos o tres sentencias conformes, según el estilo y práctica de los Tribunales Reales, o Eclesiásticos" (2: 678*b*). El mismo diccionario se refiere a *carta ejecutoria* como "la de la hidalguía, que tiene el que es hidalgo, por haber litigado y salido con ella", mientras Covarrubias ya

---

[4] Para las citas referentes a la "Carta ejecutoria" y "A los lectores" utilizo la edición de Teresa Soufas: *Women's Acts: Plays by Women Dramatists of the Golden Age* (268-71).

[5] Maya, además de ser hija de Atlante y madre de Mercurio es considerada "sabia y venerada por diosa en España", como indica la edición de M.D.P. Martínez López del *Valbuena Reformado Diccionario latino-español* (Madrid: Librería de Agustín Jubera, 1863) 518. El apelativo "descendiente de Maya", implica su condición de *sabia,* y parece ser suficiente carta de presentación de la poeta anónima ante el tribunal poético. Maya, princesa de España e hija de Atlante, es además la protagonista de la segunda parte de la *Tragicomedia.* Doña Feliciana alude a ella en el prólogo de la segunda parte: "es Maya, de España Dea / . . . / nuestra Maya sabia, y bella" (31, 38 Pérez 183–84).

introduce el término *hidalgo de ejecutoria*: "el que la ha pleiteado y por testigos y escrituras prueba su hidalguía" (592*a*). Irónicamente, a pesar de que la poeta no inicia la demanda judicial, mediante la "Carta ejecutoria" se convierte en una suerte de *poeta de ejecutoria*, ya que consigue su *galardón* porque pleitea y prueba su buen hacer literario. En cualquier caso, el lector se enfrenta a un registro forense, de cuyos recursos retóricos Feliciana se vale con sabia eficacia.

Uno de los puntos de mayor interés en la obra de Enríquez de Guzmán es precisamente la elección misma de la ejecutoria como ejercicio retórico, y con el que la autora parece estar familiarizada. Es evidente que Feliciana, a pesar de la imposibilidad por su condición de mujer de llegar a ser letrada, conoce los recursos y retórica legales[6] que, con toda probabilidad, le llegan por vía de su segundo marido, el jurisconsulto sevillano don Francisco León Garavito:

> que en 1625 publicó en Sevilla su *Informacion en derecho por la Purísima Concepción de nuestra Señora,* libro á cuyos principios escribió doña Feliciana Enríquez de Guzmán unos versos panegíricos de la Purísima Virgen y de la hazaña de las doncellas de Simancas. (De la Barrera y Leirado 144)[7]

El uso deliberado de la ejecutoria ofrece un comentario social que marca el afán litigante de la época debido al alto incremento de pleitos presentados ante los tribunales. Ya a mediados del siglo XVI el escribano Gabriel de Monterroso y Alvarado en su obra de derecho procesal, *Práctica criminal y civil: instrucción de scrivanos* (Valladolid, 1566), comentaba al respecto: "cada dia crezcan los pleitos y contiendas entre las gentes; está ya el mundo tan engolfado y metido en ellos que casi ninguna cosa se averigua si no por tela de juicio" (Kagan 31). El pleito, por tanto, se convirtió en un *fenómeno popular* en el que tomaban parte ciudadanos de toda extracción social, desde el campesino al mismo rey. Richard Kagan sugiere que ninguna de las insti-

---

[6] En el *Laurel de Apolo* (1630), Lope de Vega hace referencia a una tal Feliciana "Que nueva Safo Salamanca llama", y que:
 . . . mintiendo su nombre
 Y transformada en hombre,
 Oyó filosofía,
 Y por curiosidad astrología (Pérez 32)

[7] Cayetano Alberto de la Barrera y Leirado en su *Catálogo del teatro antiguo español* (Madrid: Imprenta y estereotipia de M. Rivadeneyra, 1860), infiere que en 1625 Feliciana era ya esposa de Francisco León Garavito por los datos avalados en las dedicatorias que la autora hizo de la segunda parte a su "hermano por afinidad" don Lorenzo de Ribera Garavito, y de los coros y entreactos a Don Diego de León Garavito (144).

tuciones de la sociedad permaneció ajena a la práctica litigante, y de hecho, la conservación de documentos, en otro tiempo carente de interés, se convirtió en asunto vital para la administración de la justicia, viable en ese momento únicamente a través de documentos registrados oficialmente y de pruebas escritas (130)[8]. De hecho, se ha constatado el aumento del número de pleitos mediante el registro de las cartas ejecutorias emitidas que, a modo de actas notariales, se transcribían al finalizar los juicios cuando la parte ganadora lo solicitaba (35).

La actitud litigante que presenta la época se convierte en recurso literario a favor de Feliciana. Ante la imposibilidad de plantear semejante querella en el mundo real, por ser mujer[9] y, harta seguramente de los comentarios de sus *colegas* masculinos, en lugar de reaccionar a las críticas de forma directa, fabula un pleito ficticio que utiliza para avalar su condición de poeta y mujer, y para difundir su poética particular[10]. Se sirve del documento legal para hacer *autopropaganda* de sus virtudes poéticas y (a)*callar* a sus enemigos por vía legal. Para conseguir dichos fines, recurre con agudeza al entramado del mundo contemporáneo y el mitológico. Por un lado, los pormenores pertenecientes al contexto social y cultural del momento se encuentran en el procedimiento jurídico del pleito mismo, y los pasos legales de rigor que se siguen hasta llegar a la sentencia y a la emisión de la carta ejecutoria; proceso que imita cualquier litigio regular. Por otro, el mundo mítico se hace patente a través de la intervención de figuras de la mitología clásica con pretendida autoridad poético-judicial. Como apunta Rosa Romojaro, la coexistencia de ambos mundos forma parte de un proceso de *actualización* en el que "los actores míticos funcionan unidos a actores de una ficción-realidad actualizada, mezclándose ambas ficciones en un único relato poético" (54)[11]. En la "Carta ejecutoria" la *actualización* se apoya en el comportamiento y acciones no míticas de los personajes pertenecientes al mundo mitológico. Es

---

[8] Para más información sobre el tema ver el capítulo tercero, "Los pleitos y los pleiteantes" de a la obra de Richard Kagan, *Pleitos y pleiteantes en Castilla, 1500–1700* (Salamanca: Junta de Castilla y León, 1991): 93–130.

[9] A los menores de veinticinco años, mayoría de edad legal, y a las mujeres, con excepción de las viudas, no se les permitía entablar querellas a no ser a través de los correspondientes representantes varones: maridos, tutores, padres u otros familiares designados (Kagan 35).

[10] No existen hasta el momento referencias directas de la época en las que se critique la obra de Feliciana. Sin embargo, por el hecho de añadir la "Carta ejecutoria" en la segunda edición, se infiere que la autora tuvo que defender y argumentar su posición ante críticas, quizás malintencionadas.

[11] *Las funciones del mito clásico en el Siglo de Oro: Garcilaso, Góngora, Lope de Vega, Quevedo (*Madrid: Anthropos, 1998).

decir, para que el pleito sea efectivo y creíble, los personajes mitológicos añaden a su calidad mítica la potestad terreno-jurídica.

Sin embargo, la mezcla de lo real y lo mitológico no es un recurso aislado, sino una constante que aparece en el conjunto literario de la *Tragicomedia*: amalgama de personajes mitológicos que conviven con personajes de la ficción caballeresca. En los "entreactos" el orden mitológico se entreteje con la realidad del mundo de la picaresca y lo burlesco, mientras en ambas partes de *Los jardines y campos sabeos*, personajes de la aristocracia, reyes, príncipes, y princesas ubicados en lugares remotos —Arabia, Chipre, Frigia, Esparta, Fenicia— conviven sin extrañeza con personajes pertenecientes al mundo de la mitología clásica grecolatina: Venus, Adonis, Apolo, Cupido, Anfión, Juno, etc.

En la "Carta ejecutoria" la intervención de personajes mitológicos en el contexto cotidiano de pleitos y tribunales de justicia, es uno de los aspectos relevantes. De hecho, se produce la *naturalización* de lo mitológico, que cohabita sin extrañeza en el mundo real y, a la vez, se lleva a cabo la *defamiliarización* del ámbito jurídico. Pleitos y pleiteantes son protagonistas comunes en la época y, sin embargo, la "Carta ejecutoria" logra un efecto de extrañamiento al injerir un discurso jurídico en un texto literario. Por un lado, Feliciana convierte la querella, actividad ordinaria en el contexto sociohistórico de la autora, en un proceso extraordinario por tratarse de un litigio de carácter poético. Por otro, a nadie sorprende que en el litigio intervenga, nada más y nada menos que el dios Apolo, y de hecho, el punto de interés se desplaza hacia su calidad de *presidente* del Consejo Real de Poesía en menoscabo de su autoridad divina. Del mismo modo, a las musas, a Orfeo y a Anfión se les despoja parcialmente de su papel emblemático relacionado con las artes para investirlos del poder que su función jurídica les otorga según leyes de la jurisprudencia. Por tanto, el oficio terreno de los personajes con autoridad jurídica —presidente, oidoras, secretario y canciller— destaca en detrimento de su ascendiente *mítico-divino*. En el juego de ambigüedades que este complejo texto genera se advierte que su relevancia estriba, no en que los dioses dicten sentencia a favor de la tragicomedia de una tal poeta anónima, sino en que dicho fallo quede sellado y registrado por medio de carta ejecutoria; procedimiento escrito que otorgaría la legitimidad necesaria al proceso judicial.

La referencialidad mitológica no se limita a la participación o mención de personajes mitológicos, sino que se extiende a los espacios que habitan estos seres; lugares comunes en la tradición poética renacentista, imitadora del arte grecolatino. La invocación a las musas y a Apolo —testigos y jueces habituales de torneos, justas y concursos poéticos organizados en las academias literarias al uso— o su evocación en composiciones literarias de todo género, es fórmula habitual en la época heredera de la estética clasicista. El monte Parnaso y la fuente de Aganipe[12], por poner algunos de los ejemplos citados en la "Carta ejecutoria", son ámbitos míticopoéticos a los que se alude con gran profusión en la literatura del período por su asociación a la poesía y la inspiración poética, y su vinculación con las musas y Apolo. En la "Carta ejecutoria" el espacio natural del monte Parnaso, junto con sus connotaciones simbólicas, se *actualiza* por medio de la inclusión del espacio jurídico donde se presenta la demanda, es decir, la "sala de audiencia pública de poesía" (Soufas 270*b*). Por lo tanto, Apolo y las musas oídoras no dictan sentencia a su antojo desde un Parnaso etéreo e inalcanzable, sino que, en su función de jurisconsultos acuden con toda formalidad a la *sala de audiencia* en la que siguen los procedimientos que dictamina el derecho civil antes de emitir la sentencia.

La inclusión del orden mitológico en el mundo contemporáneo se lleva a cabo mediante la conjunción de registros lingüísticos: el discurso legal interfiere de forma directa en el discurso literario, y viceversa. La "Carta ejecutoria" imita las disposiciones legales de cualquier litigio, aunque es evidente que se trata de un pleito ficticio, y por tanto, no deja de ser otro texto literario con apariencia de documento jurídico, anexo al conjunto de la obra dramática. De dicho proceso judicial se informa únicamente al lector mediante el testimonio *escrito* de la ejecutoria, pero nunca llega a conocimiento del espectador por hallarse fuera de los límites del espectáculo dramático[13].

El poder jurídico de la "Carta ejecturia" viene avalado por la retórica forense utilizada. Antonio de Torquemada elabora un *Manual de escribientes*[14], siguiendo la retórica de Aristóteles, Tulio y Quintiliano, en el que se dan las pautas e indicaciones a seguir para la escritura de cartas familiares y cortesanas[15]. Si bien la división que Torquemada realiza en cuanto a los diferentes

---

[12] La fuente de Aganipe situada en el monte Helicón, consagrado a las musas, dícese que tiene el don de la inspiración poética a todos los que beben de sus aguas (Soufas 323*b*).

[13] En la comedia, el espectáculo comenzaba con una loa, que servía para captar la atención y acallar al público bullanguero de los corrales. Entre la jornada primera y segunda se intercalaba un entremés y entre la segunda y tercera un baile, terminando con otro entremés. Ver José María Díez Borque, "Géneros menores y comedia: el hecho teatral como espectáculo" en *Historia y crítica de la literatura española. Siglos de Oro: Barroco* (Barcelona: Crítica, 1983) 254–59.

[14] Edición de M. Josefa C. de Zamora y A. Zamora Vicente (Madrid: Anejos del Boletín de la Real Academia Española, 1970).

[15] A este tipo de carta, Covarrubias la denomina "missiva", esto es, "la que se envía al ausente; y siendo entre amigos se dize familiar" (312*b*).

tipos de cartas[16] no incluye el de la *ejecutoria* por tratarse de un registro público, sí pueden utilizarse algunas de sus indicaciones como fórmulas epistolares generales. Según el *Manual*, las partes integrantes de la estructura epistolar serían las siguientes: "el principio, la narración, la división, la confirmación y la contradición, y la conclusión" (214); partes que, como indica Torquemada, pocas veces se hallan juntas por no ser necesarias, y por depender de la causa y la materia sobre la que se escribe (216).

El *principio* se utiliza para "ganar la voluntad de aquellos a quien escreuimos, o de hazer que la lean con mayor atención" (214). El texto de la "Carta ejecutoria" comienza con la presentación de Apolo y una lista de epítetos atribuidos a él mismo[17], seguida de una invocación a Júpiter[18]: "por la gracia de Júpiter, rey del cuarto cielo, sol alumbrador del universo, señor de todas las vertientes de la fuente Aganipe, & etc." (268*a*). Esta primera parte o *principio* continúa con el saludo a las personas, a quienes se dirige la relación del pleito, y señala el entramado del orden mitológico —las personas jurídicas—, y el mundo contemporáneo a Feliciana:

> A la serenísima princesa de las ciencias, Pallas Minerva y a las nueve infantas de nuestro Parnaso y Consejo Real de Poesía, nuestras muy caras y muy amadas hermanas, duques, condes, marqueses, ricos hombres, presidentes y oidores de las nuestras audiencias y cancillerías, etc. Y a todos *los poetas españoles, que andáis vagando* por las faldas y cumbres de nuestro sacro Monte, salud y gracia. (Soufas 268*a*, el énfasis es mío)

Los *poetas españoles*, colocados en la base de la escala social, sin lugar a dudas, son los verdaderos receptores a los que Feliciana dirige este texto, a quienes critica con fina ironía. Las mismas connotaciones del verbo *vagar* son bastante negativas, como Covarrubias lo define: "andar ocioso de un lugar a otro", y denomina a los que vagan, *vagamundos*: "plaga que cunde mucho en las cortes de los reyes y en los lugares grandes y populosos" (989*b*). Feliciana se excluye de esa *plaga cortesana*, y se burla de los poetas desocu-

---

[16] Las cartas ordinarias son: "carta de visitació[n], carta de cunplimiento, carta de enorabuena, carta de consolación, carta de negocios, carta de fabor, carta de agradecimjento, y tanbién carta de agrauios" (217).
[17] Según el *Diccionario de mitología griega y romana* de Pierre Grimal: "Como dios de la música y la poesía era representado Apolo en el monte Parnaso, donde presidía los concursos de las Musas" (35).
[18] Pierre Grimal anota que en Roma Júpiter desempeña "el poder supremo, el "presidente" del consejo de los dioses (los Dii Consentes), aquel de quien emana toda autoridad" (299). A su vez, como dios del Capitolio durante la República romana, encarna "la divinidad a la que el cónsul, al comenzar su mandato, dirige en primer lugar sus oraciones" (300).

pados —casta de hidalgos y segundones— que pululaban por la corte, en busca de la protección y abrigo económico de los grandes[19].

La estructura del proceso es clara y paralela a la de cualquier pleito: las partes pleiteantes presentan las acusaciones y argumentos de defensa, y el presidente del tribunal, Apolo, dicta la sentencia y manda que se haga cumplir y se emita la carta ejecutoria. El secretario o escribano[20] es el encargado de la transcripción del proceso oral, y utiliza la forma de la primera persona del plural en las formas verbales: "pronunciamos", "mandamos", "hallamos"; el posesivo plural de primera persona: "*nuestro* Consejo", "*nuestras* cortes", "*nuestras* musas", "*nuestra* voluntad", y los complementos de objeto indirecto: "*nos* suplicaba", "*nos* pedían", etc. para trasladar las ordenanzas del presidente del consejo que incluye a las musas oidoras. Sólo en un momento el "yo" de Apolo se sobrepone como voz de máxima autoridad del tribunal: "y hallándome *yo* a la vista en la sala y a la determinación en el acuerdo, pronunciamos sentencia definitiva del tenor siguiente" (Soufas 270*a*, el subrayado es mío). Tras la relación del pleito y el pronunciamiento de la sentencia, el secretario, Orfeo de Tracia, da fe de los hechos con su firma y fecha:

> Dada fue y *pronunciada* la dicha sentencia en el Monte Parnaso, en su sala de audiencia pública de poesía, por su Majestad de nuestro rey y señor Apolo Febo y por las ilustrísimas infantas, sus carísimas hermanas, las nueve musas de su Real Consejo de Poesía, que en ella firmaron sus nombres. En *nueve de octubre de mil y seiscientos y veinte y tres años*. Por su mandado, Orfeo de Tracia, Secretario. (270*b*, el énfasis es mío)

La carta continúa con los mandatos de Apolo a los funcionarios de justicia: "vos mandamos que veáis la dicha sentencia de suso contenida y la guardéis, cumpláis y ejecutéis y hagáis guardar, cumplir y ejecutar, según y cómo en

---

[19] El mismo Lope, Quevedo e incluso Góngora, actuaron como secretarios de miembros de la nobleza.

[20] Parece ser que podían intercambiarse las funciones de secretario, escribano y notario. En el *Tesoro de la lengua* Covarrubias define el secretario como "Oficio de mucha confianza cerca de los reyes y sus consejos, en todos los tribunales y entre señores particulares" (931*b*). En cuanto al oficio de escribano, anota: "Antiguamente, y antes que huviese impresión, ganavan muchos su vida a escrivir y copiar libros, y algunos llamaron notarios, los quales ivan escriviendo con tanta presteza, que seguían al que iva orando o recitando . . . Llámase también notarios los que escrivían en los tribunales los autos públicos. . . . Ay diferentes oficios de escrivanos: reales, del número, de provincia, de Ayuntamiento, etc. En esta cuenta entran los secretarios de los príncipes, y de los Consejos, salvo que siempre han sido estimados y tenidos en mucho, aviéndose valido por la pluma y por la habilidad y solercia . . ." (540–41*ba*).

ella se contiene" (270*b*). Uno de los detalles que marcan las diferencias entre el procedimiento oral y el documento escrito es el contenido de dos fechas distintas y diversos firmantes:

> Dada en los jardines de nuestro Monte Parnaso, en *primero de marzo de mil y seiscientos y veinte y cuatro años*. Apolo Febo, Calíope, Euterpe, Talía. Por su mandado Orfeo de Tracia, *Secretario*. Registrada. Anfión. Por *Canciller*. Anfión. (Soufas 270*b*, el énfasis es mío)

La primera fecha señalada, 9 de octubre de 1623, corresponde a la fecha en que se dicta la sentencia (medio oral), y que podría coincidir con un documento notarial escrito al dictado en el momento de su pronunciamiento. La segunda, primero de marzo de 1624[21], es la fecha de emisión (medio escrito) de la carta ejecutoria en cumplimiento del mandato del tribunal, que ordena: "se ejecute esta sentencia sin embargo de suplicación y se despache carta ejecutoria de ella" (Soufas 270*b*). Al final se añade la firma del canciller[22], encargado de sellar y registrar el documento.

Siguiendo con las partes de las que se compone una carta, al *principio* le sigue la *narración*, que Torquemada denomina como lo que:

> canonistas y legistas y avn teólogos llaman *caso*, y así, quando quieren contar alguna cosa para venir a la determinaçión della, dizen: el caso es éste, y con esto van narrando o contando lo que ha suçedido o lo que suçede de presente, *ora sea verdadero, ora sea falso como si fuese verdadero*. (215, el énfasis es mío)

Feliciana juega con el binomio verdadero/falso que entreteje a lo largo de la carta ejecutoria para legitimar su autoridad. La carta se presenta con la apariencia de un documento forense verdadero, con las pretendidas firmas y sellos de las autoridades jurídicas de rigor; autoridades que, por otra parte son falsas, por tratarse de personajes mitológicos, a pesar de que desempeñan el oficio de funcionarios públicos verdaderos. El *caso* mostrado también juega con las alternancias verdadero/falso. La causa contra la que apelan los querellantes es cierta: existe una "tragicomedia intitulada *Los jardines y campos sabeos*" (Soufas 268*a*) escrita por una mujer en Sevilla, que coincide con la obra publicada por la poeta sevillana doña Feliciana Enríquez de Guzmán. Es

---

[21] Esta fecha coincide con la fecha del "Prólogo" de la primera parte de *Los jardines y campos sabeos* añadido a la segunda edición (Lisboa, 1627).
[22] Sebastián de Covarrubias señala en cuanto al canciller: "Oficio en Castilla praeminente; éste tenía el sello real y despachava con él, como oy día el presidente y oydores de las chancillerías, teniendo delante de sí los canceles" (283*b*).

cierto que en España hay multitud de *poetas cómicos* en el momento en que Feliciana escribe. Sin embargo, es falso que los autores de comedias hayan interpuesto una querella a la poeta, y hayan llevado el caso a los tribunales de justicia, y mucho menos que lo hayan presentado ante un *Consejo Real de Poesía* presidido por un dios mítico.

Continúa Torquemada con la *división*, en la que se seccionan los negocios y los asuntos a tratar en la siguiente parte, la *confirmación*: "declaración de [los] argumentos con vehemencia" (215). De ahí se pasa a la *contradicción*, en la que "damos a entender y prouamos que aquellas cosas que se pueden alegar o dezir contra aquello que pretendemos, o no son verdaderas, o si lo son, no bastan ni son causas suficientes para que se dexe de efetuar y hazer lo que pretendemos y pedimos" (215). De hecho, la "Carta ejecutoria" presenta la relación del pleito en la que se exponen los cargos de las *partes* litigantes ante el consejo, y la petición de justicia tras las alegaciones y peticiones correspondientes.

Los poetas cómicos presentan una demanda contra una mujer que ha escrito una tragicomedia y se precia de ser la primera en seguir las convenciones del teatro clásico grecolatino:

> se querellaron de ella y le pusieron demanda, diciendo que siendo mujer y no pudiendo hablar entre poetas, había tenido atrevimiento de componer la dicha tragicomedia, y dejádose decir en ella que había sido la primera que con toda propiedad y rigor había imitado a los cómicos antiguos y guardado su arte poética y preceptos; y ganado nuestro laurel a todos, los que habían compuesto comedias, en lo cual había excedido notablemente; (Soufas 268*a*)

Los escritores de comedias aluden a comentarios del "Prólogo" de la primera parte; texto que no aparece en la primera edición de 1624, a pesar de que la autora lo fecha en dicho año[23]. Por tanto, los querellantes se están anticipando, y pleiteando por unas afirmaciones que todavía no han visto la luz, ni en la publicación de 1624, y por consiguiente, ni en la escena, en caso de que la obra se hubiera representado ante el público. Por otra parte, la "Carta ejecutoria" se inscribe como texto extradramático —que está fuera del drama

---

[23] Recuérdese que este "Prólogo", la "Carta ejecutoria" y la nota dirigida "A los lectores" son textos añadidos a la edición de 1627. Al final del "Prólogo" aparece la fecha y lugar: "En Sevilla primero de marzo de 1624" (Pérez 45), que coincide con la fecha de emisión de la "Carta ejecutoria". La fecha de las licencias de publicación de la primera edición es la de 14 de noviembre de 1623, mientras que las tasas están fechadas el 9 de septiembre de 1624 (Pérez 127). Las fechas correspondientes en la segunda edición son: el 14 de enero, 6 de marzo, y 21 de marzo de 1624.

y del espectáculo teatral—, mientras el "Prólogo" es un texto para ser representado, cuya función es análoga a la de la loa: preludio al espectáculo teatral que el autor aprovecha para loar a un personaje ilustre, "para encarecer el mérito de los farsantes, para captarse la benevolencia del público o para otros fines análogos" (*DRAE* 2:1266*b*). Evidentemente, los fines de la autora en el "Prólogo" son autolaudatorios, a pesar de intentar mantener la distancia con el público a través de una persona hablante que pronuncia dichos versos:

> Cree nuestra Poeta, que ella ha sido
> La primera de todos en España,
> Que imitando a los Cómicos antiguos
> Propiedad ha guardado, arte, y preceptos
> De la antigua Comedia; y que ella es sola,
> La que el laurel a todos ha ganado;
> Y ha satisfecho a doctos el desseo,
> Que tenían de ver una, que fuesse
> Comedia propriamente, bien guardadas
> Sus leyes con rigor; porque hasta aora
> Ni se ha impresso, ni ha visto los Teatros. (35–45, Pérez 43)

Una de las secciones más importantes de la carta que añade Torquemada, y que no se incluye en la retórica de Tulio y Quintiliano, es la *petición*:

> porque en los más de los razonami[ent]os y oraciones y cartas, rogamos, pedimos y suplicamos que se conceda o se haga por nosotros alguna cosa, y los oradores pedían, por las razones que alegauan, que sus partes fuesen dadas por libres, o que se sentenciase en su fabor sobre la materia que trataban. (217)

Como parte del proceso jurídico, después de presentar las acusaciones, los poetas cómicos "pidieron justicia", por lo que las musas "mandaron dar traslado a la parte", y ésta a su vez, presentó sus argumentos de defensa y "pidió justicia". La parte pleiteante, los poetas cómicos, "se afirmaron en su demanda" (Soufas 268*ab*), y el pleito continúa con el tira y afloja de las partes implicadas, que insisten en sus alegaciones presentando pruebas y testigos para persuadir al tribunal.

Adicionalmente, la "Carta ejecutoria" y la nota "A los lectores" contienen elementos metapoéticos e intertextuales que agregan diferentes niveles de significación, representación y referencialidad al conjunto de la obra literaria, muy en consonancia con la estética del Barroco y la dualidad de esencia y apariencia. Como textos extradramáticos no están inscritos en el interior del drama mismo, sino que forman parte del conjunto de la obra literaria. En éstos se emiten comentarios acerca de la *Tragicomedia de los jardines y campos sabeos* y del teatro en general, que forman parte del diálogo intertextual en relación a otros textos y autores literarios. Las referencias metapoéticas están basadas en las opiniones, crítica y censura en torno a la preceptiva dramática a seguir, y la discusión en cuanto a unidades de tiempo y lugar, estructura y división de actos, personajes, etc.

Además de las alusiones al "Prólogo" de la primera parte de la *Tragicomedia*, existen otras referencias *intratextuales* —dentro del conjunto textual mismo— que relacionan comentarios de la "Carta ejecutoria" y "A los lectores" con la dedicatoria de la segunda parte dirigida a don Lorenzo de Ribera Garavito, y con los sonetos dedicados a la autora. A su vez, las referencias intertextuales se articulan de diversos modos: mediante la mención específica de otros textos literarios como el "*Arte Poética* de nuestro poeta Horacio" (Soufas 269*a*), y a través de alusiones indirectas como el *Arte nuevo* de Lope. También se incluyen referencias a otros personajes de la literatura y la leyenda —don Quijote, las doncellas de Simancas—, y se presentan figuras conocidas de la mitología clásica que intervienen como personajes de la *Tragicomedia*: Adonis, Venus, Maya, Midas, Baco, etc. En el conjunto de la obra se recrean escenas de la historia mitológica con modificaciones diversas.

Feliciana traza su *poética* particular en la "Carta ejecutoria" y en la nota dirigida "A los lectores". En estos textos entreteje sus ideas sobre el *arte antiguo*, a través de los argumentos expuestos en la querella, y de los comentarios y justificaciones relacionados directamente con aspectos formales de su *Tragicomedia*. La autora utiliza el género epistolar, en la forma de *ejecutoria* y en el texto dirigido a sus lectores, para emitir sus objeciones a la preceptiva lopista y apoyar las convenciones del teatro clásico grecolatino. Con anterioridad, Horacio también inscribe su *Arte Poética* en forma de *carta* en la famosa "Epístola a los Pisones", que forma parte de los dos libros de *Epístolas* que el autor romano publicó entre el año 20 y 13 a.C[24]. El género epistolar que utiliza Horacio es "una creación original, una forma de composición poética que le permitió tratar cualquier tema desde un punto de vista personal y subjetivo . . . sin que al lector le sea exigido que crea que está leyendo una

---

[24] Para la información sobre Horacio he consultado la edición de Aníbal González Pérez, *Poéticas: Aristóteles, Horacio, Boileau* (Madrid: Editora Nacional, 1984). El segundo libro de *Epístolas* consta de sólo tres cartas dirigidas a Augusto, a Julio Floro y a los Pisones. Parece difícil precisar a cuál de los Pisones dirigió Horacio su epístola, pero en cualquier caso es relevante el hecho de que éstos eran miembros de la *gens* Calpurnia, famosa familia que pretendía estar emparentada con el rey Numa. Uno de los destinatarios de la epístola frecuentó el círculo epicúreo de Campania (25, 28–9).

carta auténtica enviada a una persona determinada con un motivo concreto" (González Pérez 25).

En la "Carta ejecutoria" es una poeta anónima —fácilmente identificable con Feliciana Enríquez—, quien emite los comentarios respecto a las leyes dramáticas a seguir, mientras en la nota "A los lectores" es evidente que la autora se dirige directamente a su público lector, y da fe de su intención poética, por la cual entiende:

> haber imitado en esta tragicomedia con todo rigor y propiedad el estilo y traza de las comedias antiguas, así en la división y artificio de sus actos y escenas como en guardar siempre un mismo lugar público en el teatro y en toda la fábula un continuado contexto, de breve tiempo, en el cual naturalmente los que se hallasen presentes pudiesen sin larga intermisión haber asistido a todo el suceso; *en todas las cuales cosas (o por no haberlas bien considerado, o por la dificultad de bien disponerlas, o por interés propio, o por mayor aplauso del vulgo) todos los modernos han faltado.* (Soufas 271a, el énfasis es mío)

Las alusiones a los *modernos* evidencian la referencia a Lope y los seguidores del *Arte nuevo*, publicado en 1609. Lope intenta demostrar su erudición al declarar que: "Verdad es q[ue] yo he escrito algunas vezes / Siguiendo el arte que conocen pocos" (33–34)[25], y justifica el abandono de dicho *arte*, no por ignorancia de sus preceptos, sino por complacer al vulgo. El Fénix, no se resigna al aplauso del público minoritario de los salones privados y los palacios, consumidor del referido *arte*, y alude a la escasa fortuna que acompaña a los dramas y dramaturgos que siguen la *traza de las comedias antiguas*, porque "... quien con arte agora las escriue / Muere sin fama y galardón. . . ." (29–30)[26]; comentario premonitorio de la escasa resonancia que tuvo la obra de Feliciana en su tiempo. Lope confiesa que a la hora de componer sus comedias se remite al *hábito bárbaro*, y reconoce que:

> Y escriuo por el arte que inuentaron
> Los que el vulgar aplauso prete[n]diero[n],
> Porq[ue], como las paga el vulgo, es justo
> Hablarle en necio para darle gusto. (45–48)

---

[25] Para las citas del *Arte nuevo de hacer comedias en este tiempo* sigo la edición de Juana de José Prades (Madrid: CSIC, 1971) con el número de verso en el paréntesis.
[26] Anteriormente ya Lope había apuntado en *El Peregrino en su patria* (Madrid, 1604): "adviertan los extranjeros, de camino, que las comedias en España no guardan el arte, y que yo las proseguí en el estado en que las hallé, sin atreverme a guardar los preceptos, porque con aquel rigor de ninguna manera fueran oídas de los españoles" (Riquer 1: 521).

La "Carta ejecutoria" refiere las objeciones que en el transcurso de la querella la poeta sevillana aduce para defenderse de los ataques de los poetas cómicos, y que representan una respuesta a las justificaciones que, contra el *arte*, Lope arguye para escribir sus comedias. A su vez, dichas objeciones marcan claras analogías con la crítica de Cervantes contra el *arte nuevo* y contra el propio Lope. En la primera parte del *Quijote* Cervantes apunta respecto a las comedias que *no guardan el arte*: "los autores que las componen y los actores que las representan dicen que así han de ser, porque así las quiere el vulgo, y no de otra manera, que las que llevan traza y siguen la fábula como el arte pide, no sirven sino para cuatro discretos que las entienden, y todos los demás se quedan ayunos de entender su artificio" (Riquer 1: 522). En su estrategia defensiva, la poeta sevillana declara ante el Consejo que sus juicios sobre las comedias no son tan severos como los poetas piensan, y que éstos:

> no se debían ofender de esta censura, que muy más rigurosa era la de otras muchas personas, y señaladamente la del buen caballero andante don Quijote de la Mancha, cuyo Rocinante se atrevió a morder a nuestro caballo Pegaso y le dijo en jumental idioma que las comedias de dichos poetas lo habían convertido en caballo gradario[27], haciéndole discurrir algunas de ellas, casi por todas las partidas del mundo con sus autores y actores. (Soufas 269*b*)

Mediante la intervención del caballo de don Quijote, la poeta desplaza la atención hacia las opiniones de *otras personas*; juicios que hace suyos de forma indirecta al criticar sutilmente a los poetas cómicos rebajándolos también a la categoría *gradaria* de escritores de comedias. En cierto modo, el método retórico utilizado rememora el estilo de la pulla cervantina, en la mezcla del elogio irónico con la crítica mordaz[28]. En la "Carta ejecutoria" la poeta ensalza las comedias españolas a las que califica de "maravillas nuestras", y elogia sus cualidades en cuanto a "elegancia y elocuencia". Prosigue minimizando su propia crítica, pues ella "no ponía defecto", sino al "único

---

[27] El término *gradario* no aparece en ninguno de los diccionarios consultados. Presumo que Feliciana juega con la palabra refieriéndose a las *gradas*, que "en los Corrales de Comedias, son dos andamios de madera, uno à cada parte del tablado, en que se sienta la gente" (*Aut.* 2: 68*b*). Por tanto, la queja de Rocinante se refiere a su degradación a categoría de caballo de comedia de corral.

[28] En el *Quijote* el cura se encarga de alabar las "infinitas comedias que ha compuesto un felicísimo ingenio destos reinos, con tanta gala, con tanto donaire, con tan elegante verso, con tan buenas razones, con tan graves sentencias y, finalmente, tan llenas de elocución y alteza de estilo, que tiene lleno el mundo de su fama" (1: 525). La ironía del superlativo encomio es evidente, especialmente cuando es conocida la mutua ojeriza entre Cervantes y Lope.

lugar público y contexto de breve tiempo y división de actos y escenas" (269a), para después dar *la puntilla* y rematar a su adversario desviando el ataque por vía de los comentarios de otros críticos más rigurosos que ella. Irónicamente, la persona que cita es un personaje de ficción, don Quijote, y el *crítico riguroso* es su caballo, Rocinante, aunque la presencia de Cervantes en el comentario crítico es evidente.

En la "Carta ejecutoria" la relación con Cervantes se establece también en la referencia al *Viaje del Parnaso* (1614)[29], concretamente en la sección "Adjunta al Parnaso", en la que aparece una *carta* personal de Apolo dirigida al mismo don Miguel de Cervantes, tras su visita al *sacro monte*. En la carta Apolo anota una serie de ruegos y peticiones:

> Envío a vuestra merced unos *privilegios, ordenanzas y advertimientos* tocantes a los poetas; vuesa merced *los haga guardar y cumplir al pie de la letra*, que para todo ello *doy a vuesa merced mi poder cumplido, cuanto de derecho se requiere*. (Gaos 187, el énfasis es mío)

Apolo otorga a Cervantes el *poder* para que se cumplan sus provisiones, y le convierte en valedor de sus mandatos. Paralelamente, en la "Carta ejecutoria" las musas y Apolo ordenan al secretario del tribunal que se cumpla la sentencia: "vos mandamos que veáis la dicha sentencia de suso contenida y la guardéis, cumpláis y ejecutéis y hagáis guardar, cumplir y ejecutar, según y como en ella se contiene" (Soufas 270b).

El entramado intertextual de la "Carta ejecutoria" no se limita a unas notas eruditas que la autora añade al texto de forma gratuita, sino que forma parte de toda una red de evocaciones y referencias más o menos crípticas, que el lector culto al que Feliciana dirigía su obra sabría fácilmente descifrar. A su vez, por la frecuencia y naturalidad con que se usan las referencias mitológicas, se aprecia que su práctica está integrada en una suerte de *jerga culta* que autores y poetas conocen, y a la que recurren de modo habitual en todo tipo de composiciones, sabedores de que las claves de significación son comprendidas y compartidas en los medios literarios en los que éstos se desenvuelven.

El interés de los textos extradramáticos contenidos en la *Tragicomedia* radica no sólo en su contenido, sino en su funcionalidad dentro del conjunto de la obra, y en el cuestionamiento que éstos generan en cuanto a su clasificación genérica, significación, intención, lenguaje, etc. Por tanto, no puede

---

[29] Para las referencias al *Viaje del Parnaso* utilizo la edición de Vicente Gaos (Madrid: Castalia, 1973).

considerarse meramente casual el hecho de que la autora agregue estos textos —"Carta ejecutoria" y "A los lectores"— a la segunda edición. Dicha adición está cargada de significación, y sugiere todo un juego de oposiciones: presencia/ausencia, centro/margen, oralidad/escritura, hombre/mujer, poetas cómicos/poeta clasicista, etc.; oposiciones que la teoría deconstruccionista desmantela al invertir el orden jerárquico de los términos.

Comenzando con el binomio centro/margen, se observa que la injerencia de un texto jurídico, la "Carta ejecutoria", funciona —utilizando la terminología derridiana— como un *suplemento*, al margen de la obra dramática, pero esencial al conjunto del texto literario. Jacques Derrida, quien toma prestado el concepto de *suplemento* de Rousseau, lo utiliza para su teoría deconstruccionista haciendo hincapié en la ambivalencia de significados del término francés *suppléer*, en el sentido de *suplementar* y *suplir, añadir* y *suplantar*[30]. Se trata de un elemento anexo a una estructura terminada, pero que a su vez no puede separarse de ésta para completar el original. Como sugiere Paul Julian Smith, "el 'suplemento' de Derrida es una añadidura a otro término al mismo tiempo que un sustituto del mismo, y su condición de contradictorio sirve para socavar nuestra fe persistente en la 'presencia' del significado en el lenguaje y del autor en el texto" (87)[31]. Así, los textos extradramáticos, aunque *suplementarios*, se colocan en el centro del conjunto de la obra escrita, confiriendo autoridad y legitimidad al texto literario. A través de dichos discursos la autora agrega información acerca de su persona, su obra y su poética, y gracias a la sentencia del Consejo Real de Poesía consigue suprimir, alienar y callar a los poetas cómicos de España que no guarden los preceptos del género tragicómico:

> Y mandamos a nuestros poetas españoles que en las comedias que de aquí adelante se hicieren, guarden las leyes y preceptos de su *Primera y Segunda parte*, so pena de no ser tenidos de nos por cómicos ni trágicos; y que los mandaremos borrar y tildar del catálogo de nuestros poetas y de los libros de nuestras mercedes y situados con destierro a nuestra voluntad, de las altas cumbres de nuestro Parnaso. (Soufas 270*ab*)

---

[30] El término *suplemento* en relación al arte y la naturaleza aparece ya en el Renacimiento. En 1580, Miguel Sánchez de Lima en el *Arte poética en romance castellano* anota: "arte no es otra cosa, sino un *suplemento* con que con artificio se adquiere, lo que la naturaleza faltó, para la perfección del arte" (Darst 62, el énfasis es mío). Ver artículo de David H. Darst, "*Res y Verba* en las poéticas del Siglo de Oro" en *Historia y crítica de la literatura española. Siglos de Oro: Barroco. Primer Suplemento* (Barcelona: Crítica, 1992) 62–68.
[31] "La desconstrucción en el Siglo de Oro". *Historia y crítica de la literatura española. Siglos de Oro: Barroco. Primer Suplemento* (Barcelona: Crítica, 1992) 86–93.

La "Carta ejecutoria" y "A los lectores" son adiciones esenciales, no sólo al texto literario de la *Tragicomedia de los jardines y campos sabeos*, sino también a la preceptiva dramática de la época. Se trata de un discurso que, como parte de un proceso *suplementario*, elimina otros discursos dramáticos y, paradójicamente, suma pero sustrae, inscribe y borra a la vez. Mediante el resultado de la sentencia, la poeta se coloca en la primera posición jerárquica de la oposición *poetas cómicos/poeta clasicista*. La alienación de los escritores de comedias que dicta la sentencia, va mucho más allá del mero destierro, y dictamina la eliminación del *catálogo* a los que no sigan la preceptiva de la *Tragicomedia*. Dicha pena es muy superior a la que solicitan los poetas cómicos ante el Consejo, quienes, tras tildar a la *Tragicomedia* de "novedad, quimera y disparate", suplican al tribunal que la declaren como "*novela* impertinente y a la autora de ella por autora de novedades y dislates", y piden a los miembros del Consejo Real de Poesía que "la condenásemos en perdimento de tiempo y de la impresión y en las costas de ella; y mandásemos que en las comedias no se hiciese *novedad*" (Soufas 268a, el énfasis es mío).

Los poetas tachan de demente a la mujer que escribe semejante *novela* —término tomado en su sentido original de *novedad* o *noticia*[32]—, al considerar dicha novedad como *quimera, disparate, dislate* y *cosa de risa*. La impugnación de los cómicos no deja de ser contradictoria, ya que ellos son los autores *modernos* que escriben a contracorriente del arte *antiguo* y, sin embargo, atacan a una poeta *antigua* que se rebela a los dictámenes del arte *nuevo*, con lo cual se subraya la inestabilidad de la oposición nuevo/antiguo. La "Carta ejecutoria" desplaza la posición de *centro* que ocupa la *comedia* en el momento, estrella de los escenarios españoles, y cuyos autores disfrutan de la fama y el beneplácito popular del *bárbaro vulgo*, para colocarla en la zona *marginal* del silencio y el destierro de las cumbres del simbólico Parnaso.

A su vez, mediante el triunfo del *laurel* y la resolución de la sentencia a favor de la poeta, se invierte la jerarquía tradicional y se enfatiza la primacía de lo femenino. En la demanda que interponen los poetas cómicos, la primera acusación que alegan es la de que "siendo mujer y no pudiendo hablar entre poetas, había tenido atrevimiento de componer la dicha tragicomedia" (268a), a lo que la poeta responde con sagaces argumentos con los que defender su condición de mujer y poeta. Las denuncias de los escritores de comedias evocan

---

[32] Aún después de la publicación de las *Novelas ejemplares* de Cervantes, el término *novela* todavía no se impone como tipo de narración corta, y siguen utilizándose los términos tradicionales: *ejemplo, cuento* e *historia*. María de Zayas alude a sus novelas como *maravillas*. Para este tema ver la introducción de Alicia Yllera a la edición de la *Parte segunda del Sarao y entretenimiento honesto [Desengaños amorosos]* de María de Zayas (Madrid: Cátedra, 1993).

las ideas misóginas de los tratados morales y educativos de la época en los que se subraya la incapacidad intrínseca de la mujer para el saber, y la relegan al plano de la subordinación y el silencio. Fray Luis de León, en *La perfecta casada* (1583)[33], enfatiza al respecto:

> es justo que se precien de callar todas, así aquellas a quien les conviene encubrir su poco saber, como aquellas que pueden sin vergüenza descubrir lo que saben; porque en todas es, no sólo condición agradable, sino virtud debida, el silencio y el hablar poco... así como a la mujer buena y honesta la naturaleza no la hizo para el estudio de las ciencias, ni para los negocios de dificultades, sino para un solo oficio simple y doméstico, así les limitó el entender, y, por consiguiente, les tasó las palabras y las razones. (171–72)

Si Fray Luis achaca a la naturaleza la incapacitación de la mujer para desenvolverse en el orden de la cultura y el saber, en el libro de Fray Alonso de Herrera, *Espejo de la perfecta casada* (1637), se alude a la condición de casi peligrosidad social de la mujer *letrada*: "No es bien que tenga la mujer una letra más que su marido. Pues si ya son muchas letras, si es letrada y tiene entendimiento y discreción, ¿quién se averiguará con ella?" (Cacho 209)[34]. El yerro de la poeta sevillana es doble. Además de *hablar* ante un tribunal y defenderse de los cargos imputados, *escribe* y adopta los mismos géneros reservados a los varones, rebelándose a seguir las leyes poéticas y las normativas sociales dominantes constituidas por los varones. Dentro de las ambigüedades que la obra de doña Feliciana presenta en términos de su (proto)feminismo, cabe advertir que, aunque la autora no rompe con la oficialidad de la escritura del varón, y sigue apoyando una preceptiva apoyada por autoridades patriarcales —Aristóteles, Horacio—, sí subvierte los parámetros tradicionales en los que se enmarca a la mujer, y subraya su derecho a ser culta y sabia, acudiendo para ello a razones que rebaten la ideología patriarcal que relega a la mujer al silencio y al espacio doméstico.

Evidentemente, la autora no elige el género de la ejecutoria al azar, sino que aprovechando la conyuntura pleiteante del momento, lo utiliza de forma

---

[33] La cuidada edición de *La perfecta casada* que manejo (Barcelona: Casa Miquel-Rius, 1930), contiene grabados decorativos de José Triadó y una "Nota editorial" a cargo de R. Miquel y Planas. La edición sigue el texto de 1587, considerado el más autorizado por los críticos, y moderniza la ortografía y puntuación. El editor anota: "el libro de *La Perfecta Casada* no es sólo propio para regalo de novia: puede ser regalo asimismo de paladares acostumbrados a saborear lecturas selectas" (v).

[34] Citado en el artículo de María Teresa Cacho, "Los moldes de Pygmalión (Sobre los tratados de educación femenina en el Siglo de Oro)" en *Breve historia feminista de la literatura española (en lengua castellana)*. Ed. Iris Zavala (Madrid: Anthropos, 1995) 177–213.

consciente como arma arrojadiza con la que defender, justificar y alabar su persona y su obra de forma eficaz. Como apunta Melveena McKendrick, la "Carta ejecutoria" de doña Feliciana es un ejercicio de autojustificación y autoglorificación de su persona como mujer y poeta en detrimento de los poetas de España y autores de comedias (344)[35]. De hecho, no deja de ser irónico que una mujer se atreva a autoelogiar su obra y su ideario poético en un mundo regido por las leyes patriarcales, en el que la modestia, la castidad, el recato y la sumisión son las virtudes por excelencia que deben adornar a la mujer. Feliciana se burla indirectamente de tales atributos por rebelarse a acatarlos, y se atreve a esgrimir con vehemencia sus argumentos, así como también tiene la audacia de usurpar un género masculino como la *ejecutoria*, que pertenece al ámbito jurídico, e imitarlo en el fingido pleito poético. Audacia, valga la redundancia, triplemente audaz: primero por ser mujer e inmiscuirse sin temeridad en el mundo de los poetas varones; segundo, por su osadía a la hora de escribir una tragicomedia siguiendo las leyes del teatro clásico grecolatino, cuando la tendencia lopista está en pleno apogeo; y tercero, por su intrepidez en el uso del registro jurídico, que usa a su discreción en la "Carta ejecutoria".

En el pliego de descargos, la poeta construye su genealogía particular con la que justificar los razonamientos que emite ante el tribunal para su defensa, ya que, "si ella era mujer, también lo eran nuestras carísimas hermanas las nueve musas, sin embargo de lo cual las hemos hecho del nuestro Consejo Real de Poesía . . . y asimismo nuestra serenísima hermana Pallas Minerva era diosa de las ciencias" (Soufas 269*a*). Del mismo modo, la poeta es consciente de su identidad, y se presenta como descendiente de *Maya*, conocida por su cualidad de *sabia*, y enfatiza su alto linaje por estar emparentada con "las siete doncellas mancas" (Soufas 268*b*) con las que comparte su heroísmo[36]. Para completar su genealogía particular, y siguiendo su estrategia de combinar el orden mitológico y legendario con la realidad de su mundo contemporáneo, cita una lista de mujeres insignes a las que coloca como ejemplos de españolas ilustres y

---

[35] McKendrick reseña la edición de Louis C. Pérez, *The Dramatic Works of Feliciana Enríquez de Guzmán* (Valencia: Albatros, 1988) en *Hispanic Review* 59.3 (1991): 343–45.
[36] La alusión a las doncellas de Simancas y su asociación a la simbología de las *manos* es frecuente en la obra de Feliciana. En la dedicatoria de la segunda parte a su cuñado el agustino don Lorenzo de Ribera Garavito, la autora suplica: "Por ser obra de mis manos, obliga las de v.m. a que la reciban benignamente, y la amparen y defiendan con su mucho valor; aunque no sea tan hazañosa como la de las valerosas manos mancas de nuestras ilustres parientas doña Leonor Garavito y doña Mariana de Guzmán, que mancándose en Simancas, redimieron a nuestra España del tributo afrentoso de las doncellas" (Soufas 229*a*).

eruditas[37]. La identificación de la poeta con ese círculo de *mujeres sabias* subraya también su posición social privilegiada, y su inclusión en una élite minoritaria y culta.

La "Carta ejecutoria" funciona como un filtro que distancia a la autora implícita[38] del público lector para hacerle olvidar que es doña Feliciana Enríquez de Guzmán quien escribe, puesto que en el mundo real una mujer nunca podría haber escrito una ejecutoria. Este recurso le permite asumir la identidad de un escribano ficticio encargado de redactar los procedimientos del pleito y la sentencia, y que al final de la carta firma bajo la identidad de Orfeo de Tracia, secretario mandado por Apolo. No deja de ser interesante la multitud de papeles que doña Feliciana desempeña en su calidad de persona poética: autora de una tragicomedia, crítico y juez de su propia obra, preceptista dramática, escribana y letrada. De este modo, el texto legal actúa como un camuflaje que permite a la autora revestirse de diferentes *disfraces* para mantener la distancia con el lector, fijar la tensión entre el mundo de la ficción y el mundo de la realidad, e imponer su autoridad de forma tangencial. Por el contrario, en la nota dirigida "A los lectores", sí pretende un acercamiento directo de su persona como poeta y mujer, que utiliza el *yo* autoritativo para explicarse e informar al público lector sobre los cambios y decisiones formales que afectan a la segunda edición de la *Tragicomedia*. Sólo al final de este discurso, la autora culmina su despedida con un guiño festivo que marca el vínculo con el texto de la "Carta ejecutoria", y vuelve a yuxtaponer el mundo mítico con el mundo real: "Y adiós, que oigo a Apolo celebrar y promulgar hoy por ley mi Mayuma, llamando las provincias de España a las fiestas y alegrías" (Soufas 271*b*).

La dialéctica entre la palabra oral y la palabra escrita, *presencia/ausencia*, ha sido uno de los puntos de interés y discusión desde la filosofía clásica y

---

[37] Teresa Soufas apunta que algunas de las mujeres nombradas por Feliciana eran conocidas por su erudición y sus obras: *Isabela de Barcelona* es probablemente Isabel de Heredia, poeta de fines del siglo XVI y principios del XVII; *Luisa de Sigea,* fue gran estudiosa del siglo XVI, escritora y lingüista reconocida por sus conocimientos de latín, griego, hebreo y caldeo; *Ana Osorio*, especialista en teología, y *Catalina de Paz*, poeta también en la misma época (323*b*).

[38] Wayne Booth (*The Rhetoric of Fiction,* 1961) introdujo el término *autor implícito* para separar la *persona real*, de la *persona que escribe*, y poder analizar una obra narrativa en términos ideológicos y morales sin necesidad de referirse al autor biográfico. Mieke Bal en su obra, *Narratology: Introduction to the Theory of Narrative* (Toronto: UP of Toronto, 1985), aplica la noción de *autor implícito* a cualquier texto, y presume que "the *implied author* is the *result* of the investigation of the meaning of the text, and not the *source* of that meaning. Only after interpreting the text on the basis of a text description can the implied author be inferred and discussed" (120).

Platón, que da prioridad a la presencia de la oralidad por su capacidad de comunicar la *verdad*. La escritura se ha considerado un elemento compensatorio de la palabra oral, es decir, un *suplemento* ajeno a la actividad natural del habla que, por otra parte, puede completar las carencias del lenguaje oral. Así, el postestructuralismo y las teorías deconstruccionistas, han colocado a la escritura en el primer plano jerárquico de la oposición. En este sentido, la escritura se designa como un vehículo de comunicación dirigido a un receptor en ausencia, como ausente es también el emisor que produce su escritura más allá de su presencia, de su presente y su vida. La ausencia pertenece a la estructura de la escritura misma, es decir, es la representación que suplementa la presencia. Como Derrida apunta en "Signature Event Context", todo signo escrito:

> is a mark that subsists, one which does not exhaust itself in the moment of its inscription and can give rise to an iteration in the absence and beyond the presence of the empirically determined subject who, in a given context has emitted or produced it. . . . A written sign carries with it a force that breaks with its context, that is, with the collectivity of presences organizing the moment of its inscription. (9)[39]

La condición escrita de la "Carta ejecutoria" posibilita su repetición fuera del contexto de la sesión oral del juicio, además de funcionar como un testimonio escrito para uso de los futuros lectores. La tensión entre *oralidad/escritura* se manifiesta en el carácter escrito de la carta misma, que se inserta como un medio de representación que otorga legitimidad al proceso judicial. El documento escrito se convierte en un *suplemento* esencial, no sólo a la vista oral de la querella poética, sino también al conjunto de la obra publicada en 1627.

La primacía de la *Tragicomedia* como texto dramático en oposición a espéctaculo teatral se advierte en las peticiones de la poeta, y en el pronunciamiento de la sentencia transcrita en la "Carta ejecutoria": "Y mandamos *se lea* en todas nuestras *academias* por arte de buenas comedias, ley y pragmática sanción hecha en nuestras cortes la dicha tragicomedia" (Soufas 270*a*, el énfasis es mío). Por lo cual se infiere que la *Tragicomedia* es más un texto publicado para ser leído, que un texto para ser representado. La publicación de la *Tragicomedia* supone un suplemento añadido a la copia manuscrita, que pudo haberse leído en las academias literarias, a pesar de que no hay documentación al respecto, y que enfatiza su cualidad de objeto literario, además del sentimiento de propiedad intelectual que la autora posee.

---

[39] Ensayo publicado en *Limited Inc* (Evanston: Northwestern UP, 1988) 1–23.

En el mundo del teatro, las comedias manuscritas circulaban libremente en el mercado del teatro popular, y su impresión es un hecho posterior al espectáculo teatral. Los llamados *autores* de comedias en la época desempeñaban el papel de directores y empresarios de las compañías dramáticas, y utilizaban copias manuscritas que, a menudo, se tomaban la libertad de modificar, apropiándose, manipulando y enmendando sin pudor versos ajenos. El texto dramático pertenece al colectivo ambulante de los cómicos y faranduleros, y el poeta funciona como mero instrumento al servicio de la imaginación colectiva y del entretenimiento popular. La noción de *derechos de autor* es inexistente en la época, pero incluso el concepto de *autoría* tiene todavía un sentido incierto en el mundo literario en general, especialmente dentro de los géneros dramáticos. De hecho, cuando el mismo Lope decide publicar sus comedias —*Partes* (1617 y 1618)— está demostrando que "considera 'literario' (publicable como propio) un texto hasta la fecha considerado 'de otros' (representado, reproducido por otros: compañías, libreros, etc.)" (Profeti 176)[40]. A menudo, es difícil discernir la identidad del autor de muchos de estos textos por su azarosa trayectoria, y los numerosos filtros a los que se ven sometidos hasta llegar a su forma impresa: desde el manuscrito original a las modificaciones intencionadas de autores de comedias, la proliferación de copias y versiones manuscritas, errores fortuitos de mano de copistas, erratas de impresión o manipulaciones textuales a propósito de las exigencias de la publicación, etc. El caso de Feliciana Enríquez no deja de ser sorprendente. Desde un principio la autora es consciente del control textual que ejerce sobre su obra, y se coloca en una posición de autoridad. La poeta sevillana escribe la *Tragicomedia*, y publica una segunda edición corregida (Lisboa, 1627), en la que reduce el número de versos, varía otros, y suprime o añade textos significativos[41].

Por otra parte, en la "Carta ejecutoria" se descubre el carácter elitista de la *Tragicomedia* al aludir a los círculos intelectuales de las academias literarias, como indica la sentencia que ordena: "se lea en todas nuestras academias por arte de buenas comedias" (Soufas 270*b*). En "A los lectores" la au-

---

[40] Maria Grazia Profeti, "La obra dramática de Lope de Vega", *Historia y crítica de la literatura española. Siglos de Oro: Barroco. Primer Suplemento* (Barcelona: Crítica, 1992) 172–84.
[41] La edición de Louis C. Pérez sigue la publicación de 1627 (Lisboa), aunque anota las diferencias entre ésta y la primera edición (Coimbra, 1624). En la segunda edición Feliciana añade el "Prólogo" a la primera parte de la *Tragicomedia*, y la "Carta ejecutoria" y "A los lectores" a la segunda parte. Además recorta el texto dramático en el número de versos, y suprime los datos cronológicos de su escritura, desde el inicio en 1599, hasta la finalización del manuscrito en 1619. La edición corregida, por tanto, puede considerarse como la versión preferida por Feliciana (Pérez 30), y la que he utilizado para el estudio de su obra.

tora declara dirigir su obra a un público minoritario y culto de "los palacios y salas de los príncipes y grandes señores", y a "los aficionados a buenas letras" (Soufas 271*ab*), con lo cual se adivina la escasa difusión que tuvo la obra como espectáculo reservado a espacios privados. Del "Prólogo" de la primera parte se deduce que pudo haberse representado ante Felipe IV durante su estancia en Sevilla en 1624:

> Este espero; y aora que del Magno
> Felipe visitada (dulce Patria)
> Te veo, aunque de passo, me contento
> Con sólo verlo a nuestra acción atento. (Pérez 45)

José Sánchez Arjona apunta la posibilidad de su representación en el Alcázar de Sevilla en uno de los trece días que permaneció el rey en Sevilla, o quizás en las fiestas que organizó en su honor el duque de Medina Sidonia en el coto de Doñana. Sin embargo, las relaciones que cita Sánchez Arjona en torno a dichos festejos no mencionan los títulos de las comedias: "el 16 de Mayo (1624), se corrieron toros (en Doña Ana). . . A la noche se representó una comedia suntuosa, por el aparato admirable, por la grandeza del asunto y propiedad de la representación, y entretenida por los bayles y entremeses, que sirvieron para dividir y ocupar los espacios entre una y otra jornada" (246). Hasta el presente es imposible saber cuándo y dónde se representó la obra de Feliciana, si de verdad fue llevada alguna vez a escena.

En definitiva, los textos añadidos a la segunda edición de *Los jardines y campos sabeos* contribuyen a la comprensión del texto literario en su conjunto, y agregan valiosa información sobre la autora, su poética, intencionalidad, intereses personales y contexto social. Como *suplementos* —textos al margen de la obra dramática y añadidos a la segunda edición—, se colocan en una posición central. Feliciana es consciente de sus *impertinencias*, y utiliza sabiamente su discurso para imponer su autoridad en un medio patriarcal, y autoeximirse del delito de ser mujer y poeta.

Conclusión

El estudio de la *Tragicomedia de los jardines y campos sabeos* de Feliciana Enríquez de Guzmán, contribuye a rendir tributo a una de las pioneras de la dramaturgia femenina del Siglo de Oro que consigue sacar a la luz pública dos ediciones de su obra. La labor de rescatar del olvido a las dramaturgas del período aurisecular —apenas advertidas en su tiempo, y aún hoy escasamente señaladas—, y desempolvar sus obras, forma parte de la necesidad de crear nuevas perspectivas que activen la presencia de la mujer en el parnaso literario de la época dominado por una mayoría de varones. Las investigaciones recientes sobre los textos y el medio en el que las autoras barrocas se desenvuelven, permiten explicar y comprender el contexto sociohistórico en el que éstas se ubican, además de aportar una visión del mundo desde el punto de vista femenino y de la mujer como escritora. Como Bárbara Mujica señala en *Women Writers of Early Modern Spain*, las mujeres que escriben aportan una perspectiva diferente a los temas comunes de la época que nos permite crear una noción más ajustada de la sociedad desde los inicios de la Edad Moderna (ix)[1].

La participación de la mujer en la sociedad española del momento, escasamente visible en otros oficios, tenía campo abierto en el mundo de la farándula y el teatro; espacio público de excepción de los espectáculos populares y del entretenimiento cotidiano de las masas. La permisividad de las mujeres en la escena española, a diferencia del teatro isabelino que prohibía la presencia de las mujeres en los escenarios, provocó las críticas de muchos de los moralistas y censores opuestos a la comparecencia de las actrices en los tablados, a quienes achacaban ser fuente de los males de la corrupción moral y de la disolución de las costumbres[2]. Sin embargo, cabe señalar que las mujeres, aun con ciertas restricciones y, a pesar de los insultos y vejaciones que

---

[1] Cabe señalar que la antología (New Haven: Yale UP, 2004) no incluye a Feliciana Enríquez de Guzmán. Las dramaturgas elegidas, entre otras autoras y otros géneros, son: Ana Caro, Leonor de la Cueva y Ángela de Azevedo.

[2] Fray José de Jesús María en su obra *Excelencias de la castidad* (1600), calificaba al teatro con los siguientes apelativos: "burdel de la vergüenza pública y escuela de la torpeza; . . . sagrario de Venus y consistorio de deshonestidad; . . . cátedra de pestilencia y fuente de todos los males" (*Controversias* Cotarelo 379).

sufrían por causa de su profesión *pública*, conseguían hallar en su actividad teatral una vía abierta a cierta independencia y libertad. Algunos tratadistas no tuvieron empacho en colgar el sambenito de *rameras*[3] a todas las mujeres que salían en público a representar comedias. Actrices famosas de la época gozaron, no sólo del beneplácito popular, sino también de la admiración y el favor de nobles y soberanos. Este fue el caso de *la Riquelme*, célebre por sus dotes de interpretación:

> cuando representaba mudaba, con admiración de todos, el color del rostro, porque si el poeta narraba sucesos prósperos y felices, los oía con semblante todo sonrosado, y si algún caso infausto y desdichado, luego se ponía pálida, y en este cambiar de afectos era tan única que era inimitable.[4]

También la actriz María Calderón, apodada *la Calderona*, ha pasado a los anales de la historia como la amante de Felipe IV y madre de don Juan de Austria, e incluso se conocen otras artistas, como la mítica *Amarilis*, de la que se han registrado datos de su éxito en los escenarios de los corrales, gracias al cual contribuía a engrosar las arcas de los hospitales que dependían de los beneficios de las comedias. Así lo documenta el escribiente del tesorero del Hospital de los Desamparados de Valencia, quien "registra en el libro con letras descomunales: "AMARILIS", produciéndose con ello las mayores recaudaciones entre 1592 y 1630"[5].

---

[3] Jesús María cita a San Juan Crisóstomo, crítico de los que van a oír comedias en lugar de los sermones de la iglesia: "¿Por qué hemos de dejar de oir la vida y doctrina de los santos, por hallarnos en los ejercicios de unas mugeres rameras y de unos mozos disolutos? ¿Qué otra cosa hacen con estas representaciones sino echar lazos para enredar en vicios á los que con ocasión de entretenerse los están oyendo descuidados?", y continúa aludiendo a las actrices como meretrices: "El canto de las rameras levanta luego la llama de la torpeza para abrasar á los que le oyen. Y como si no bastase para inflamar la concupiscible la vista y el rostro de las mugeres, añaden la pestilencia de sus voces" (*Controversias* Cotarelo 382).

[4] Citado por Marc Vitse y Frédéric Serralta en "El teatro en el siglo XVII" en *Historia del teatro en España* (Madrid: Taurus, 1983) 1: 664.

[5] Evangelina Rodríguez Cuadros: "Autoras y farsantas: la mujer tras la cortina", ensayo incluido en *La presencia de la mujer en el teatro barroco español* (Sevilla: Junta de Andalucía, 1997) 39. Parece que el divismo ya funcionaba en la época, y las actrices famosas eran caprichosas y arrogantes, como critica el conde de Villamediana en el romance satírico dirigido a una Amarilis de gracias ya marchitas:

> Atiende un poco, Amarilis,
> Mariquita o Mari-caza,
> milagrón raro del vulgo,
> de pies y narices largas;
> más confiada que linda,

Sin embargo, a pesar del éxito y la fama de algunas de las actrices de la época, la posición de estas mujeres, vilipendiadas y admiradas a un tiempo, sigue situándose en la marginalidad social. Del mismo modo, las comediógrafas, aun desde una escala social privilegiada, puesto que todas ellas pertenecen a la hidalguía y a las clases dominantes, sufren también la marginalización respecto del colectivo masculino que forma el círculo reconocido de literatos. Comediantas y dramaturgas constituyen un frente común a la hora de plantear una problemática de carácter social en su condición de mujeres insurrectas, que de algún modo, no siguen la normativa que rige la ley patriarcal, y conforman el grupo de mujeres *públicas*, capaces de traspasar los confines del espacio doméstico femenino e invadir el ámbito público reservado a los varones. La presencia de las actrices se materializa en los escenarios de teatros y coliseos para regocijo de los que van a oír las comedias, mientras las dramaturgas consiguen situarse en el ojo público con la publicación de sus escritos.

Por tanto, el interés de la obra de Feliciana Enríquez de Guzmán, primera dramaturga española que publica su obra dramática, radica en la admiración y sorpresa que suscita la lectura de una obra tan singular como la *Tragicomedia de los jardines y campos sabeos*, y tan alejada de los cánones y convenciones dramáticas de la época. Como indica Fernando Doménech, Feliciana "se mantuvo resuelta en la defensa de una literatura para doctos y para aristócratas, alejada de la comercialidad de los corrales de comedias" (123)[6], anticipándose a los gustos del teatro cortesano; género que tendría su apogeo a partir de la segunda mitad del siglo XVII con los dramas mitológicos de Calderón. Aunque se haya tachado a este tipo de teatro de superficial y carente de interés dramático, la *Tragicomedia* de Feliciana, tras la fachada con-

---

    y necia de confiada;
    por presumida insufrible,
    y archidescortés por vana;
    y dame a entender tu modo,
    que mi discurso no alcanza,
    cómica siempre enfadosa,
    ¿quién te ha prestado las alas?
    Ya en el discurso del tiempo
    se miran y desengañan,
    desdichados de hermosura,
    los juanetes de tu cara (Rodríguez Cuadros 41–42)

[6] Ver su artículo "Feliciana Enríquez de Guzmán: una clasicista barroca" en *La presencia de la mujer en el teatro barroco español* (Sevilla: Junta de Andalucía, 1997) 99–124.

vencional de los amores caballerescos y fantasías mitológicas, encierra multitud de claves relacionadas con la época contemporánea a la autora sevillana, quien se sirve de la distancia en el tiempo y el espacio para lanzar velados dardos al comportamiento de los poderosos, y proyectar sutiles ironías en referencia a la política y la corte.

Por otra parte, las ambigüedades y lagunas biográficas que giran alrededor de la poeta sevillana contribuyen a abrir más interrogantes sobre su figura y su obra. El conjunto de la obra publicada puede considerarse un corpus integral que supone la totalidad del legado de la dramaturga: su obra literaria, su iderario poético, y partes aisladas de su vida, familia e intereses particulares que la poeta da a conocer. Además de la documentación biográfica hallada, su obra supone el único testimonio existente al que nos enfrentamos al hacer un análisis de su labor literaria. Sorprende, sin embargo, que Feliciana aparezca como mujer de gran independencia creadora, capaz de escribir y publicar a contracorriente de la preceptiva dominante, mientras su obra está mediatizada por la integración de las referencias a su segundo marido, y su empeño en incluirlo en la fábula literaria. Si en el mundo de la farándula a actrices y comediantas se les autoriza su quehacer profesional por medio de lazos matrimoniales o familiares que las vinculan con los *autores* u otros varones pertenecientes a las mismas compañías, Feliciana aparece ligada de forma voluntaria a su segundo marido, don Francisco de León Garavito, al presentarlo como parte integral de su andadura literaria e introducirlo en la misma obra. Por una parte, Feliciana se erige en heroína y emuladora de las doncellas de Simancas. Por otra, no parece que tenga interés en llevarse toda la gloria en solitario, sino que se empeña en caminar al lado de su marido, por obligación o por devoción, en esta empresa que la llevará a los anales de la historia de la literatura.

A diferencia de las ideas misóginas que gobiernan las obras literarias y tratados morales de la época, en el *Orlando furioso*, una de las obras más leídas y traducidas en el Renacimiento, Ariosto elogiaba a las mujeres y acreditaba su valor y coraje del siguiente modo:

> Concluyo, pues, señoras mías, afirmando que en todos los tiempos han existido muchas de vuestro sexo dignas de figurar en la Historia, pero cuyos nombres han quedado sepultados en el olvido por envidia de los escritores, lo cual no sucederá ya en adelante, pues vosotras mismas sabéis inmortalizar vuestras virtudes. (2: 624)

Teniendo en cuenta que su público se componía mayoritariamente de mujeres, cabe dudar si las lisonjas de Ariosto son sinceras, o si no son sino un mero ejercicio de *márketing* de la época. Ariosto defiende a las mujeres valerosas: "no sólo porque es un deber el descubrir toda heróica acción donde quiera que se halle oculta, sino también porque mi mayor anhelo es el de hacerme agradable á vuestros ojos, ¡oh mujeres, á quienes amo y venero!" (2: 624–25). En la obra dramática de Feliciana se observan huellas de la influencia del *Orlando* y de las novelas de caballerías, y sigue al pie de la letra los consejos de Ariosto que admite que la mujer se vanaglorie de su labor literaria:

> aparte de estos y de otros muchos que os han glorificado y os glorifican en sus canciones, también vosotras mismas podéis enalteceros; pues muchas, abandonando la aguja y el hilo, habéis ido y váis tan inspiradas, que más bien necesitamos los hombres de vuestros auxilios que vosotras de los nuestros... (2: 623)

El estudio en torno a la obra de Feliciana Enríquez de Guzmán, no forma parte únicamente de la misión de rescate de las dramaturgas del Siglo de Oro, sino que se presenta como un reconocimiento y valoración de las escritoras del Barroco. La *Tragicomedia* de Feliciana sigue siendo la menos comentada por críticos y estudiosos, y por su carácter extraordinario —como primera obra teatral publicada por una mujer, y por los elementos que la desvían de la preceptiva dramática de la comedia nueva—, merece la atención que hasta ahora se le ha negado. A pesar de los siglos que nos separan, el teatro del Siglo de Oro sigue siendo un género dinámico y lleno de vitalidad que permite nuevas aproximaciones y distintas lecturas. La dificultad de la obra de Feliciana supone un reto en cuanto a la interpretación y comprensión de las claves que la autora lanza. Cada palabra encierra numerosos enigmas susceptibles de significaciones diversas y lecturas múltiples. Sin embargo, la tarea que supone la lectura de la *Tragicomedia de los jardines y campos sabeos* —campo minado de ambigüedades, hermetismos y significaciones crípticas— no deja de ser un estímulo que prueba el poder de la literatura como artefacto que invita a la constante reconsideración del mundo. Feliciana y su obra, se erigen en *monstruos* que reman a contracorriente de las reglas sociales y literarias de su época. Su naturaleza extraña y extraordinaria a la vez, ejerce una atracción especial que sigue interesando al lector y posible espectador de la actualidad. Por todo lo cual, Feliciana Enríquez de Guzmán se convierte en un *femenino-singular* excepcional, que la acredita para un puesto de honor en el panorama literario de teatro barroco.

Bibliografía

Alemán, Mateo. *Guzmán de Alfarache*. Ed. José María Micó. 2 vols. Madrid: Cátedra, 1992.
Allegra, Giovanni. ed. Introducción. *Jardín de flores curiosas*. Antonio de Torquemada. Madrid: Castalia, 1982. 9–80.
Andrade, Baltasar de. *Heráldica. Ciencia y arte de los blasones*. Barcelona: Fama 1954.
Arellano, Ignacio. "El teatro cortesano en el reinado de Felipe III". *Teatro cortesano en la España de los Austrias*. Ed. José María Díez Borque. Madrid: Compañía Nacional de Teatro Clásico, 1998. 55–73.
Ariosto, Ludovico. *Orlando furioso*. Trad. Francisco J. Orellana. 2 vols. México: Editorial Hispano Americana, 1955.
Arranz Guzmán, Ana. "Imágenes de la mujer en la legislación conciliar (siglos XI–XV)". *Las mujeres medievales y su ámbito jurídico. Actas de las II Jornadas de investigación interdisciplinaria*. Ed. María Angeles Durán. Madrid: U Autónoma de Madrid, 1983. 33–43.
Asensio, Eugenio. *Itinerario del entremés*. Madrid: Gredos, 1965.
Bajtín, Mijaíl. *La cultura popular en la Edad Media y Renacimiento*. Trad. Julio Forcat y César Conroy. Barcelona: Barral Editores, 1974.
Bal, Mieke. *Narratology: Introduction to the Theory of Narrative*. Toronto: UP of Toronto, 1985.
Barrera y Leirado, Cayetano Alberto de la. *Catálogo del teatro antiguo español*. Madrid: Imprenta y estereotipia de M. Rivadeneyra, 1860.
Bauer-Funke, Cerstin. "La función simbólica y escenográfica de la comida". *Teatro español del Siglo de Oro: teoría y práctica*. Ed. Christoph Strosetzki. Frankfurt y Madrid: Vervuert-Iberoamericana, 1998. 27–37.
Bel Bravo, María Antonia. *La mujer en la historia*. Madrid: Ediciones Encuentro, 1998.
Benito, María Pilar. "Los estados civiles de la mujer en el siglo XVIII a través de los textos literarios". *Literatura y vida cotidiana*. Eds. María Angeles Durán y José Antonio Rey. Zaragoza: Publicaciones de la U de Zaragoza, 1977. 201–15.
Bennassar, Bartolomé. *Inquisición española: Poder político y control social*. Trad. Javier Alfaya. Barcelona: Crítica, 1981.
Bergmann, Hannah E. *Luis Quiñones de Benavente y sus entremeses*. Madrid: Castalia, 1965.

Biedermann, Hans. *Diccionario de símbolos*. Barcelona: Paidós, 1993.
Bouza, Fernando. *Locos, enanos y hombres de placer en la corte de los Austrias*. Madrid: Temas de Hoy, 1996.
Bravo Villasante, Carmen. *La mujer vestida de hombre en el teatro español*. Madrid: Revista de Occidente, 1955.
Brundage, James A. *Sex, Law and Marriage in the Middle Ages*. Brookfield: Variorum, 1993.
Cacho, María Teresa. "Los moldes de Pygmalión (Sobre los tratados de educación femenina en el Siglo de Oro)". *Breve historia feminista de la literatura española (en lengua castellana)*. Ed. Iris Zavala. Vol 2. Madrid: Anthropos, 1995. 177–213.
Caro Mallén de Soto, Ana. *Valor, agravio y mujer*. *Women's Acts: Plays by Women Dramatists of Spain's Golden Age*. Ed. Teresa S. Soufas. Lexington: UP of Kentucky, 1997. 163–94.
Cervantes, Miguel de. *Don Quijote de la Mancha*. Ed. Martín de Riquer. 2 vols. Barcelona: Planeta Aula-Biblioteca del estudiante, 1982.
———. *Viaje del Parnaso*. Ed. Vicente Gaos. Madrid: Castalia, 1973.
Cixous, Hélène. "The Laugh of the Medusa". *Feminisms: An Anthology of Literary Theory and Criticism*. Eds. Robyn R. Warhol y Diane Price Herndl. New Brunswick: Rutgers UP, 1991. 334–49.
Cohen, Jeffrey Jerome, ed. Preface: In a Time of Monsters. *Monster Theory*. Minneapolis: U of Minnesota P, 1966. vii–xiii.
Cotarelo y Mori, Emilio. *Bibliografía de las controversias sobre la licitud del teatro en España*. Ed. facsímil José Luis Suárez García. Granada: U de Granada, 1997.
———. *Colección de entremeses, loas, jácaras y mojigangas desde fines del siglo XVI a mediados del XVIII*. Madrid: NBAE, 1911.
Covarrubias, Sebastián de. *Tesoro de la lengua castellana o española*. Ed. Martín de Riquer. Barcelona: Alta Fulla, 1993.
Culler, Jonathan. *On Deconstruction: Theory and Criticism after Structuralism*. Ithaca: Cornell UP, 1992.
Darst, David H. "*Res* y *Verba* en las poéticas del Siglo de Oro". *Historia y crítica de la literatura española. Siglos de Oro: Barroco. Primer Suplemento*. Ed. Francisco Rico. Barcelona: Crítica, 1992. 62–68
Dekker, Rudolf M. y Lotte C. van de Pol. *The Tradition of Female Trasvestism in Early Modern Europe*. New York: St. Martin's Press, 1989.
Derrida, Jacques. "La différance". *Márgenes de la filosofía*. Trad. Carmen González Marín. Madrid: Cátedra, 1998. 37–62.

———. "Signature Event Context". *Limited Inc*. Trad. Samuel Weber y Jeffrey Mehlman. Evanston: Northwestern UP, 1988.1–23.
Díaz Martínez, Eva María, ed. Estudio preliminar. *Discurso de las privanzas*. Francisco de Quevedo. Pamplona: Ediciones U de Navarra S.A., 2000. 19–166.
Diccionario de Autoridades. Ed. facsímil. 3 vols. Madrid: Gredos, 1990.
Diccionario de Historia de España. Ed. Germán Bleiberg. 3 vols. Madrid: Revista de Occidente, 1968.
Diccionario de la lengua española. 2 vols. Madrid: Real Academia Española, 1992.
Diccionario de refranes. Eds. Juana G. Campos y Ana Barella. Madrid: Espasa Calpe, 1993.
Diccionario de uso del español. Ed. María Moliner. 2 vols. Madrid: Gredos, 1991.
Díez Borque, José María, ed. *Jerónimo de Barrionuevo de Peralta: Avisos del Madrid de los Austrias y otras noticias*. Madrid: Castalia, 1996.
———, ed. *Historia del teatro en España*. Vol. 1. Madrid: Taurus, 1983.
———. "Géneros menores y comedia: el hecho teatral como espectáculo". *Historia y crítica de la literatura española. Siglos de Oro: Barroco*. Ed. Francisco Rico. Barcelona: Crítica, 1983. 254–59.
Doménech, Fernando. "Feliciana Enríquez de Guzmán: una clasicista barroca". *La presencia de la mujer en el teatro barroco español*. Ed. Mercedes de los Reyes Peña. Sevilla: Junta de Andalucía, 1997. 99–124.
———. "Autoras en el teatro español. Siglos XVI–XVIII". *Autoras en la historia del teatro español (1500–1994)*. Ed. Juan Antonio Hormigón. Vol. 1. Madrid: Asociación de directores de escena españoles, 1996. 392–604.
Don Juan Manuel. *El conde Lucanor*. Ed. José Manuel Blecua. Madrid: Castalia, 1969.
Egido, Aurora. "Temas y problemas del Barroco español". *Historia y crítica de la literatura española. Siglos de Oro: Barroco. Primer Suplemento*. Ed. Francisco Rico, Barcelona: Crítica, 1992. 1–48.
Ettinghausen, Henry. *Noticias del siglo XVII: Relaciones españolas de sucesos naturales y sobrenaturales*. Barcelona: Puvill Libros, 1995.
Feliu, Ricardo. *Lutero en España y la América española*. Santander: Librería S. T., 1956.
Ferrer Valls, Teresa. *Nobleza y espectáculo teatral (1535–1622): Estudio y documentos*. Valencia: U de Valencia, U de Sevilla-UNED, 1993.

———. *La práctica escénica cortesana: de la época del Emperador a la de Felipe III*. London: Tamesis, 1991.

Flecniakoska, Jean-Louis. *La loa*. Madrid: Sociedad General Española de Librería, 1975.

Ford, Jane M. *Patriarchy and Incest from Shakespeare to Joyce*. Gainsville: UP of Florida, 1998.

Fradejas Lebrero, José, ed. Introducción. *Sendebar o Libro de los engaños de las mujeres*. Madrid: Castalia, 1990. 7–39.

Franco Durán, María Jesús. "La función de la mitología clásica en el teatro del Siglo de Oro". *Teatro español del Siglo de Oro: Teoría y práctica*. Ed. Christoph Strosetzki. Frankfurt y Madrid: Vervuert–Iberoamericana, 1998. 119–30.

García, Carlos. *La desordenada codicia de los bienes ajenos*. Ed.Victoriano Roncero López. Pamplona: Ediciones Universidad de Navarra. 1998.

García Berrio, Antonio. *Introducción a la poética clasicista: Comentario a las* Tablas Poéticas *de Cascales*. Madrid: Taurus, 1988.

García Cárcel, Ricardo. "Cuerpo y enfermedad en el Antiguo Régimen. Algunas reflexiones". *Le Corps dans la société espagnole des XVIe et XVIIe siècles*. Ed. Augustin Redondo. Paris: Publications de la Sorbonne, 1990. 131–139.

García Lorenzo, Luciano, ed. *El teatro menor en España a partir del siglo XVI*. Madrid: CSIC, 1983.

Géal, François. "Nicolás Antonio juge de la femme des lettres". *Rélations entre hommes et femmes en Espagne aux XVIe et XVII siècles*. Ed. Augustin Redondo. Paris: Publications de la Sorbonne, 1995. 39–52.

Gerardo Ramos, Oscar, ed. *Arte poética y otros poemas*. Bogotá: Instituto Caro y Cuervo, 1974.

Goldberg, Jonathan. *Writing Matter: From the Hands of the English Renaissance*. Stanford: Stanford UP, 1990.

Gómez de Baquero, Eduardo, ed. Introducción. *Philosophia secreta*. Juan Pérez de Moya. 2 vols. Madrid: Nueva Biblioteca de Autores Españoles, 1928. VI–XXII.

González Marín, Carmen. Presentación. *Márgenes de la filosofía*. Jacques Derrida. Madrid: Cátedra, 1998. 9–13.

González Pérez, Aníbal, ed. *Poéticas: Aristóteles, Horacio, Boileau*. Madrid: Editora Nacional, 1984.

González Santamera, Felicidad y Fernando Doménech, eds. *Teatro de mujeres del barroco*. Madrid: Asociación de directores de escena de España, 1994.

Gracián, Baltasar. *Obras completas*. Ed. Arturo del Hoyo. Madrid: Aguilar 1960.
Grimal, Pierre. *Diccionario de mitología griega y romana*. Barcelona: Paidós, 1994.
Guthke, Karl S. *Modern Tragicomedy: An Investigation into the Nature of the Genre*. New York: Random House, 1966.
Haliczer, Stephen H. "Sexuality and Repression in Counter-Reformation Spain". *Sex and Love in Golden Age Spain*. Ed. Alain Saint-Saëns. New Orleans: UP of the South, 1996. 81–93.
Huarte de San Juan, Juan. *Examen de ingenios para las ciencias*. Barcelona: Biblioteca clásica española, 1884.
Huerta Calvo, Javier. "El cuerpo en escena". *Le Corps dans la société espagnole des XVIe et XVIIe siècles*. Ed. Augustin Redondo. Paris: Publications de la Sorbonne, 1990. 277–87.
———. "Poética de los géneros menores". *Los géneros menores en el teatro español del Siglo de Oro*. Ed. Luciano García Lorenzo. Madrid: Ministerio de Cultura, 1988. 15–31.
Huet, Marie Hélène. *Monstrous Imagination*. Cambridge: Harvard UP, 1993.
Irigaray, Luce. "Another 'Cause'—Castration". *Feminisms: An Anthology of Literary Theory and Criticism*. Eds. Robyn R. Warhol y Diane Price Herndl. New Brunswick: Rutgers UP, 1991. 404–12.
Kagan, Richard. *Pleitos y pleiteantes en Castilla, 1500–1700*. Salamanca: Junta de Castilla y León, 1991.
Kappler, Claude-Claire. *Monstres et merveilles à la fin du Moyen Age*. Paris: Payot & Rivages, 1999.
Larson, Catherine. "You Can't Always Get What You Want: Gender, Voice, and Identity in Women-Authored *Comedias*". *Gender, Identity and Representation in Spain's Golden Age*. Eds. Anita K. Stoll y Dawn L.Smith. Lewisburg: Bucknell UP, 2000. 127–41.
Lasso de la Vega y Argüelles, Angel. *Historia y juicio crítico de la escuela poética sevillana en los siglos XVI y XVII*. Madrid: Imprenta de la Viuda é hijos de Galiana, 1871.
León, Fray Luis de. *La perfecta casada*. Ed. R. Miquel y Planas. Barcelona: Casa Miquel-Rius, 1930.
López Pinciano, Alonso. *Philosophia Antigua Poética*. Ed. Alfredo Carballo Picazo. 3 vols. Madrid: C.S.I.C., 1973.
Martínez de Toledo, Alfonso (Arcipreste de Talavera). *Corbacho*. Ed. Joaquín González Muela. Madrid: Castalia, 1970.

Mckendrick, Melveena. Res. de *The Dramatic Works of Feliciana Enríquez de Guzmán*. Ed. Louis C. Pérez. *Hispanic Review* 59.3 (1991): 343–45.

———. *Woman and society in the Spanish Drama of the Golden Age: A study of the Mujer Varonil*. Cambridge: Cambridge UP, 1974.

McVay, Jr., Ted E. "Mythology in Enríquez de Guzmán's *Tragicomedia*". *Engendering the Early Modern Stage: Women Playwrights in the Spanish Empire*. Eds.Valerie Hegstrom y Amy R. Williamsen. New Orleans: UP of the South, 1999. 139–50.

Mena, José María de. *Memorial histórico de apellidos y escudos sevillanos y cordobeses y que pasaron a Indias*. Sevilla: Talleres de Gandolfo, 1985.

Méndez Bejarano, Mario. *Diccionario de escritores, maestros y oradores naturales de Sevilla y su actual provinicia*. Vol. 1. Sevilla: Tipografía Gironés, 1922.

Menéndez Pelayo, Marcelino. *Obras de Lope de Vega. XVI. Crónicas y leyendas dramáticas de España*. Vol. 195. Biblioteca de autores españoles. Madrid: Atlas 1966.

———. *Obras de Lope de Vega. XIII. Comedias pastoriles y comedias mitológicas*. Vol. 188. Biblioteca de autores españoles. Madrid: Atlas, 1965.

Milán, Luis. *El cortesano. Libro de motes de damas y caballeros*. Madrid: Sucesores de Rivadeneira, 1874.

Moir, Duncan D. "Lope de Vega's *Fuenteovejuna* and the *Emblemas Morales* of Sebastián de Covarrubias Horozco". *Homenaje a William L. Fichter*. Eds. David Kossoff y José Amor y Vázquez. Madrid: Castalia, 1971. 537–46.

Moll, Jaime. "Diez años sin licencias para imprimir comedias y novelas en los reinos de Castilla: 1625–1634". *Anejos del Boletín de la Real Academia Española* 54 (1974): 97–103.

Montoto de Sedas, Santiago. *Doña Feliciana Enríquez de Guzmán*. Sevilla: Imprenta de la Diputación Provincial, 1915.

Mujica, Bárbara. *Women Writers of Early Modern Spain: Sophia's Daughters*. New Haven: Yale UP, 2004.

Neumeister, Sebastian. "La fiesta de corte como anticomedia". *Espacios teatrales del barroco español: Calle-iglesia-palacio-universidad*. Ed. José María Díez Borque. Kassel: Reichenberger, 1991. 167–81.

Newels, Margarete. *Los géneros dramáticos en las poéticas del Siglo de Oro*. Trad. Amadeo Solé-Leris. London: Tamesis, 1974.

O'Connor, Patricia W. *Dramaturgas españolas de hoy. Una introducción*. Madrid: Fundamentos, 1988.

Olivares, Julián, ed. Introducción. *Novelas amorosas y ejemplares*. María de Zayas. Madrid: Cátedra, 2000. 9–135.
Ovidio. *Las Metamorfosis*. Trad. Pedro Sánchez de Viana. Ed. Juan Francisco Alcina. Barcelona: Planeta, 1990.
Pedraza Jiménez, Felipe. "El teatro cortesano en el reinado de Felipe IV". *Teatro cortesano en la España de los Austrias*. Ed. José María Díez Borque. Madrid: Compañía Nacional de Teatro Clásico, 1998. 75–103.
Pérez, Louis C., ed. *The Dramatic Works of Feliciana Enríquez de Guzmán*. Valencia: Albatros, 1988.
Pérez de Moya, Juan. *Philosophia secreta*. Ed. Eduardo Gómez de Baquero. 2 vols. Madrid: Nueva Biblioteca de Autores Españoles, 1928.
Porqueras-Mayo, Alberto. "La loa dramática de Lope". *Hispanic Review* 53 (1985): 399–414.
Profeti, Maria Grazia. "Mujer y escritura en la España del Siglo de Oro". *Breve historia feminista de la literatura española (en lengua castellana)*. Ed. Iris Zavala. Vol. 2. Madrid: Anthropos, 1995. 235–84.
———. "La obra dramática de Lope de Vega". *Historia y crítica de la literatura española. Siglos de Oro: Barroco. Primer Suplemento*. Ed. Francisco Rico. Barcelona: Crítica, 1992. 172–84.
Quevedo y Villegas, Francisco de. *Discurso de las privanzas*. Ed. Eva María Díaz Martínez. Pamplona: Ediciones U de Navarra S.A., 2000: 19–166.
———. "La culta latiniparla". *Obras festivas y jocosas*. Barcelona: MRA, 1997. 103–110.
Rank, Otto. *The Incest Theme Literature and Legend: Fundamentals of a Psychology of Literary Creation*. Baltimore: Johns Hopkins UP, 1992.
Redondo, Augustin, ed. "Mutilations et marques corporelles d'infamie". *Le Corps dans a société espagnole des XVIe et XVIIe siècles*. Paris: Publications de la Sorbonne, 1990. 185–99.
Reyes Peña, Mercedes de los, ed. *La presencia de la mujer en el teatro barroco español*. Sevilla: Junta de Andalucía, 1997.
Río Parra, Elena del. *Una era de monstruos: Representaciones de lo deforme en el Siglo de Oro español*. Madrid: Iberoamericana, 2003.
Riquer, Martín de, ed. *Don Quijote de la Mancha*. Miguel de Cervantes. 2 vols. Barcelona: Planeta Aula-Biblioteca del estudiante, 1982.
———. *Caballeros andantes españoles*. Madrid: Espasa-Calpe, 1967.
Rodríguez Cuadros, Evangelina. "Autoras y farsantas: la mujer tras la cortina". *La presencia de la mujer en el teatro barroco español*. Ed. Mercedes de los Reyes Peña. Sevilla: Junta de Andalucía, 1997. 35–65.

Romojaro, Rosa. *Las funciones del mito clásico en el Siglo de Oro: Garcilaso, Góngora, Lope de Vega, Quevedo*. Madrid: Anthropos, 1998.

Roncero López, Victoriano, ed. *La desordenada codicia de los bienes ajenos*. Carlos García. Pamplona: Ediciones Universidad de Navarra, 1998.

Russell Peter E., ed. Introducción. *La Celestina*. Madrid: Castalia, 1991. 11–58.

Sagrada Biblia. Eds. Eloíno Nácar Fuster y Alberto Colunga. Madrid: Editorial Católica, 1973.

Saint-Saëns, Alain, ed. *Sex and Love in Golden Age Spain*. New Orleans: UP of the South, 1996.

Salceda, Alberto G., ed. *Obras completas de Sor Juana Inés de la Cruz. Comedias, sainetes y prosa*. Vol. 4. México: Fondo de Cultura Económica, 1995.

Sánchez Arjona, José. *Anales del teatro en Sevilla*. Sevilla: Padilla libros, 1990.

Sanz Ayán, Carmen. "Poderosos y privilegiados". *La vida cotidiana de Velázquez*. Ed. José N. Alcalá-Zamora. Madrid: Temas de Hoy, 1999. 149–67.

Sauvage, Odette. Introducción. *Dialogue de deux jeunes filles: Sur la vie de cour et la vie de retraite. (1552)*. París: Presses Universitaires de France, 1970. 9–57.

Sendebar o Libro de los engaños de las mujeres. Ed. José Fradejas Lebrero. Madrid: Castalia, 1990.

Sentaurens, Jean. "Bailes y entremeses en los escenarios teatrales sevillanos de los siglos XVI y XVII: ¿Géneros menores para un público popular?". *El teatro menor en España a partir del siglo XVI*. Ed. Luciano García Lorenzo. Madrid: CSIC, 1983. 67–87.

———. *Seville et le théâtre: De la fin du Moyen Age à la fin du XVIIe siècle*. 2 vols. Bordeaux: Presses Universitaires de Bordeaux, 1984.

Serralta, Frédéric. "La comedia burlesca: Datos y orientaciones". *Risa y sociedad en el teatro español del Siglo de Oro*. París: C.N.R.S., 1980. 99–125.

Shepard, Sanford. *El Pinciano y las teorías literarias del Siglo de Oro*. Madrid: Gredos, 1970.

Simón Díaz, José. *El libro español antiguo: análisis de su estructura*. Kassel: Reichenberger, 1983.

Simón Palmer, María del Carmen. *La alimentación y sus circunstancias en el Real Alcázar de Madrid*. Madrid: Instituto de estudios madrileños, 1982.

Smith, Paul Julian. "La desconstrucción en el Siglo de Oro". *Historia y crítica de la literatura española. Siglos de Oro: Barroco. Primer Suplemento*. Ed. Francisco Rico. Barcelona: Crítica, 1992. 86–93.

———. *Writing in the Margin: Spanish Literature of the Golden Age*. Oxford: Clarendon Press, 1988.

Soria, Carlos, ed. *El Lazarillo de Tormes*: Anónimo. *El Patrañuelo*: Juan de Timoneda. Madrid: Ediciones Rueda, 1996.

Soufas, Teresa S. W*omen's Acts: Plays by Women Dramatists of Spain's Golden Age*. Lexington: UP of Kentucky, 1997.

Tibbetts Schulenburg, Jane. "The Heroics of Virginity: Brides of Christ and Sacrificial Mutilation". *Women in the Middle Ages and the Renaissance: Literary and Historical Perspectives*. Ed. Mary Beth Rose. Syracuse: Syracuse UP, 1986. 29–72.

Toro, Alfonso de. "Aproximaciones semiótico-estructurales para una definición de los términos *tragoedia, comoedia* y *tragicomoedia*: el drama de honor y su sistema" *Gestos* 1 (1986): 53–72.

Torquemada, Antonio de *Jardín de flores curiosas*. Ed. Giovanni Allegra. Madrid: Castalia, 1982.

———. *Manual de escribientes*. Eds. M. Josefa C. de Zamora y A. Zamora Vicente. Madrid: Anejos del Boletín de la Real Academia Española, 1970.

Torres, Rosana. "El festival de Almagro rescata para el teatro a las escritoras del barroco". *El País* [Madrid] 25 de julio 1997: 32.

Valbuena Reformado. Diccionario latino-español. Ed. M.D.P Martínez López. Madrid: Librería de Agustín Jubera, 1863.

Vega, Lope de. *El arte nuevo de hacer comedias en este tiempo*. Ed. Juana de José Prades. Madrid: CSIC, 1971.

Vega Ramos, María José. *La formación de la teoría de la comedia: Francesco Robortello*. Cáceres: U de Extremadura, 1997.

Velasco, Sherry. *The Lieutenant Nun: Transgenderism, Lesbian Desire, and Catalina de Erauso*. Austin: U of Texas P, 2000.

Vélez-Quiñones, Harry. *Monstrous Displays: Representation and Perversion in Spanish Literature*. New Orleans: UP of the South, 1999.

Vigil, Mariló. *La vida de las mujeres en los siglos XVI y XVII*. Madrid: Siglo XXI, 1994.

Vilanova, Antonio. *Erasmo y Cervantes*. Barcelona: Lumen, 1989.

Vitse, Marc y Frédéric Serralta."El teatro en el siglo XVII". *Historia del teatro en España*. Ed. José María Díez Borque. Vol.1. Madrid: Taurus, 1983. 473–687.

Welles, Marcia L. *Arachne's Tapestry: The Transformation of Myth in Seventeenth-Century Spain*. San Antonio: Trinity UP, 1986.
Williamsen, Amy. "Re-Writing in the Margins: Caro's *Valor, agravio y mujer* as Challenge to Dominant Discourse". *Bulletin of the Comediantes* 44.1 (1992): 21–30.
Yllera, Alicia, ed. Introducción. *Parte segunda del Sarao y entretenimiento honesto [Desengaños amorosos]*. Madrid: Cátedra, 1993. 11–112.
Zayas y Sotomayor, María de. *Novelas amorosas y ejemplares*. Ed. Julián Olivares. Madrid: Cátedra, 2000.

Currents in Comparative Romance Languages and Literatures

This series was founded in 1987, and actively solicits book-length manuscripts (approximately 200–400 pages) that treat aspects of Romance languages and literatures. Originally established for works dealing with two or more Romance literatures, the series has broadened its horizons and now includes studies on themes within a single literature or between different literatures, civilizations, art, music, film and social movements, as well as comparative linguistics. Studies on individual writers with an influence on other literatures/civilizations are also welcome. We entertain a variety of approaches and formats, provided the scholarship and methodology are appropriate.

For additional information about the series or for the submission of manuscripts, please contact:

Tamara Alvarez-Detrell and Michael G. Paulson
c/o Dr. Heidi Burns
Peter Lang Publishing, Inc.
P.O. Box 1246
Bel Air, MD 21014-1246

To order other books in this series, please contact our Customer Service Department:

800-770-LANG (within the U.S.)
212-647-7706 (outside the U.S.)
212-647-7707 FAX

or browse online by series at:

www.peterlangusa.com